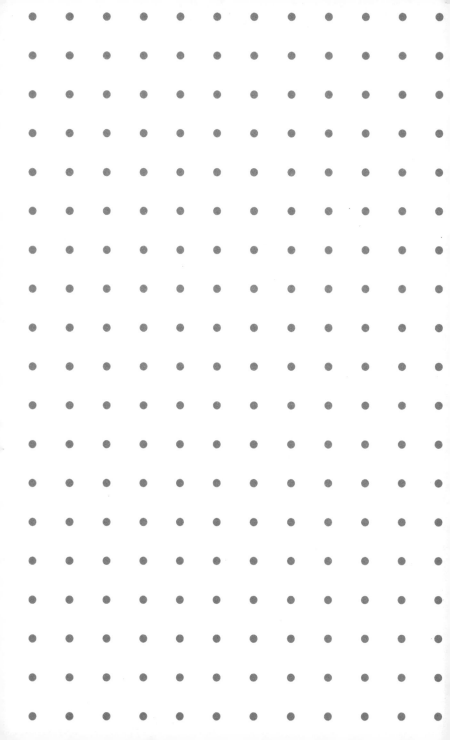

악마는 프라다를 입는다 ❶

The Devil wears Prada

로렌 와이스버거 장편소설 | 서남희 옮김

문학동네

이 책이 『전쟁과 평화』에 견줄 만하다고 진실로 믿고 있는
세 분께 바칩니다.

'백만 명쯤 되는 여자들이 간절히 원하는' 엄마인
우리 엄마 셰를

'잘생기고, 위트 넘치고, 멋지고,
재능 있는 아빠께' 라고 쓰게 하신
우리 아빠 스티브

(내가 이 책을 쓰기 전까지는)
엄마 아빠의 귀염둥이였던
너무도 멋진 내 동생 데이나에게

새 옷을 요구하는 모든 회사를 조심하라.

헨리 데이비드 소로, 『월든』(1854)

The Devil
wears
Prada 1

17번가와 브로드웨이가 만나는 교차로의 신호등은 아직 빨간색이었다. 하지만 성급한 노란 택시들은 그 좁은 도로를 먼저 지나겠다고 앞다투어 빵빵거렸다. 나는 지금 이렇게 복잡한 도심을 헤치며 운전하고 있다. 클러치, 액셀, 변속기(중립에서 1단인가? 1단에서 2단인가?), 클러치 떼고. 속으로 여러 번 되뇌었지만 안정이 되지 않았다. 끽끽 브레이크를 밟아대는 차의 홍수 속에서 어디로 가야 할지 알 수 없었다. 내가 몰고 있는 작은 차는 교차로를 지나는 동안 두어 번이나 덜커덕거리며 비틀댔다. 심장이 벌렁거렸다. 덜커덕거리던 차가 제자리를 잡더니 갑자기 속도를 내기 시작한 것이다. 너무 빨랐다. 눈으로 확인해보니 기어는 겨우 2단에 있는데 앞 택시 뒷부분이 어찌나 크게 보이던지…… 다급한 나머지 브레이크를 확 밟아버렸다. 툭, 구둣굽이 부러졌다. 이런 젠장! 7백 달러짜리 구두 한 짝이 또 희생되는군. 이번 달에만 벌써 세번째다. 그나마 차가 멈춰서 다행이었다. 마놀로 구두를 벗어 조수석으로 던져버릴 시간이 몇 초 생긴 거니까. 그나마도 빵빵대는 클랙슨 소리와 사방에서 날아오는 온갖 욕설을 못 들은 척해야 가능한 일이었다. 땀에 젖은 손을 닦을 데라곤 마지막 단추를 채우자마자 허벅지와 엉덩이를 조이며 몸에 꽉 끼는 구찌 스웨이드 바지밖에 없었다. 할 수 없이 허벅지를 감고 있는 부드러운 스웨이드에 땀을 닦고 말았다. 점심시간에 8만 4천 달러짜리 수동 컨버터블을 몰고 사방이 장애물인 미드타운* 한가운데를 뚫고 지나가려니 신경이 곤두섰다. 담배가 땡겼다.

"제기랄! 거기 아줌마, 비켜!"

거무레한 얼굴의 운전자가 소리쳤다. 북슬북슬한 가슴털이 민소매 티셔츠 밖으로 삐져나온 것이 보였다.

"뭐 하고 있는 거야? 빌어먹을, 여기가 무슨 운전학원인 줄 알아? 빨리 비켜!"

나는 떨리는 손을 들어 가운뎃손가락을 먹였다. 한시라도 빨리 혈액에 니코틴이 돌게 하고 싶었다. 손이 땀으로 축축해진 탓에

---

* 뉴욕의 맨해튼은 업타운, 미드타운, 다운타운으로 구분된다. 다운타운에는 주로 상업지역이, 미드타운에는 명품점과 회사들이 밀집해 있고 업타운 쪽엔 주거지역이 밀집되어 있다.

성냥이 미끄러져 자꾸만 바닥에 떨어졌다. 간신히 담뱃불을 붙이자마자 신호등이 녹색으로 바뀌었다. 입에 담배를 문 채 차를 출발시켰다. 다시 **클러치, 액셀, 변속기**(중립에서 1단인가? 1단에서 2단인가?) **클러치,** 이 복잡한 과정과 씨름해야 했다. 숨쉴 때마다 입에서 연기가 나왔다 들어갔다 했다. 세 블록을 더 가서야 겨우 담배를 처리할 수 있을 만큼 길이 한산해졌다. 하지만 때는 이미 늦었다. 불안할 정도로 길게 매달려 있던 담뱃재가 바지 위로 떨어지고 말았다. 아주 가관이었다. 마놀로 구두까지 합치면 불과 삼 분 만에 3천1백 달러 상당의 옷과 구두가 망가져버린 것이다. 이런 생각을 채 끝내기도 전에 휴대폰이 시끄럽게 울려댔다. 안 그래도 탈진할 지경인데 발신자 표시에 그녀의 이름이 떠 있었다. 공포스러운 그 이름, 나의 상사 미란다 프리스틀리!

"앤-드리-아! 앤-드리-아! 들려? 앤-드리-아!"

내가 모토롤라 휴대폰을 열자마자 그녀가 앵앵거렸다. 이미 손과 발이 다른 일을 수행하느라 헉헉대고 있다는 걸 생각하면 휴대폰을 들고 있는 것도 쉽지 않았다. 나는 귀와 어깨 사이에 휴대폰을 간신히 끼워넣은 채 담배를 창 밖으로 휙 던졌다. 담배는 지나가던 자전거 배달원을 살짝 비켜갔다. 남자는 불같이 화를 내며 "엿 먹어!"라고 몇 번 외치더니 이내 사라졌다.

"네, 편집장님. 잘 들려요."

"앤-드리-아, 내 차 지금 어디 있지? 아직 차고에 안 넣어놨어?"

다행히 신호가 빨간색으로 바뀌었다. 차가 급정거했지만 사람도 물건도 들이받지 않았다. 안도의 한숨이 절로 나왔다.

"지금 몰고가는 중입니다. 곧 차고에 도착할 거예요."

별 탈은 없는지 그녀가 신경을 쓰는 것 같아 나는 아무 일도 없고 곧 도착할 거라고 그녀를 안심시켰다.

"어쨌든," 그녀는 무뚝뚝하게 말허리를 잘랐다. "사무실로 들어오기 전에 매들린을 데리러 가. 그리고 우리 집에 데려다줘."

툭. 전화가 끊어져버렸다. 멍한 얼굴로 잠시 휴대폰을 들여다보다가, 지시해야 할 사항은 그녀가 모두 말했음을 깨달았다. 매들린? 매들린이 대체 누구야? 지금 어디 있는데? 그 여잔 내가 자길 데리러 간다는 걸 알고는 있나? 그 여자는 왜 미란다네 집에 가는 거지? 게다가 미란다에겐 풀타임 운전기사와 가정부, 보모까지 있는데, 대체 내가 왜 그 일을 해야 하는 거냐고!

운전중 휴대폰 사용은 불법이야. 만약 지금 뉴욕 경찰과 대거리라도 하게 되면 상황은 최악이 될 거고. 나는 버스 차선으로 들어가 깜빡이를 켰다. 숨 들이마시고, 숨 내쉬고. 주차시 마지막으로 브레이크를 뗄 때는 반드시 주차 브레이크를 잡아야 한다는 것도 잊지 않았다. 스틱 운전은 정말 오랜만이다. 한 오 년 만? 고등학교 때 남자친구가 운전을 가르쳐주면서 스틱 자동차를 빌려준 적이 있었다. 그때 이미 나는 스틱을 포기했다. 하지만 한 시간 반 전에 전화한 미란다는 그런 것까지는 고려해주지 않았다.

"앤-드리-아, 내 차를 차고에 갖다놔. 우린 오늘 밤 그 차로 햄튼 씨 댁에 가야 해. 서둘러. 이상."

나는 어마어마하게 큰 그녀의 책상 앞에 서 있었다. 하지만 그녀는 말을 마치자마자 내 존재를 완전히 지워버린 상태였다. 아니, 적어도 그렇게 보였다.

"이게 다야. 앤-드리-아, 지금 당장 하도록."

그녀는 여전히 날 쳐다보지도 않은 채 덧붙였다.

알았다구요, 미란다. 나는 걸어나오면서 생각했다. 이 일에도 함정이 백만 개쯤 도사리고 있을 거야. 도대체 뭘 먼저 해야 하지? 우선 그 차가 '어디'에 있는지부터 알아내야 했다. 차는 카센터에서 수리받고 있을 가능성이 가장 컸다. 하지만 뉴욕에는 카센터가 수없이 널려 있다. 도대체 어디부터 가야 하지? 만약 친구에게 빌려주었다면, 차는 파크 애비뉴에 있는 어느 풀 서비스 주차장의 비싼 공간을 차지하고 있을 것이다. 물론 내가 모르는 새 차를 말한 것일 수도 있다. 막 구입해 (내가 모르는) 판매점에서 아직 집까지 배달도 안 된 차 말이다. 할 일은 산더미 같았다.

우선 미란다 아이들의 보모에게 전화했다. 전화는 음성 메시지로 넘어갔다. 다음으로 가정부에게 건 전화는 큰 도움이 되었다. 그녀는 그 차가 새 차가 아니라 미란다의 '브리티시 레이싱 그린 컨버터블 스포츠카'라고 했다. 대개 미란다가 사는 빌라의 차고에 있다는 사실도. 하지만 그녀는 그 차가 무슨 상표인지, 어디쯤에 주차되어 있는지에 대해서는 전혀 아는 바가 없었다. 이번에 는 미란다 남편의 비서에게 전화했다. 그녀는 자기가 알고 있기 로는 미란다 부부가 최고급 검정 링컨 네비게이터와 녹색 계열의 작은 포르셰를 갖고 있다고 말했다. 바로 그거야! 이제 첫 방향을 잡았다. 나는 곧바로 11번가에 있는 포르셰 카센터에 전화했다. 페인트칠은 막 끝났고, 미란다 프리스틀리 여사를 위해 녹색 카 레라 4 카브리올레 안에 새 디스크 교환기를 설치했다는 게 아닌 가! 빙고!

나는 타운카*를 불러 타고 카센터에 가서 포르셰를 내줘도 좋 다는 미란다의 서명이 있는 메모를 보여줬다. 물론 서명은 내가 위조한 것이다. 하지만 카센터 측은 나와 차 주인의 관계가 무엇 이든, 낯선 이가 와서 남의 포르셰를 찾아가든 말든 전혀 관심이 없었다. 그들은 내게 열쇠를 휙 넘겨주고는, 내가 스틱은 잘 못 다 루니 대신 차 좀 빼달라고 부탁해도 웃기만 했다. 열 블록을 오는 데 한 시간 반이 걸렸다. 가정부가 말한 미란다네 빌라의 차고에 차를 대러 가려면 도대체 어디서 어떻게 차를 돌려야 할지 막막하 기만 했다. 나와 이 차, 자전거족과 보행자와 다른 차에 흠집 하나 내지 않고 76번가와 피프스 애비뉴가 만나는 교차로까지 갈 수 있는 가능성은 제로였다. 이런 판국에 추가 지시사항을 알리는

---

* 리무진과 흡사한 고급 차.

전화까지 왔으니 신경이 곤두설 수밖에.

나는 다시 전화를 걸었다. 신호음이 두 번 울리자 보모가 받았다.

"카라, 안녕. 나야."

"무슨 일이에요? 아직도 운전중인가요? 무척 시끄러운데요?"

"응, 미란다의 포르셰를 카센터에서 찾아야 했거든. 스틱 운전
은 정말 꽝인데 말이야. 게다가 방금 미란다가 전화했어. 매들린
이라는 사람을 집에 데려다놓으라고. 대체 매들린이 누구야? 그
사람, 지금 어디 있는지 알아?"

카라는 십 분쯤 깔깔거리더니 대답했다.

"매들린은 여기서 키우는 프랑스 산 불독이에요. 지금 동물병
원에 있어요. 중성화 수술을 받았죠. 원래 내가 찾아오기로 했었
는데, 미란다한테 전화가 왔어요. 쌍둥이를 학교에서 일찍 데려
오라고. 다같이 햄튼 씨 댁에 갈 거라더군요."

"말도 안 돼. 이 포르셰로 그놈의 개를 픽업하란 말이야? 게다
가 개를 태운 상태에서 아무 데도 박지 않고 안전 운전을 해서 가
라고? 정말 말도 안 돼."

"강아지는 지금 1번가와 2번가 사이 57번가에 있는 이스트 사
이드 동물병원에 있어요. 미안해요, 앤디. 난 지금 아이들을 데리
러 가야 해요. 무슨 일 있으면 연락해요, 알았죠?"

이 녹색 괴물을 업타운까지 끌고 가려니 집중력이란 집중력은
다 사라져버렸고, 2번가에 도착할 즈음에는 스트레스로 온몸이

녹아내릴 것만 같았다. 이보다 더 힘들 수 있을까. 그때 택시 한 대가 포르셰 뒤쪽 범퍼에 0.6센티미터 간격으로 바짝 따라붙었다. 차에 손톱만큼이라도 흠집이 나면 난 해고될 게 뻔했다. 어쩌면 목숨을 내놓아야 할지도 모른다. 합법이든 불법이든 이런 대낮에 차를 세울 데라곤 없었다. 나는 밖에서 동물병원으로 전화를 걸어 매들린을 데려다달라고 부탁했다. 몇 분 뒤, 상냥한 여자가 콧물을 흘리며 낑낑거리는 강아지를 안고 나타났다. (그 몇 분 사이에 나는 왜 아직도 사무실에 나타나지 않느냐는 미란다의 독촉 전화를 받아야 했다.) 여자는 내게 매들린의 수술자국을 보여주고는 아주 조심해서 운전하라고 당부했다. 개가 '심신이 편치 않다'는 것이었다. 오, 알았어. 알았다고. 회사에서 잘리지 않고 목숨도 날아가지 않으려면 정말 조심해서 운전해야 한다는 거지! 덕분에 이 개도 혜택을 입는다면 그건 보너스지 뭐.

매들린을 옆자리에 앉히고 담배를 한 대 피워물었다. 그리고 클러치와 브레이크를 밟을 수 있도록, 얼어붙어가는 맨발을 마주 비벼댔다. 개는 액셀을 밟을 때마다 가련하게 울부짖었다. 나는 그 소리를 애써 무시하면서 클러치, 액셀, 변속기, 클러치를 주문처럼 읊조렸다. 개도 낑낑거리고 울고 쌕쌕거리기를 반복했다. 미란다의 빌라에 도착할 즈음엔 개는 거의 흥분상태가 되었다. 좀 달래보려 했지만, 내가 무성의하다는 걸 개도 아는 것 같았다. 하지만 내 손이 놀고 있는 것도 아니어서 개를 토닥이거나 쓰다듬어

줄 수가 없었다. 고작 이런 일이나 하려고 사 년 동안 수많은 책과 시나리오와 소설과 시를 읽고 비평했던가? 고작 박쥐같이 생긴 조그만 하얀 불독이나 달래줄 기회를 잡으려고? 엄청나게 비싼 남의 고급차에 흠집이 나지 않도록 애쓰려고? 황홀한 삶이로군. 참으로 바라던 삶이야.

나는 간신히 차를 차고에 넣고, 개를 무사히 경비원에게 넘겼다. 카센터에서부터 줄곧 나를 따라온 타운카에 기어오를 때 내 손은 부들부들 떨리고 있었다. 타운카의 운전기사는 나를 불쌍하게 쳐다보고는 스틱을 모는 건 참 어려운 일이라며 위로의 말을 건넸다. 하지만 난 별로 얘기할 기분이 아니었다.

"엘리아스 클라크 빌딩으로 가주세요."

운전기사가 미란다가 사는 블록을 돌아 파크 애비뉴로 향하자 나는 길게 한숨을 내쉬며 말했다. 그 길은 날마다 (어느 때는 두 번도) 다녔기 때문에 잘 알고 있었다. 숨 좀 돌리고, 정신을 차리고, 구찌 스웨이드 바지에 영원히 남게 될 담배 자국을 가릴 방법을 찾는 데는 정확히 팔 분이 주어졌다. 구두는 이런 위급상황에 대비하기 위해 사귀어놓은 런웨이 지 전속 구두수선공의 도움을 받지 않고는 가망이 없을 것 같았다. 회사까지는 육 분 삼십 초가 걸렸다. 한쪽은 굽이 없고 한쪽은 10센티미터 굽이 달린 구두를 신고 비틀거리는 기린처럼 절뚝절뚝 걷는 수밖에 없었다. 클로짓* 앞에 잠깐 멈춰 둘러보니 무릎까지 오는 밤색 지미 추 부츠가 보였다. 내가 '명품 클리닝'(그곳에선 옷 한 벌당 드라이클리닝 가격이 75달러부터 시작된다) 옷더미 위에 스웨이드 바지를 던져버린 뒤 얼른 집어든 가죽 스커트와 잘 어울릴 것 같았다. 뷰티 클로짓에 잠깐 들렀더니, 에디터 하나가 땀으로 얼룩진 내 얼굴을 보고는 화장품이 잔뜩 든 파우치를 재빨리 꺼내 건넸다.

나쁘진 않군. 나는 사방에 있는 전신거울에 내 모습을 비춰보며 생각했다. 이 정도면 불과 몇 분 전까지 내가 자신은 물론 주변 사람들까지 죽음에 몰아넣을 정도로 위험하게 차를 몰고 돌아다녔다는 걸 아무도 알아차리지 못할 거야. 나는 미란다의 사무실 밖에 있는 어시스턴트 사무실로 당당하게 들어가, 그녀가 점심식사를 마치고 돌아올 때까지 몇 분이나마 자유시간이 나기를 바라며 조용히 자리에 앉았다.

"앤-드리-아."

가구가 별로 없는 썰렁한 사무실 안에서 그녀가 불렀다.

"차와 강아지는 어디 있지?"

나는 의자에서 튕겨져나와 12센티미터 힐을 신은 발로 화려한 카펫 위를 부랴부랴 달려가 그녀의 책상 앞에 섰다.

"차는 차고 담당자에게 맡겼고, 매들린은 경비원에게 맡겼습니다."

---

* 런웨이 잡지사의 옷, 구두, 액세서리 보관소.

나는 차와 개는 물론 나 자신에 관한 일까지 무사히 마무리했다
는 자부심에 가득 차서 대답했다.

"일을 왜 그 따위로 하는 거지?"

그녀는 내가 그 방에 들어간 이후 처음으로, 보고 있던 위민스
웨어 데일리 지에서 눈을 뗐다.

"분명히 말했지? 둘 다 내 앞에 대령하라고. 내 딸들이 여기로
오면 다 함께 나가야 한다고."

"전 원하시는 게 이런 건 줄 알았어요. 그러니까……"

"됐어. 당신의 무능함에 대해서 시시콜콜 알고 싶지 않아. 가서
차와 개를 데리고 여기로 와. 십오 분 후에는 떠날 준비가 돼 있어
야 해. 알아들었어?"

십오 분이라고? 이 여자가 제정신인가? 아래층까지 내려가서
타운카를 타는 데만 일이 분이 걸릴 테고, 빌라까지 가려면 육 분
에서 팔 분, 방 열여덟 개짜리 빌라에서 강아지를 찾고 제멋대로
인 스틱 자동차를 주차장에서 빼내 사무실까지 스무 블록을 되돌
아오려면 세 시간은 족히 걸릴 텐데?

"물론이죠, 편집장님. 십오 분이요."

그곳에서 뛰쳐나오는 순간 온몸이 다시 떨리기 시작했다. 스물
세 해를 못 넘기고 심장마비로 죽는 게 아닌가 하는 생각이 들었
다. 담배는 불을 붙이자마자 새 지미 추 부츠 위에 떨어져 모락모
락 연기를 내며 타들어가더니 조그만 구멍을 냈다. **엿같군.** 나는

중얼거렸다. 정말 끝내주게 엿같아. 오늘 망쳐버린 옷과 구두만 4천 달러어치는 될걸? 기록이야, 기록. 하지만 내가 돌아오기 전에 그 여자가 먼저 죽을지도 몰라. 지금이야말로 긍정적으로만 생각해야 할 때라고 마음을 다잡았다. 어쩌면 희귀병에 걸려 졸도할지도 몰라. 그럼 다들 그녀로 인한 고통에서 해방될 텐데. 나는 담배를 비벼끄기 전에 마지막으로 길게 한 모금을 빨고는 '정신 차려'라고 중얼거렸다. 그녀가 죽기를 바라지 마. 나는 타운카 뒷좌석에서 팔다리를 쭉 뻗으며 생각했다. 그녀가 죽어버리면 그 여자를 죽여버릴 희망이 사라져버리잖아. 그건 절대로 안 돼.

O2

처음 면접을 보던 날, 최신 유행이라는 유행은 다 신고 오르내리는 그 악명 높은 '엘리아스 클라크' 빌딩 엘리베이터에 발을 들여 놓았을 때, 난 그야말로 무지했다. 뉴욕에서 가장 발이 넓은 가십 칼럼니스트들과 사교계 인사들 그리고 미디어 간부들이, 완벽하게 화장을 한 채 이 매끄럽고 고요한 엘리베이터를 타고 다니는 사람들에게 그토록 집착하고 있을 줄은 몰랐다. 그렇게 반짝이는 금발의 여자들도 태어나서 처음 보았다. 그런 효과가 나는 하이 라이트를 쓰려면 일 년에 6천 달러가 든다는 것, 그쪽 정보에 밝은 사람들은 염색한 머리를 설핏 보기만 해도 어느 염색전문가의 작품인지 안다는 것도 전혀 몰랐다. 그렇게 멋진 남자들도 지금껏 본 적이 없었다. 몸은 운동으로 단련된 것 같았지만, 그렇다고 지나친 근육질도 아니었다. 그러면 '섹시하지 않기' 때문이었다. 가는 스트라이프 터틀넥과 피트되는 가죽바지를 입은 몸은 그들이 늘 피트니스센터에 붙어산다는 걸 보여주고 있었다. 가방과 구두는 어디를 봐도 '프라다! 아르마니! 베르사체!'라고 외쳐대고 있었다. 그런 상품을 진짜로 몸에 달고 다니는 사람들도 그날 처음 보았다.

전에 시크 지에 편집 어시스턴트로 있는 친구의 친구로부터 최고급 액세서리들이 이 엘리베이터 안에서 자신들을 만든 사람과 마주치기도 한다는 얘길 들은 적이 있다. 그러니까 이 엘리베이터는 미우치아, 조르지오 혹은 도나텔라가 그해 여름 유행하는 스틸레토 힐*을 신고 있거나 봄시즌 티어드롭 백**을 들고 다니는 그들의 고객을 직접 보고 감탄할 수 있는 감동적인 만남의 장소인 셈이다. 내가 살던 환경과는 전혀 다른 풍경이었다. 하지만 그게 좋은 것인지는 판단이 서지 않았다.

나는 스물세 해 동안 미국의 평범한 작은 마을에서 살았다. 판에 박은 듯한 삶이었다. 코네티컷 주 에이본에서 자란다는 건 고등학교 때 온갖 운동을 하고, 우리끼리 모여 놀며, 부모님이 안 계실 때는 교외의 멋진 농장에서 '술 파티'를 즐긴다는 뜻이었다. 학교 갈 때는 스웨트 팬츠를 입었고, 토요일 밤에는 청바지를, 댄

---

* 매우 가늘고 뾰족한 굽.

** 눈물방울, 빗방울 모양의 핸드백.

스파티에서는 주름장식이 달린, 아랫 부분이 넓게 퍼지는 드레스를 입었다. 그리고 드디어 들어간 대학! 그곳은 교양이 넘치는 신세계였다. 브라운 대학은 이 세상에 존재하는 모든 유형의 예술가와 사회부적응자, 컴퓨터만 아는 괴짜를 위해 다양한 활동과 수업을 제공했다. 추구하고 싶은 지적 관심사나 창의적인 관심사가 있으면, 어떤 식으로든 해소할 수 있는 출구를 찾을 수 있었다. 하지만 패션만은 예외였다. 플리스 천으로 만든 옷에 등산화 차림으로 프로비던스*를 어슬렁거리고 프랑스 인상파 화가들에 대해 배우고 비비 꼬인 문장으로 영문학 리포트를 쓰며 사 년을 보내고 나자, 졸업 후 취업을 위한 준비가 전혀 되어 있지 않다는 걸 깨달았다.

나는 취직을 되도록 뒤로 미뤘다. 졸업 후 첫 석 달 동안은 얼마 안 되는 돈을 긁어모아 혼자 여행을 했다. 한 달 동안 기차로 유럽을 떠돌아다니는 여행이었다. 미술관보다는 해변에서 더 많은 시간을 보냈고, 남자친구 알렉스 말고는 고향 사람들과 거의 연락하지 않았다. 다섯 주쯤 지나자 알렉스는 내가 슬슬 외로워한다는 것을 알아챘다. 그 동안 참가했던 '미국을 위해 가르치자(Teach for America)' 프로그램을 막 끝낸 그는 학기가 시작하기 전에 남은 여름을 즐기겠다며 암스테르담에 불쑥 나타나 나를 깜짝 놀라

---

*뉴잉글랜드 지방에서 보스턴 다음으로 큰 도시. 브라운 대학이 위치해 있다.

게 했다. 그때 난 이미 유럽 대부분을 돌았고, 알렉스는 그 전해 여름에 이미 유럽 여행을 한 상태였다. 어느 나른한 오후, 우리는 카페에 앉아 남은 여행자 수표를 모두 긁어모았다. 그러고는 방콕 행 편도 비행기표를 사버렸다.

하루에 10달러 이상은 쓰지 않았다. 우리는 동남아 일대를 함께 돌아다니면서 우리의 미래에 대해 끊임없이 이야기했다. 알렉스는 뉴욕의 한 가난한 학교에서 영어 교사직을 얻게 되어 아주 신이 나 있었다. 어린이들에게 영혼의 틀을 만들어주고, 가장 가난하고 무시당하는 사람들의 스승이 되고 싶다는 생각에 전격적으로 결정한 일이었다. 그야말로 알렉스다운 행동이었다. 하지만 내 목표는 그렇게 고상하지 않았다. 나는 잡지 출판 계통으로 나가고 싶어 몸부림쳤다. 갓 졸업한 풋내기가 뉴요커 지에서 일할 가능성은 거의 제로였다. 하지만 난 다섯번째 동창회 이전에 그곳에 들어가 글을 쓰겠노라고 다짐했다. 오직 그 일만을 원했고 거기서만 일하고 싶었다. 예전에 부모님이 그 잡지 기사를 읽고 토론하는 소리를 듣고 집어든 게 처음이었다. 그때 엄마는 이렇게 말했다.

"정말 잘 쓴 기사야. 앞으로 두 번 다시 이런 건 못 읽을 것 같아."

아버지도 동의했다.

"맞아. 요즘 나온 것 중에서 유일하게 똑 소리 나게 썼어!"

나도 그 기사가 참 좋았다. 톡톡 튀는 비평과 위트 넘치는 만화.

오직 독자만을 위한 특별 클럽에 입장이 허가되었다는 느낌도 좋았다. 지난 칠 년 동안 나는 뉴요커의 매호를 빠짐없이 읽었다. 모든 섹션과 모든 에디터와 모든 필자를 기억해두는 것도 잊지 않았다. 알렉스와 나는 곧 우리가 인생의 새 무대에 오른다는 것과 그걸 우리 둘이 함께하게 되어 얼마나 다행인지 이야기를 나누었다. 하지만 서둘러 돌아가고 싶지는 않았다. 어쨌든 지금이 폭풍 전야의 평온함을 즐길 수 있는 마지막 시간일 테니까. 어리석게도 우리는 이국적인 인도의 시골을 몇 주 더 돌아다니고 싶어서 델리에서 비자를 연장했다.

아메바성 이질보다 더 빨리 이 낭만을 끝장내주는 게 있을까? 더러운 인도의 호스텔에서 일 주일을 견디며, 나는 알렉스에게 그 끔찍한 곳에 날 죽게 내버려두지 말라고 애걸했다. 나흘 후, 우리는 뉴아크 공항에 도착했다. 근심에 찬 엄마는 나를 자동차 뒷좌석에 잘 앉히고는 집으로 오는 내내 혀를 찼다. 그러고는 끔찍한 기생충이 어린 딸의 몸을 깨끗이 포기했는지 알아보려고 여러 의사를 찾아다녔다. 하지만 진짜 이유는 유대인 엄마 특유의 과보호 때문이었다. 몸을 회복하는 데는 사 주가 걸렸다. 집에 있는 게 답답하다고 느끼기 시작한 건 이 주가 더 지나서였다. 부모님은 내게 잘해주셨지만, 나가고 들어올 때마다 어디 가냐 어디 갔다 왔냐 잔소리를 듣는 게 곧 지겨워졌다. 난 할렘의 작은 원룸에 사는 릴리에게 전화해 내가 그애 집 소파에서 자도 되는지 물어봤다. 릴리는 진심으로 반가워해주었다.

～

할렘의 작은 원룸에서 일어나보니 온몸이 땀에 흠뻑 젖어 있었다. 이마는 지끈거리고 속은 울렁댔다. 온 신경이 가닥가닥 떨렸다. 물론 성적 흥분과는 거리가 먼 감각이었다. 으악! 또 도진 건가? 나는 공포에 휩싸였다. 병균들이 또 내 몸속으로 들어온 건가? 아아, 그 끔찍한 고통에 또 시달려야 해? 아니, 더 나쁜 건가? 혹시 증상이 뒤늦게 나타나는 희귀병인 뎅기열*에 걸린 건 아닐까? 말라리아? 에볼라? 나는 곧 닥칠 죽음의 원인을 파악하려 애쓰면서 침묵 속에 누워 있었다. 순간 어젯밤의 기억이 머릿속을 스쳐 지나갔다. 이스트 빌리지 어딘가의 담배연기 자욱한 바, 퓨전재즈라고 불리던 어떤 음악, 마티니 잔에 담긴 진분홍빛 액체 (윽, 메스꺼워. 그만!), 내 귀국을 환영하느라 들른 친구들. 건배, 쭉 한 잔, 또 건배. 오, 하느님, 감사합니다. 그건 희귀한 출혈성 발열이 아니라 그저 숙취일 뿐이었다. 이질로 9킬로그램이나 빠졌지만, 병 때문에 주량이 줄 거라는 생각은 미처 못 했다. 177센

---

* 관절과 근육에 격통을 일으키는 열대성 전염병.

티미터 키에 52킬로그램의 몸무게는 밤새워 놀기에 좋은 조건은 아니었다. 하지만 패션잡지사에 취직하는 데는 꽤 괜찮은 조건이었다.

나는 지난 몇 주간 몸을 비비며 잤던 삐그덕거리는 소파에서 용감하게 몸을 추슬렀다. 병의 마수에 잡히지 않으려고 온 힘을 끌어모았다. 미국에 적응하는 건(음식, 매너, 유쾌한 샤워) 그다지 힘들지 않았지만, 남의 집 손님 노릇은 꽤 피곤했다. 돈이 다 떨어지기 전에 남아 있는 바트와 루피를 바꾸면 열흘쯤은 견딜 수 있었다. 부모님에게 돈을 보내달라고 할까? 분명 끝도없는 잔소리를 들어야 할 것이다. 생각만 해도 정신이 번쩍 들었다. 나는 침대에서 일어나 운명의 날을 맞이했다. 11월의 어느 날, 나는 한 시간 후에 있을 최초의 구직 면접을 위해 몸을 재게 놀리고 있었다. 지난주 내내 시들시들 지쳐서 릴리의 소파에 누워만 있었다. 결국 릴리는 제발 좀 나가달라고, 하루에 몇 시간만이라도 나가 있으라고 소리를 질렀다. 할 일이 없었던 나는 지하철을 타고 다니며 발길 닿는 대로 이력서를 뿌렸다. 온갖 유명 잡지사의 경비원에게 가져다준 이력서에는 편집 어시스턴트 일을 원하며, 잡지에 글을 써서 경력을 쌓고 싶다는 무성의한 글이 적혀 있었다. 하도 몸이 늘어지고 기운이 빠져서 누가 그걸 읽을지 관심도 없었다. 더욱이 정말로 면접을 하게 되리라곤 생각도 못 했다. 그런데 바로 어제 릴리의 전화가 울렸다. 놀랍게도 엘리아스 클라크의 인사과 직원이 나와 '얘기를 나누고 싶다'는 것이었다. 그것이 공식적인 면접을 뜻하는지는 알 수 없었지만, 어쨌든 '얘기를 나누자'는 말은 반가웠다.

나는 진통제와 소화제를 꿀꺽 삼키고 재킷과 바지를 헐레벌떡 주워입었다. 위아래가 전혀 어울리지 않아 도저히 정장이라고 할 수 없는 옷차림이었다. 하지만 어쨌든 야윈 내 몸에 걸려 있긴 했다. 파란색 버튼다운, 지나치게 의기양양해 보이지 않는 포니테일 스타일의 머리, 그리고 약간 닳은 굽 없는 신발이 내 의상을 마무리했다. 별로 괜찮아 보이진 않았지만(음, 실은 보기가 매우 난감할 정도지만) 이 정도면 충분했다. 설마 옷차림만 보고 채용 여부를 판단하진 않겠지, 라고 생각했다. 그러니까 그때는 정말 제정신이 아니었던 것이다.

면접에 맞춰 오전 열한시 정각에 약속 장소에 도착했다. 엘리베이터를 타려고 줄지어 서 있는 늘씬한 여자들을 보자 갑자기 주눅이 들었다. 그들은 쉴새없이 입을 움직였다. 잡담은 스틸레토 힐이 바닥에 딱딱 부딪힐 때만 잠시 끊겼다. 딱딱이*들이군. 아주 끝내줘. (엘리베이터가 왔다!) 숨 들이마시고, 숨 내쉬고. 나는 마음을 다잡았다. 토하지 마. 넌 그저 편집 어시스턴트 일에 대해 얘기하러 온 거야. 끝나면 바로 릴리네 소파로 돌아가면 돼. 토하지 마. "네! 전 리액

---

* 여기서는 스틸레토 힐을 신은 여자들을 말함.

션에서 정말 일하고 싶어요! 버즈도 괜찮습니다. 제가 골라도 되는 건가요? 여기와 매종 중에서 어디를 택해야 할지 오늘 밤에 생각 좀 해봐야겠어요, 와우!"

잠시 후 나는 매력과는 거리가 먼 날림 정장 위에 별로 달갑지 않은 '방문자' 스티커를 붙이고 엘리베이터로 다가갔다. 나중에 안 사실이지만, 이런 절차를 잘 아는 방문객들은 스티커를 가방에 붙이거나 바로 찢어버렸다. 열심히 그걸 붙이고 다니는 이들은 세련미라곤 찾아볼 수 없는 별 볼일 없는 인간들뿐이었다. 엘리베이터를 탔다. 위로, 위로, 위로, 멀리, 시공간을 지나 무한한 섹시함 속으로 돌진…… 인사과를 향해!

엘리베이터가 조용하지만 매우 빠르게 올라가는 동안 잠시 마음을 가라앉혔다. 불쾌하고 짙은 향수 냄새가 덜 마른 가죽 냄새와 섞여 엘리베이터는 단순히 기능적인 공간에서 꽤나 에로틱한 공간으로 바뀌어 있었다. 엘리베이터는 층마다 멈춰서 시크, 만트라, 버즈, 코케트 지 등에 미녀들을 내려놓고 다시 올라갔다. 매층마다 엘리베이터가 경건하게 열리는 앞에 새하얀 안내 데스크가 있었다. 깔끔하고 간결한 선이 흐르는, 누가 뭘 엎지르기라도 하면 고통스런 비명을 내지를 것도 같은 우아한 가구들을 보니 감히 앉을 생각도 할 수 없었다. 잡지 이름은 로비 벽을 따라 독특하고 새까만 활자체로 붙어 있었고 모두 두꺼운 불투명 유리문의 보호를 받고 있었다. 미국 사람이라면 대개 그 이름을 알아볼 수는 있겠지만, 그것들이 이 도시의 높은 건물에 모여 빙빙 돌고 있을 거라고는 전혀 상상하지 못할 것이다.

솔직히 나는 그때까지 요구르트 아이스크림을 퍼담는 것보다 더 폼나는 일을 해본 적이 없었다. 하지만 갓 취직한 친구들이 이야기한 바로는 회사 풍경이 꼭 이렇지는 않았다. 아니, 조금도 비슷하지 않았다. 혐오스런 형광등이나, 먼지를 가리기 위해 덮어놓은 카펫 따위는 없었다. 촌스러운 비서들이 앉아 있어야 할 곳에는 광대뼈가 도드라진 우아한 젊은 여성들이 파워슈트*차림으로 앉아 있었다. 사무용품은 어디에도 보이지 않았고, 정리함 휴지통 책 등은 아예 없었다. 여섯 개 층이 하얀 소용돌이 속으로 완벽하게 사라지는 것을 본 다음에야 나는 누군가의 앙심 어린 목소리를 들을 수 있었다.

"정말 나쁜 년이야! 더는 못 참겠어. 누가 그걸 참아? 누가 그걸 참아내겠냐고!"

뱀피 스커트에 초미니 탱크톱을 입은 스무 살 남짓한 여자가 내뱉은 말이었다. 사무실보다는 '방갈로 8'에서 밤늦도록 노는 데 더 어울릴 차림이었다.

"알아. 완전 공감이야. 지난 육 개월 동안 나도 얼마나 성질 죽이고 있었는지 아니? 어휴, 나쁜 년. 취향도 거지 같은 주제에."

---

*어깨를 강조한 여성 정장 스타일.

귀여운 단발머리를 한 그녀의 친구가 열심히 고개를 끄덕이며 거들었다.

다행히 내가 내릴 층에 엘리베이터가 서고 문이 스르르 열렸다. 흠, 재미있군. 앞으로의 근무환경과 중학교 여학생의 일상을 비교한다면 여기가 훨씬 나을 것 같아. 정말 자극적이야. 물론 그렇지 않을 수도 있지. 상냥하고 친절하고 따스한 곳? 오, 전혀 아니야. 저절로 미소가 우러나며 열심히 일을 하고 싶은 기분이 드는 곳일까? 아니야, 아니라고! 하지만 누군가 지나치게 세련되고 엄청 쿨하며 가슴을 비틀 정도로 멋진 곳을 찾고 있다면 엘리아스 클라크가 바로 그곳이야.

안내 데스크 직원의 화려한 보석과 완벽한 화장을 보니 내가 이곳에 전혀 어울리지 않는다는 생각은 더욱 확고해졌다. 내게 자리를 권하면서 그녀가 말했다.

"우리 회사에서 나온 잡지들이에요. 편하게 보고 계세요."

나는 면접 때 누가 편집장 이름을 물어보기나 할 것처럼 잡지마다 편집장이 누군지 뒤지며 재빨리 머릿속에 넣어두려고 애썼다. 흠! 물론 리액션의 스티븐 알렉산더는 알고 있었다. 버즈의 태너 미셸도 외우기 어렵지 않았다. 내 생각엔 이 회사에서 나오는 잡지 중에 괜찮은 건 그 두 개뿐이었다.

아담 사이즈의 세련된 여자가 다가오더니 자신이 샤론이라고 소개했다.

"흠, 잡지계에 발을 들여놓고 싶다고요?"

그녀는 비슷비슷하게 생긴 늘씬한 마네킹이 줄지어 서 있는 곳을 지나 장식이 없는 썰렁한 사무실로 나를 안내하며 물었다.

"대학을 졸업하고 바로 일자리를 구하긴 힘들어요. 자리는 없고 경쟁은 엄청나니까요. 그나마 자리가 있어도 보수가 좋은 것도 아니고."

나는 위아래가 따로 노는 싸구려 옷과 이 자리에 어울리지 않는 신발을 내려다보며 내가 귀찮게 왜 이런 짓을 하고 있는지 의아해졌다. 속으로 어떻게 하면 이 주일 동안 버틸 치즈잇*과 담배를 사서 다시 소파로 기어들어갈 수 있을까 궁리하다가, 그녀가 거의 속삭이듯 말하는 소리를 놓칠 뻔했다.

"사실 지금 여기엔 굉장한 기회가 있어요. 물론 금방 없어지겠지만요!"

나는 안테나를 쫑긋 세우며 그녀와 눈을 마주치려 애썼다. 기회라고? 그런데 금방 없어진다고? 갑자기 마음이 급해졌다. 이 여자가 날 도와주려고 이러는 걸까? 내가 마음에 들었나? 난 아직 한 마디도 안 했는데 어떻게 내가 마음에 들겠어? 그런데 왜 이 여자가 카세일즈맨 같다는 생각이 드는 거지?

"자, 런웨이 편집장이 누군지 이름을 말해보겠어요?"

---

* 켈로그 사에서 판매하는 스낵 이름.

내가 앉은 후 처음으로 그 여자가 나를 똑바로 보며 물었다.

하얗다. 머릿속이 완전히, 하얗다. 하나도 기억이 나지 않는다. 이 여자가 이런 질문을 하고 있다는 게 믿어지지 않았다. 그런 걸 나한테 물어보면 어떡해? 난 지금까지 런웨이를 한 번도 읽어본 적이 없는데. 런웨이에 관심 갖는 사람이 어디 있어? 그건 패션잡지잖아. 제대로 된 글은 하나도 없고 배고파 보이는 모델들과 번쩍거리는 광고만 가득한 잡지! 나는 잠시 머뭇거렸다. 방금 머릿속에 우겨넣은 다른 편집장들의 이름이 저마다 어울리지 않는 짝과 춤을 추며 뱅뱅 돌았다. 그런데 마음속 깊은 곳 어디선가 내가 그녀의 이름을 알고 있다는 확신이 들었다. 사실 누가 모르겠어? 하지만 머릿속이 뒤죽박죽이라 그 이름이 또렷하게 떠오르지 않았다.

"지금은 생각이 안 나네요. 하지만 알고는 있어요. 그분이 누구라는 것쯤은 다들 알잖아요! 지금 잠깐 생각이 안 나는 것뿐이에요."

그녀는 잠시 나를 응시했다. 커다란 갈색 눈이 식은땀이 흐르는 내 얼굴에 와 꽂혔다.

"미란다 프리스틀리."

그녀는 존경심과 공포심이 섞인 말투로 속삭이듯 말했다.

"그분 이름은 미란다 프리스틀리예요."

침묵이 이어졌다. 거의 일 분 동안 우리는 둘 다 한 마디도 하지 않았다. 하지만 그때 샤론은 내 결정적인 실수를 눈감아주려고 마음먹었던 게 틀림없다. 나는 그녀가 어떻게 해서든 미란다의 어시스턴트를 한 명 더 채용하려 했다는 걸 전혀 몰랐다. 미란다가 밤낮으로 전화해서 지원한 사람이 누구냐고 들들 볶는 걸 막아보려고 온갖 애를 쓰고 있다는 건 더더욱 몰랐다. 미란다가 거부하지만 않으면 누구든 채용하려고 필사적이었다는 것을 말이다. 물론 가능성은 희박해 보이지만, 혹시라도 내가 그 바늘귀만 한 기회를 잡아 자기를 구원해줄지도 모르니 그녀는 내 비위를 맞춰야만 했던 것이다.

샤론은 살짝 미소짓더니 내가 미란다의 어시스턴트 두 명을 만나게 될 거라고 말했다. 어시스턴트가 둘이라고?

"물론이죠."

그녀는 좀 짜증스러운 표정으로 말했다.

"미란다에겐 당연히 어시스턴트가 둘은 있어야 해요. 현재 선임 어시스턴트는 앨리슨인데, 이번에 런웨이 뷰티팀 에디터로 승진했어요. 수습 어시스턴트인 에밀리가 앨리슨의 자리로 올라갈 거예요. 그러니까 에밀리 자리가 비는 거죠. 앤드리아, 대학을 갓 졸업한 당신이 잡지계 속사정에 대해 다 알 수는 없겠죠……"

그녀는 적절한 말을 고르느라 연극을 하듯 잠시 말을 멈췄다.

"하지만 이 일이 얼마나 굉장한 기회인지 말해주는 게 내가 할 일이자 의무라고 생각해요. 미란다 프리스틀리는……"

그녀는 속으로 공손하게 절이라도 하는 듯 또다시 연극적으로 잠시 말을 멈췄다.

"미란다 프리스틀리는 패션계에서 가장 영향력 있는 여성이에요. 그리고 전 세계에서 가장 뛰어난 에디터 중 한 사람이랍니다. 전 세계에서요! 그분을 위해 일하고, 그분이 일하는 걸 옆에서 지켜보고, 그분과 함께 유명 작가나 모델을 만나고, 그분이 날마다 해내는 모든 업적을 옆에서 돕는 일은 백만 명쯤 되는 여자들이 너무도 하고 싶어하는 일이라는 걸 굳이 말하지 않아도 되겠죠?"

"아, 그렇군요. 무척 멋진 일인 것 같네요."

백만 명쯤 되는 여자들이 너무나 하고 싶어하는 그 일을 왜 나더러 하라는 건지 알 수가 없어서 나는 고개를 갸우뚱하며 대답했다. 그러나 계속 그런 생각을 할 시간이 없었다. 그녀는 전화기를 들고 몇 마디 하더니, 몇 분 후 내가 미란다의 어시스턴트들과 면접을 할 수 있도록 엘리베이터까지 데려다주었다.

샤론은 로봇처럼 말투가 바뀌어 있었다. 다음에는 에밀리를 만나야 했다. 나는 17층으로 내려가 런웨이의 새하얀 안내 데스크에서 긴장하며 기다렸다. 삼십 분이 지나자 키가 크고 마른 여자 하나가 유리문 뒤에서 나타났다. 그녀는 종아리까지 오는 가죽 스커트를 입고 있었다. 빨간 머리가 좀 흐트러지긴 했지만 그럭저럭 매력적으로 동그랗게 묶인 스타일이었다. 피부는 깨끗하다 못해 창백했고, 광대뼈가 뾰족하게 도드라진 얼굴이었다. 웃음기라곤 찾아볼 수 없었다. 내 옆에 앉아 나를 찬찬히 살펴보긴 했지만 마지못해 그러는 것 같았다. 에밀리로 보이는 그 여자는 자기소개도 하지 않고 어시스턴트 일에 대해 설명하기 시작했다. 단조롭게 늘어놓는 걸로 미루어보아 이미 많이 해본 가락이었다. 그녀는 이미 수십 번 면접을 했고, 내가 특출나다고 생각하지도 않으며, 시간낭비는 더더욱 하고 싶지 않은 듯했다.

"일은 당연히 힘들어요. 하루에 열네 시간씩 일하게 될 거예요. 항상 그렇진 않지만 야근이 잦은 편이죠."

그녀는 여전히 나를 쳐다보지도 않은 채 빠르게 말했다.

"확실히 해두고 싶은 게 있어요. 어시스턴트 일에 편집 업무는 전혀 없다는 거예요. 미란다의 수습 어시스턴트로서 당신은 오직 미란다가 원하는 것을 미리 파악하고 준비하기만 하면 돼요. 미란다가 좋아하는 문구용품 주문부터 쇼핑할 때 동행하는 일까지 뭐든지요. 모두 재미있는 일이에요. 내 말은, 앤드리아 당신이 날마다 정말 대단한 사람과 함께 한다는 뜻이죠. 정말 대단하죠?"

그녀는 숨을 내쉬었다. 우리가 말을 나누기 시작한 뒤 처음으로 약간이나마 생기가 돌아 보였다.

"네, 좋네요."

진심이었다. 졸업하자마자 취직한 친구들은 벌써 육 개월째 단순 업무만 해오고 있다. 다들 비참한 것 같았다. 은행, 광고회사, 출판사, 어디든 다들 힘들어했다. 친구들은 모두 일만 하는 기나긴 하루와 동료들과의 관계, 직장에서의 기싸움에 대해 푸념했다. 지겨운 게 가장 큰 문제라고 그들은 하소연했다. 학교 때에 비하면 그들에게 주어진 일이란 단조롭고 불필요하며, 원숭이한테나 딱 맞는 일이었다. 그들은 그 많은 시간을 데이터베이스에 숫자를 쳐넣고, 전화 받고 싶어하지 않는 사람들에게 판촉전화를 하며 보낸다고 했다. 컴퓨터에 몇 년치 정보를 분류해넣고 몇 달 내내 엉뚱한 주제를 연구해야만 상사들은 그들을 생산성 있는 인재로 본다는 것이다. 졸업 후 순식간에 바보가 되었다고 다들 투덜댔다. 탈출구는 보이지 않았다. 내가 특별히 패션을 좋아하는 건 아니었다. 하지만 지겨운 일에 빨려들어가는 것보다는 하루 종일 뭔가 '재미있는' 일을 하는 편이 훨씬 나았다.

"그럼요. 좋아요, 아주 좋죠. 정말 좋은 일이에요. 어쨌든 만나서 반가워요. 가서 앨리슨을 데려오죠. 그녀도 좋은 사람이에요."

말을 끝내기가 무섭게 그녀는 가죽 스커트와 곱슬머리를 흔들며 유리문을 빠져나갔다. 다음 순간, 꼭 망아지같이 생긴 사람이 들어왔다.

눈이 번쩍 뜨이도록 새까만 그 여자는 앨리슨이라고 자기를 소개했다. 갓 승진한 미란다의 선임 어시스턴트인데, 한눈에도 너무 말랐다는 게 보였다. 쏙 들어간 그녀의 배와 툭 튀어나온 골반뼈를 마냥 바라보고만 있을 수는 없었다. 그녀가 직장에서 배를 드러내고 있다는 사실에 너무 놀랐기 때문이었다. 그녀는 꽉 끼

는 부드러운 검은 가죽바지와 배꼽 위 5센티미터까지 올라간, 보
풀 같은 것으로 만든 복실복실한(아니면 모피로 만든 건가?) 흰
색 탱크톱 차림이었다. 탱크톱은 가슴 부분이 터질 정도로 몸에
착 달라붙어 있었고, 잉크처럼 새까만 머리카락은 그녀의 등을
두꺼운 담요처럼 덮고 있었다. 잘 손질된 손톱과 발톱에 발린 흰
색 펄 매니큐어가 은은하게 반짝거렸다. 그녀가 신고 있는 7센티
짜리 토오픈 샌들 덕에 키가 190센티미터는 되어 보였다. 그녀는
섹시했고, 반은 벗다시피한 차림이었지만 정말 근사했다. 하지만
내 눈엔 추워 보였다. 사실이 그랬다. 11월이었으니까.

"안녕하세요. 앨리슨입니다."

그녀는 너무나도 가는 허벅지에서 탱크톱에서 떨어진 털을 떼
어내며 말했다.

"얼마 전에 에디터로 승진했어요. 미란다 밑에서 일한 사람만
이 누릴 수 있는 멋진 보상이죠. 근무시간이 길고 고되긴 해도 아
주 매력적인 일이랍니다. 이 일을 너무나도 하고 싶어하는 여자
들이 백만 명쯤 되죠. 미란다는 정말 멋진 여성이자 에디터이고,
주변 사람을 정말로 아끼는 **사람**이에요. 그녀 밑에서 일하면 몇
년이 걸릴지 모르는 승진의 사다리를 단숨에 올라갈 수 있어요.
당신이 유능하다면, 그녀는 단숨에 당신을 가장 높은 곳으로 끌
어올려줄 거예요. 그리고……"

그녀는 자기가 얼마나 열을 내며 얘기하고 있는지 의식하지 못

한 채 두서없이 말했다. 딱히 멍청해 보이진 않았지만, 그녀의 눈은 사이비 종교 신자나 세뇌받은 사람처럼 기묘하게 번득였다. 내가 잠이 들거나, 코를 파거나, 그 자리를 떠난다 해도 알아차리지 못할 것 같았다.

마침내 그녀는 할말을 다 하고는, 다른 사람에게 나를 만나보라고 알려준다며 사라졌다. 나는 환영받지 못하는 사람 전용 소파에 앉았다. 모든 게 숨쉴 틈도 없이 진행되고 있었다. 하지만 흥분되었다. 미란다 프리스틀리가 누군지 모른다 한들 뭔 일이라도 나겠어? 다른 사람들은 그녀에게 감명 받고 있는 게 분명해. 그래, 여기는 패션잡지사고 별달리 재미있는 것은 없지만 끔찍한 경제잡지 같은 데보다는 훨씬 낫잖아. 내 이력서에 런웨이라는 이름을 박아넣는 영광을 갖게 되면, 언젠가 뉴요커에 응시할 때 훨씬 유리할 거야. 포퓰러 미캐닉스 같은 잡지에서 일한 것보다 나을 거 아냐? 게다가 백만 명쯤 되는 여자들이 너무나도 하고 싶어하는 일이라잖아.

이런 생각을 하며 삼십 분이 흘러갔다. 이번에도 키가 크고 엄청나게 마른 여자가 안내 데스크로 왔다. 그녀가 자기 소개를 하는데도 나는 그녀의 몸매만 보고 있었다. 그녀는 갈가리 찢은 청치마에 속이 훤히 비치는 흰 블라우스를 입고 은색 스트랩 샌들을 신고 있었다. 온몸은 완벽하게 선탠을 했으며 손톱엔 매니큐어를 발랐고, 보통 사람들이라면 눈 내리는 겨울에 드러내지 않았을

맨살을 그대로 노출하고 있었다. 그녀가 뒤따라오라는 손짓을 하며 유리문 안으로 들어갔다. 몸을 일으킨 뒤에야 나는 내 옷이 비참할 정도로 이곳에 어울리지 않으며, 액세서리조차 한 점 걸치지 않았다는 것을 깨달았다. 서류가방 같은 걸 들고 있었던 그날의 내 차림새는 지금도 잊혀지지 않는다. 뉴욕 시에서 가장 우아하고 멋진 여자들 틈에서 내 모습이 얼마나 꼴사나웠을까를 생각하면 지금도 얼굴이 벌겋게 달아오른다. 한참을 헤맨 후 겨우 그 무리에 들고 나서야 나는 면접 때 그들이 나를 두고 얼마나 웃어댔는지 알게 되었다.

그 멋쟁이 역시 어김없이 몇 가지 질문을 던지고 나서 나를 런웨이의 편집간부이자 다재다능하고 매력적인 괴짜 셰릴 커스턴의 사무실로 데려갔다. 그녀도 꽤 오래 이야기를 했는데, 족히 몇 시간은 흐른 것만 같았다. 이번에는 나도 주의를 기울이고 들었다. 그 잡지의 '글'에 대해, 자신이 읽는 훌륭한 잡지와 담당 작가, 에디터들에 대해 흥분해서 말하는 그녀의 모습이 자신의 일을 사랑하는 사람처럼 보였기 때문이다.

"난 패션 분야에 대해서는 아는 게 하나도 없어요."

그녀는 자부심 넘치는 표정으로 시원시원하게 말했다.

"그러니 그런 질문은 다른 사람에게 하는 게 나을 거예요."

나는 그녀가 하는 일이 정말 매력적으로 보이며, 나 역시 사실 패션 쪽에는 관심도 아는 것도 없다고 말했다. 그녀의 미소는 함박웃음으로 바뀌었다.

"앤드리아, 그렇다면 우리가 필요로 하는 사람은 바로 당신인 것 같군요. 이제 미란다를 만날 때가 된 것 같아요. 내가 충고 하나 하죠. 그녀의 눈을 똑바로 쳐다봐요. 그리고 당신을 파는 거예요. 값은 세게 불러요. 그래야만 그녀가 당신을 존중해줄 거예요."

무슨 신호를 받았는지, 아까 그 멋쟁이가 날듯이 다가와서 나를 미란다의 방까지 안내했다. 그곳까지 가는 데는 딱 삼십 초밖에 안 걸렸다. 하지만 나는 나를 바라보는 모든 시선을 느낄 수 있었다. 그들은 편집부의 우윳빛 유리 너머로, 어시스턴트 자리의 칸막이 틈으로 나를 엿보았다. 복사기 앞에 있던 어떤 미인은 나를 보느라 몸을 돌리기까지 했다. 분명 게이인 듯한 잘생긴 남자도 나를 쳐다보았지만 그는 오로지 내 옷차림만 관찰했다. 내가 미란다의 사무실 밖에 있는 어시스턴트 사무실로 들어가는 문을 지나는 순간, 에밀리가 내 서류가방을 홱 낚아채더니 자기 책상 밑으로 던져버렸다. 그걸 가지고 들어가면 좋은 점수를 못 딸 거야라는 메시지가 분명했다.

나는 미란다의 사무실에 들어와 있었다. 커다란 창문이 있고 환한 빛이 흐르는 밝은 방이었다. 하지만 세세한 건 전혀 눈에 들어오지 않았다. 그녀에게서 눈길을 거둘 수 없었기 때문이다.

나는 그때까지 미란다 프리스틀리를 사진으로도 본 적이 없었다. 엄청나게 마른 그녀를 본 순간, 난 거의 경악할 지경이었다. 골격이 가는 그녀의 손은 여성스럽고 부드러웠다. 자리에 앉은 채로 날 맞이했기 때문에 그녀가 내 눈을 보려면 고개를 들어야 했다. 염색이 잘 된 금발머리는 세련된 스타일로 묶여 있었다. 자연스럽게 보이도록 교묘하게 흐트러져 있긴 했지만, 그래도 아주 단정했다. 얼굴에는 웃음기라고는 없었다. 그렇다고 무서운 표정도 아니었다. 음울해 보이는 검정색 책상 앞에 앉아 있는 그녀는 온화하면서도 작아 보였다. 그녀는 내게 앉으라고 권하지 않았다. 하지만 난 그녀 맞은편에 있는 불편해 보이는 검정색 의자에 앉을 정도로 마음이 편안했다. 그때 나는 알아챘다. 그녀는 나를 열심히 관찰하고 있었다. 우아하고 예의바르게 행동하려는 나를 즐기듯 눈여겨보고 있었던 것이다. 우월감에 차 있고 까다로워 보이기도 했지만, 유달리 못된 것 같지는 않았다.

"런웨이에는 어떻게 왔죠? 앤-드리-아?"

그녀는 내게서 눈을 떼지 않은 채 영국 상류층 억양으로 물었다.

"전 샤론과 면접했습니다. 편집장님께서 어시스턴트를 구하고 계시다고 하더군요."

나는 말을 시작했다. 목소리가 약간 떨렸다. 하지만 그녀가 고개를 끄덕이자 조금씩 자신감이 붙었다.

"에밀리, 앨리슨, 셰릴과 이야기를 나눈 후 편집장님께서 어떤 사람을 구하는지 확실히 알게 되었고, 제가 그 일을 하는 데 적합하다는 확신이 들었습니다."

나는 셰릴의 말을 떠올리며 말했다. 미란다 프리스틀리는 살짝 만족한 기색이었지만 마음이 움직인 것 같진 않았다.

그 일자리가 절실해진 건 바로 그때였다. 남의 떡이 더 커 보인다고나 할까? 법대 입학 허가를 받거나 학교 신문에 에세이를 싣는 것과는 달랐지만, 성공을 갈구하는 나에게 그 일자리는 진정한 도전이었다. 내가 어설픈 사기꾼이었기 때문에 그것은 더더욱 큰 도전이었다. 나는 런웨이에 발을 디딘 그 순간부터 내가 이곳에 속할 수 있는 사람이 아니라는 것을 깨닫고 있었다. 내 옷과 머리 모양도 어울리지 않았지만, 특히 어울리지 않는 것은 내 태도였다. 난 패션에 무지했고 신경도 전혀 쓰지 않았다. 그러나 바로 그 때문에 나는 이 일자리를 가져야만 했다. 게다가 백만 명쯤 되는 여자들이 이 일을 너무나도 하고 싶어한다지 않는가!

그녀가 계속 질문을 던졌다. 나는 나 자신도 놀랄 정도로 솔직하게, 확신을 갖고 대답했다. 겁을 먹지도 않았다. 그녀는 유쾌해 보였고, 놀랍게도 나 역시 그 반대는 아니었다. 다만 그녀가 어떤 외국어를 구사할 수 있느냐고 물었을 때 서로 좀 삐끗하긴 했다. 히브리어라고 대답하자 그녀는 잠시 침묵하더니 손바닥으로 책상 위를 누르고는 냉랭하게 말했다.

"히브리어? 난 프랑스어나 좀더 유용한 언어를 기대했는데."

하마터면 사과의 말이 나올 뻔했다.

"안타깝게도 전 프랑스어는 한 마디도 못 합니다. 하지만 그건 전혀 문제될 게 없다고 확신합니다."

그녀는 주먹을 다시 꼭 쥐었다.

"브라운 대학에서 공부했다고요?"

"네, 전공이 국문학인데 창작에 전념했어요. 글쓰기에 열정을 쏟았습니다."

으, 이런 한심한! 나는 자신을 책망했다. 이 시점에서 '열정'이란 말을 꼭 써야 했니?

"글쓰기를 좋아한다는 건 당신이 패션에는 특별한 관심이 없다는 걸 의미하나요?"

그녀는 거품이 나는 액체를 한 모금 마시고 잔을 사뿐히 내려놓았다. 잔을 보니, 립스틱 자국 하나 남아 있지 않았다. 그녀는 그런 여자였다. 언제 어디서나 입술의 립스틱 빛깔은 선명하게, 입술선 역시 또렷하게 유지할 것만 같았다.

"아, 아니요. 전혀 아닙니다. 전 패션을 동경합니다."

생각 외로 거짓말이 술술 흘러나왔다.

"전 패션에 대해 좀더 알고 싶습니다. 나중에 패션에 대한 글을 쓰면 정말 좋을 것 같아서요."

내가 지금 무슨 말을 하고 있는 거지? 이젠 유체이탈까지 경험하는군.

비교적 쉬운 질문들이 이어졌다. 마침내 그녀는 정기적으로 어떤 잡지를 읽느냐는 질문을 던졌다. 나는 몸을 앞으로 내밀고 진지하게 말하기 시작했다.

"뉴요커와 뉴스위크만 정기 구독합니다. 하지만 정기적으로 버즈를 읽어요. 가끔 타임도 읽지만 그건 좀 건조하고, US 뉴스는 너무 보수적이라고 생각합니다. 물론 양심의 가책을 느끼며 시크도 즐겁게 훑어보긴 해요. 그리고 제가 얼마 전에 여행을 해서 여행잡지는 다 읽었고, 또⋯⋯"

"런웨이는 읽나요, 앤-드리-아?"

그녀는 내 말을 가로막으며 책상 쪽으로 몸을 기울이더니 아까보다 매서운 눈빛으로 나를 쏘아보았다.

뜻하지 않은 질문이었다. 그날 처음으로 방심하다 걸린 셈이었다. 하지만 거짓말은 하지 않았다. 세련되게 굴지도, 애써 설명하려 들지도 않았다.

"아니요."

지독한 침묵이 십 초쯤 흐른 뒤, 그녀는 에밀리를 불러 나를 데리고 나가게 했다. 난 내가 채용되었음을 직감했다.

The Devil wears Prada

03

"네가 그 직장을 정말로 잡은 건지는 아직 모르겠다."

알렉스가 내 머리카락을 만지며 부드럽게 말했다. 완전히 녹초
가 된 내가 지끈거리는 머리를 그의 무릎에 올려놓고 누운 참이었
다. 면접이 끝나자마자 곧장 브루클린에 있는 그의 아파트로 달
려왔다. 릴리의 소파에서는 단 하룻밤도 더 자고 싶지 않았고, 알
렉스에게 오늘 일어난 모든 일을 말하고 싶은 마음만 가득했다.
아예 그의 집에 눌러앉을까 생각한 적도 있었지만, 그의 숨통을
막고 싶진 않았다.

"네가 왜 그 일을 하고 싶어하는지 모르겠어."

알렉스는 잠시 생각하더니 다시 입을 열었다.

"하지만 생각해보니 꽤 좋은 기회인 것 같아. 앨리슨이란 여자

가 미란다의 비서로 시작해서 에디터가 되었다면서. 그 정도면 충분해. 도전해봐."

그는 나를 위해 신난 척하느라 무진 애를 썼다. 우린 대학교 3학년 때부터 사귀었다. 이제 알렉스의 목소리나 표정, 몸짓의 작은 변화만으로도 무슨 생각을 하는지 알아챌 수 있었다. 알렉스는 몇 주 전부터 브롱스에 있는 PS 277*에서 아이들을 가르치고 있었다. 그는 완전히 지쳐서 입을 열기도 힘든 지경이었다. 학생들은 겨우 아홉 살이었지만 벌써 닳고 닳은데다 너무 냉소적이라 그는 절망감을 느꼈다. 아이들은 오럴섹스에 대해 자연스럽게 떠벌리고, 마리화나에 대한 은어라면 열 가지도 더 알고 있었고, 자기가 뭘 훔쳤는지, 누구의 사촌이 지금 더 살벌한 감옥에 갇혀 있는지 자랑하는 걸 좋아했다. 그는 고개를 절레절레 흔들었다. 알렉스는 아이들을 '감옥 전문가'라고 불렀다.

"그애들은 라이커스**보다 싱싱 교도소가 조금이나마 나은 점에 대해 책을 한 권 써도 될 정도야. 그런데 글자는 하나도 읽을 줄 몰라."

그는 아이들을 변화시킬 방법을 궁리중이었다.

나는 그의 티셔츠 속으로 손을 넣어 등을 긁어주기 시작했다. 이 가련한 남자가 어찌나 힘들어 보이는지, 시시콜콜 면접 얘기

---

* 뉴욕의 교육구 중 하나.
** 뉴욕 근처의 섬. 이 섬에는 감옥이 열 개 있다.

나 늘어놓은 것에 죄의식마저 들었다. 하지만 어쩌겠어. 누군가에게 이 얘길 쏟아내고 싶은 마음이 절실했단 말이야.

"알아. 어시스턴트 일은 편집 일과는 전혀 무관해. 하지만 몇 달만 지나면 나도 틀림없이 뭔가 쓸 수 있게 될 거야. 패션잡지에서 일하는 게 반드시 배신을 때리는 일이라고 생각하진 않겠지, 응?"

그는 내 팔을 꼭 잡고 옆에 누웠다.

"앤드리아, 넌 똑똑하고 글도 잘 써. 어디 가서든 똑 부러지게 일할 거야. 그리고 그 일을 하는 게 꿈에 대한 배신은 아니야. 당연히 쌓아야 하는 경험이지. 런웨이에서 일 년 일하는 게 딴 데서 삼 년간 편집 어시스턴트 일 하는 거랑 맞먹는다고 했잖아. 안 그래?"

나는 고개를 끄덕였다.

"에밀리와 앨리슨이 말했어. 어시스턴트 일을 하면 당연히 보상을 받게 된다고. 미란다를 위해 일 년 동안 일하고 해고되지만 않으면 그녀가 소개 전화를 해줄 거래. 그러면 어디든 원하는 곳에서 일할 수 있게 된대."

"그렇다면 왜 그 일을 마다해? 진짜야, 앤디. 거기서 일 년만 제대로 일하면 뉴요커에 들어갈 수도 있어. 바로 그게 네가 바라던 거잖아. 그 일을 하면 다른 일을 해서 경력을 쌓는 것보다 훨씬 빨리 그 잡지사에 들어가게 될 거라는 말 아니야?"

"맞아."

"그리고 그 일을 하게 되면 너는 뉴욕에 와서 살아야 해. 그렇다면 내게도 상당히 끌리는 일인데?"

그는 내게 키스했다. 오랫동안 하는 느긋한 키스였다.

"너무 걱정하지 마. 아직 확실한 발표가 난 것도 아니잖아. 좀더 기다려보자."

우리는 간단하게 저녁을 해먹고 〈데이비드 레터맨쇼〉를 보다가 잠이 들었다. 꿈속에 역겹게 생긴 아홉 살짜리 아이들이 놀이터에서 섹스를 하면서 40온스짜리 '올드 잉글리시'를 들이켜고 있었다. 아이들이 사랑스런 내 남자친구에게 소리를 지르는 장면에서 갑자기 전화벨이 울렸다.

알렉스가 전화기를 집어 귀에 댔다. 그는 눈도 뜨지 않은 채 아무 말도 하지 않고 내 옆에 전화기를 떨어뜨렸다. 난 그걸 잡을 힘도 없었다.

"여보세요?"

웅얼거리면서 시계를 보니 아침 일곱시 십오분이었다. 대체 누가 이렇게 일찍 전화를 하는 거야?

"나야."

릴리가 소리쳤다. 매우 화난 목소리였다.

"어, 안녕? 잘 있었어?"

"내가 지금 잘 있어서 너한테 전화하는 줄 아니? 숙취 때문에 죽을 지경이야. 내내 토하다가 간신히 잠 좀 자려니까 건방이 하늘을 찌르는 여자가 전화해서 널 찾더라. 엘리아스 클라크의 인사과래. 어질어질해 죽겠는데, 아침 일곱시 십오분부터 말이야! 그여자에게 전화해. 그리고 내 번호는 지워달라고 해줘."

"미안해, 릴리. 휴대폰이 없어서 네 번호를 알려줬거든. 이렇게 일찍 전화할 줄은 몰랐어! 좋은 일일까, 나쁜 일일까?"

나는 알렉스의 휴대폰을 들고 방에서 살금살금 나와 조용히 문을 닫았다.

"잘되길 빌어. 결과는 알려줄 거지? 그래도 두 시간 안에는 전화하지 마. 알았지?"

"그래. 고마워. 그리고 미안."

나는 다시 시계를 보았다. 이 시간에 일과 관련된 이야기를 하게 되다니 믿기지 않았다. 나는 커피가 다 내려지길 기다렸다가 한 컵 따라 들고 소파로 왔다. 이젠 전화를 해야 했다. 달리 방법이 없었다.

"안녕하세요, 앤드리아 삭스입니다."

잠긴 목소리 때문에 방금 일어났다는 걸 감출 수 없었지만 당당하게 말했다.

"앤드리아, 안녕하세요! 내가 너무 일찍 전화한 건 아니죠?"

샤론이 밝은 목소리로 말했다.

"아니었으면 해요. 이제 당신은 종달새가 되어야 하니까! 기쁜 소식이 있어요. 미란다가 당신이 매우 마음에 든대요. 함께 일하고 싶어해요. 정말 기쁜 소식이죠? 축하해요. 미란다 프리스틀리의 새 어시스턴트가 된 느낌이 어때요? 정말……"

머리가 빙빙 돌았다. 정신을 차리고 그녀가 무슨 말을 하는지 제대로 알아듣고 싶었다. 커피든 물이든 더 마실 생각에 소파에서 일어나려 했지만 오히려 더 깊숙이 주저앉고 말았다. 지금 나에게 그 일을 할 생각이 있냐고 물어본 건가, 아니면 공식적으로 채용하겠다고 말한 건가? 그녀가 방금 말한 내용을 정확하게 파악할 수가 없었다. 미란다 프리스틀리가 나를 마음에 들어했다는 말 외엔 아무것도.

"기쁘죠? 이런 소식을 듣고 누가 기쁘지 않겠어요, 그렇죠? 자, 그럼 월요일부터 나올 수 있겠죠? 미란다는 그때 휴가니까 그날부터 나오면 아주 좋을 거예요. 다른 사람들이랑 친해질 시간을 버는 거니까. 다들 정말 예쁘고 착한 사람들이랍니다!"

친해진다고? 뭐라고? 월요일부터 나오라고? 여자들이 예쁘고 착하다고? 뒤죽박죽인 내 머리로는 접수가 불가능했다. 나는 내가 유일하게 알아들은 말에 대답했다.

"어, 그런데 월요일부터는 힘들 것 같아요."

나는 차분하게 대답하며 내 말이 조리 있게 들리길 바랐다. 하지만 곧 그런 말을 했다는 것 자체에 놀라 정신이 반쯤 들었다. 어제 처음으로 엘리아스 클라크 빌딩에 갔고 지금 한창 자고 있는 판에 깨워서 사흘 뒤부터 출근하라고 하다니. 오늘은 금요일이고, 게다가 아침 일곱시부터 전화해서 월요일부터 출근하라고? 모든 게 통제불능 상태로 빙빙 돌고 있는 것 같았다. 대체 왜 이렇게 서두르는 거지? 그리고 샤론이라는 여자는 왜 그렇게 미란다를 무서워하는 거야?

월요일부터 출근하는 건 도저히 불가능했다. 일단 지낼 곳이 없었다. 졸업하고 어쩔 수 없이 부모님이 있는 에이본에 내려갔고, 지난 여름 여행을 떠나면서 대부분의 물건을 거기에 가져다 두었다. 게다가 직장에서 입을 만한 옷은 모두 릴리의 소파에 쌓여 있었다. 나는 설거지를 하고, 릴리의 재떨이를 비우고, 하겐다즈 아이스크림을 큰 통으로 사다놓는 등 나름대로 노력했다. 그래야 릴리가 날 미워하지 않을 것 같았다. 주말엔 좀 오랫동안 사라져줘야 할 것 같아 일부러 알렉스 집에서 자기도 했다. 이 말은 주말 외출용 옷과 요상한 화장품들은 브루클린에 있는 알렉스의 집에, 노트북 컴퓨터와 위아래가 어울리지 않는 정장들은 할렘에 있는 릴리의 원룸에, 나머지 모든 것은 에이본의 부모님 댁에 있다는 뜻이었다. 게다가 난 뉴욕에 대해 아는 게 하나도 없었다. '매디슨 애비뉴'는 업타운 쪽이고 '브로드웨이'는 다운타운 쪽이라는 걸 다들 어떻게 아는지 신기하기만 했다. 업타운이 뭔지도 모르는 내게 월요일부터 출근하라고? 나는 전화기를 붙들고 황급히 늘어놓았다.

"월요일부터는 힘들겠어요. 제가 지금 뉴욕에 사는 게 아니거든요. 집을 구하고 가구도 사려면 시간이 좀 필요해요."

"아, 그래요? 알겠어요. 그럼 수요일이면 괜찮겠죠?"

그녀는 코를 훌쩍였다.

잠깐 줄다리기를 한 끝에 우리는 다다음주 월요일인 11월 17일로 합의를 봤다. 뉴욕은 세상에서 가장 바쁜 부동산 시장 중 하나다. 그런데 이곳에서 집을 찾고 가구를 들이는 데 단 여드레의 시간이 주어진 것이다.

나는 전화를 끊고 소파에 몸을 던졌다. 손이 떨려서 전화기는 그냥 바닥에 떨어뜨렸다. 일 주일! 방금 수락한 미란다 프리스틀리의 어시스턴트 일을 시작하려면 이제 일 주일 정도의 시간이 남았다. 잠깐! 뭔가 꺼림칙한데. 나는 공식적으로 나를 채용하겠다는 말은 듣지 못했다. 그러니 내가 공식적으로 수락한 것도 아니었다. 샤론은 "우리는 당신에게 이 자리를 주겠습니다"라는 말조차 하지 않았다. 지적 능력이 조금이라도 있다면 누구나 그 제안을 받아들일 거라고 그녀가 확신했기 때문이다. '급여'에 대해서도 한 마디도 하지 않았다. 갑자기 웃음이 터질 뻔했다. 그 사람들은 이렇게 전투 계획을 짜는 건가? 희생물이 될 사람이 하루 종일 극도의 스트레스를 받은 후 마침내 세상 모르고 자고 있을 때 인생을 뒤집는 소식을 마구 쏘아대기로? 아니면 런웨이씩이나 되니까 공식적으로 제안하거나 수락을 기다리는 데 시간과 노력을 낭비할 필요가 없다고 생각한 걸까? 샤론은 내가 이 일자리에 흔쾌히 응하고 이 기회를 감격스럽게 받아들일 거라고 생각했을 것이다. 엘리아스 클라크에서 늘 그런 것처럼 그녀의 방식은 옳았다. 모든 게 너무 빨리 휘몰아쳤고, 나는 차근차근 생각해볼 겨를조차 없었다. 그렇다고 거절할 순 없었다. 그건 미친 짓일 것 같았다. 이 기회가 뉴요커에 이르는 위대한 첫걸음이 될 거라는 생각이 들었다. 일단 시작해야 했다. 이런 기회가 온 건 행운이었다.

새로운 힘이 솟아올랐다. 나는 커피를 마저 마시고, 알렉스를 위해 한 잔 더 내린 뒤 뜨거운 물로 샤워를 했다. 방으로 가보니 그는 일어나 앉아 있었다.

"벌써 옷을 입었어?"

작고 가는 테의 안경을 더듬더듬 찾으며 그가 물었다. 안경이 없으면 그는 눈뜬장님이었다.

"아까 누가 전화하지 않았어? 꿈이었나?"

"꿈이 아니야."

나는 청바지와 터틀넥 스웨터를 입은 채 다시 이불 속으로 들어가며 말했다. 젖은 머리 때문에 그의 베개가 축축해질까봐 조심스러웠다.

"릴리였어. 엘리아스 클라크의 인사담당자가 전화했대. 내가 릴리 전화번호를 줬거든. 무슨 일이게?"

"됐어?"

"됐어!"

"오, 이리 와!"

그는 앉은 채로 나를 껴안으며 말했다.

"잘됐다! 정말 좋은 소식이야, 진짜로."

"정말 이게 좋은 기회라고 생각해? 우리가 그렇게 얘기하긴 했지만 그쪽에선 내가 결정할 틈조차 주지 않았어. 그 여잔 내가 당연히 그 일을 하고 싶어할 거라고 생각하는 것 같아."

"진짜 좋은 기회인데 뭐. 패션이라는 게 이 세상 최악의 일은 아니잖아. 어쩌면 정말 재미있을지도 몰라."

나는 기막히다는 표정을 짓자 알렉스가 다시 입을 열었다.

"어, 알았어. 내가 너무 앞서 나갔나? 하지만 나중에 네 이력서에 런웨이라는 이름을 써넣고, 미란다라는 여자가 추천서를 써주고, 그때까지 네가 쓴 것들을 좀 보여주면…… 우와, 넌 뭐든지 할 수 있을 거야. 뉴요커는 네 손안에 있는 거나 다름없어."

"그렇게 되면 얼마나 좋을까."

나는 벌떡 일어나 배낭에 물건을 집어넣기 시작했다.

"차 좀 빌려줄래? 집에 갔다가 바로 돌아올게. 걱정할 거 없어. **뉴욕으로 이사 올 거니까. 이건 공식통보라고!**"

알렉스는 일 주일에 두 번 어머니가 늦게까지 일하는 날 어린 동생을 돌봐주러 웨스트체스터에 있는 집에 가야 했다. 그래서 그의 어머니는 그에게 고물차 한 대를 주었다. 알렉스는 화요일에 그 차가 필요하니 난 그 전에만 돌아오면 된다. 그렇잖아도 이

번 주말에 집에 다녀올 생각이었는데, 반가운 소식까지 덤으로 가져갈 수 있게 되었다.

"물론이지. 써. 그랜드 가에서 반 블록 정도 내려간 곳에 세워놨어. 열쇠는 부엌 식탁 위에 있고. 집에 도착하면 전화해, 알았지?"

"그럴게. 같이 안 갈래? 맛있는 게 많을 거야. 우리 엄마가 가장 좋은 것만 주문해놓는 거 알잖아."

"구미가 당기는데? 하지만 내일 밤에 젊은 교사들끼리 모임이 있어. 팀으로 일하는 데 도움이 되는 모임이라 빠지고 싶지 않아."

"잘났어요, 정말. 어딜 가든 널리 이로운 행동만 하시는군요. 내가 만약 자기를 사랑하지 않았다면 아주아주 미워했을 거야."

나는 몸을 숙여 그에게 작별 키스를 했다.

나는 단번에 그의 작은 녹색 제타를 찾아냈고, 이십 분 만에 95번 북쪽 도로로 연결되는 넓은 도로에 들어섰다. 고속도로는 텅 비어 있었다. 11월치고는 매운 날씨였다. 기온은 영상 1도 정도였고, 길이 군데군데 얼어 미끄러웠다. 하지만 해가 나 있었다. 아직 빛에 적응하지 못한 눈을 찌푸리게 하는 겨울 햇빛이었다. 공기는 차갑지만 맑았다. 가는 길 내내 차창을 내리고 〈올모스트 페이머스〉의 사운드트랙을 반복해서 들었다. 머리가 날려 시야를 방해하지 않도록 한 손으로 젖은 머리를 묶었다. 시린 손을 덥히느라 손을 호호 불어대기도 했다. 대학을 졸업한 지 겨우 여섯 달. 내 삶은 활짝 피어나려는 중이었다. 미란다 프리스틀리는 어제까지 모르는 사람이었다. 그런데 그렇게 대단한 파워를 가진 그녀가 직접 나를 채용한 것이다. 이제 코네티컷을 떠나 맨해튼에 자리잡을 분명한 이유가 생긴 것이다. 어린 시절을 보낸 우리 집 주차로로 들어서자 환희로 가슴이 벅차올랐다. 룸미러로 보니 뺨은 발갛고 바람에 거칠어진데다, 머리카락은 정신 사납게 흐트러져 있었다. 화장기 없는 맨얼굴에, 뉴욕의 진창을 헤집고 다니느라 청바지 밑단은 지저분했다. 하지만 그 순간 나는 내가 아름답다고 느꼈다. 꾸밈없고, 순수하고, 발랄한 기분으로 현관문을 활짝 열며 엄마를 불렀다. 그렇게 날아갈 듯한 기분을 느낀 건 그때가 마지막이었다.

"일 주일이라고? 애야, 일 주일 만에 어떻게 출근할 수 있겠니?"

엄마가 티스푼으로 차를 저으며 말했다. 엄마는 여느 때처럼 부엌 식탁 앞에 앉아 스위트앤로*를 넣은 디카페인 차를 마시고 있었고, 나는 늘 쓰는 머그잔에 설탕을 넣은 잉글리시 브랙퍼스트를 마시고 있었다. 사 년 동안 이 집을 떠나 있었는데도, 커다란

---

* 저칼로리의 설탕 대용품.

머그잔에 담긴 차와 초콜릿 과자를 먹고 있자니 생전 이 집을 떠난 적이 없는 것만 같았다.

"다른 선택이 없었어. 솔직히 말하면 그 일자리를 잡게 돼서 얼마나 다행인지 몰라. 그 여자가 전화로 얼마나 단호하게 얘기했는지 엄마도 들었으면 좋았을걸."

내가 말했다. 엄마는 무덤덤한 표정으로 나를 쳐다보았다.

"하지만 걱정할 거 없어. 그 분야에서 가장 힘있는 여자가 만드는 최고 유명한 잡지사에 일자리를 구한 거니까. 백만 명쯤 되는 여자들이 너무나 하고 싶어하는 일이래……"

우리는 마주 보며 빙그레 웃었다. 하지만 엄마의 미소에는 슬픔이 묻어났다.

"네 덕분에 정말 행복하구나. 내 딸이 이렇게 아름답게 잘 컸다니. 이제부터 너는 황홀하고 멋진 삶을 살 거야. 내가 대학을 졸업하고 뉴욕으로 갔던 때가 생각나는구나. 그 어마어마하게 크고 복잡한 도시에 나 홀로 갔던 때가. 무섭기도 하지만 정말 재미있는 곳이야. 그곳에서 보내는 순간순간을 하나도 놓치지 말고 사랑하길 빈다. 연극과 영화와 사람들과 쇼핑과 책, 모두 다! 지금부터가 네 삶에서 가장 좋을 시절일 거야. 분명히!"

엄마는 내 손 위에 당신 손을 얹었다. 여느 때는 잘 하지 않는 행동이었다.

"네가 정말 자랑스럽구나."

"고마워, 엄마. 나한테 아파트랑 가구랑 새 옷장을 사줘도 될 만큼 내가 자랑스러운 거지?"

"알았다, 알았어."

엄마는 차를 데우러 전자레인지 쪽으로 가면서 잡지로 내 머리를 톡 쳤다. '아니'라고 하진 않았지만, 그렇다고 그게 지금 당장 수표책을 집겠다는 의미도 아니었다.

나는 남은 저녁시간 동안 내가 아는 모든 사람에게 이메일을 보내 혹시 룸메이트가 필요한지, 아니면 룸메이트를 구하는 사람을 알고 있는지 물어보았다. 인터넷 사이트 몇 군데에 글을 올리고, 몇 달 동안 연락도 하지 않고 지내던 사람들에게도 전화를 돌렸다. 하지만 건진 건 전혀 없었다. 릴리의 소파에 붙박이로 박혀 있다가 우정을 깨뜨리지 않으려면, 또는 알렉스네 집에서 자는 일이 생기지 않으려면 뉴욕에 좀 익숙해질 때까지 단기로 전전세(轉傳貰)를 드는 수밖에 없겠다는 생각마저 들었다.

자정이 조금 지나자 전화벨이 울렸다. 나는 전화기를 들려고 몸을 내밀다가 어릴 때부터 쓰던 침대에서 떨어질 뻔했다. 어린 시절 내 우상이었던 테니스 스타 크리스 에버트가 사인한 사진이 벽에서 나를 내려다보며 웃고 있었다. 그 위에 있는 코르크 게시판에는 잡지에서 오려낸 커크 카메론의 사진이 가득 붙어 있었다. 나는 전화기에 대고 생긋 웃었다.

"안녕, 챔피언! 나 알렉스야."

목소리를 들으니 무슨 일이 생긴 것 같았다. 좋은 일인지 나쁜 일인지는 전혀 판단이 서질 않았다.

"방금 클레어 맥밀란이라는 여자가 룸메이트를 찾는다는 이메일을 받았어. 프린스턴 앤데, 전에 본 적이 있는 것 같아. 아마 앤드류랑 사귀지? 아주 무난한 타입이야. 관심 있어?"

"당연하지. 전화번호 알아?"

"아니. 이메일 주소만 알아. 받은 메일을 너에게 포워드할 테니까 연락해봐. 괜찮은 애 같아."

알렉스와 전화 통화를 하면서 클레어에게 이메일을 보냈다. 그리고 마침내 침대로 들어가 잠을 청했다. 어쩌면, 그래, 어쩌면 일이 잘 풀릴 지도 몰라.

클레어 맥밀란. 그녀는 생각보다 별로였다. 어둡고 음울한 그녀의 아파트는 헬스 키친* 한복판에 있었다. 그녀의 집에 도착했을 때 현관 계단에 마약중독자가 기대어 서 있는 게 보였다. 다른 곳도 다 고만고만했다. 한 커플은 남는 방 하나를 세놓겠다며, 자

---

* 게이, 라틴계, 노동자들이 주로 사는 지역 이름.

기들은 밤일 할 때 요란하니 그걸 참아줬으면 좋겠다고 넌지시 말하기도 했다. 고양이를 네 마리나 기르면서도 더 많이 기르고 싶어하는 삼십 대 초반의 예술가도 있었다. 어둡고 긴 복도 끝에 있는 어느 방에는 창문도 옷장도 없었다. 스스로를 '몸 파는 부두'라고 선언한 스무 살짜리 게이도 있었다. 내가 가본 방들은 하나같이 월세가 천 달러가 훨씬 넘었다. 내 연봉은 3만 2천5백 달러밖에 되지 않았다. 나는 수학과는 거리가 멀었다. 하지만 방세가일 년에 1만 2천 달러가 들면, 나머지는 세금이 꿀꺽하리라는 건천재가 아니어도 얼마든지 알 수 있는 것이었다. 게다가 부모님은 내가 '성인'이 되었다며 비상용 신용카드를 압수하겠다고 했다. 돌아버릴 지경이었다.

사흘 내리 집을 보러 다니느라 기운이 빠진 나를 보더니 릴리가 돕겠다고 나섰다. 자신의 소파에서 나를 쫓아낼 기회를 놓치지 않겠다는 듯이 릴리는 자기가 아는 모든 사람에게 이메일을 돌렸다. 컬럼비아 대학 박사과정에 재학중인 릴리의 친구가, 자기 교수가 아는 여자애 둘이 룸메이트를 구한다고 연락을 해왔다. 나는 곧바로 전화를 걸어 샨티라는 이름의 상냥한 여자와 통화했다. 그녀와 그녀의 친구 켄드라는 어퍼 이스트 사이드의 아파트에서 함께 살 사람을 찾고 있었다. 작지만 창문과 옷장과 노출된 벽돌벽까지 있는 방이라고 했다. 한 달에 8백 달러라는 말에, 나는 혹시 목욕탕과 부엌도 있냐고 물어보았다. 다행히도 있다고 했다. 물론 식기 세척기나 욕조, 엘리베이터는 없었다. 처음 독립하는 주제에 누가 화려한 생활을 기대하겠는가? 빙고! 샨티와 켄드라는 다정하고 조용한 인도 여자들이었다. 그들은 듀크 대학을 갓 졸업하고 들어간 투자은행에서 끔찍스러울 정도로 착취당하는 중이었다. 두 여자애들은 한동안 서로 구분이 안 될 정도로 닮아 보였다. 어쨌든 드디어 내 집을 찾아냈다!

04

새 방에서 지낸 지도 벌써 사흘이 되었다. 아직도 매우 낯선 곳에서 살고 있는 이방인 같은 기분이 들었다. 방은 정말 작았다. 에이본의 우리 집 뒷마당에 있는 헛간보다는 살짝 컸지만 꼭 크다고 말하기도 민망한 정도였다. 다른 방들은 가구가 들어가면 좀더 커 보이는데, 내 방은 외려 반으로 줄어 보였다. 순진하게도 나는 이 좁디좁은 방이 보통 크기의 방과 비슷하다고 생각했다. 그래서 침실 세트, 즉 퀸 사이즈 침대와 서랍장 그리고 스탠드 한두 개쯤은 사야겠다고 마음먹었다. 릴리와 나는 알렉스의 차를 빌려 타고 '이케아'에 갔다. 대학 졸업 후 집에서 독립한 사람들이 즐겨 찾는 이 가구점에서 나는 아름다운 옅은색 목제가구와 연녹색, 진녹색, 감청색과 쪽빛이 섞인 러그를 샀다.

패션도 그렇지만 인테리어에도 나는 조예가 깊지 못했다. 이케아는 '청색시대'로 접어든 것 같았다. 우리는 거기서 파란색 무늬가 있는 이불 커버와 폭신한 이불을 샀다. 릴리는 내게 중국 한지로 만든 스탠드를 사라고 권했다. 나는 지나치게 노출된 벽돌벽의 진한 빨간색을 보완하기 위해 흑백 그림이 든 액자 몇 개를 골랐다. 젠(禪) 스타일은 아니었지만 충분히 멋있었다. 성인이 되어 이런 대도시에서 처음 가지게 된 방과 아주 잘 어울릴 것 같았다.

잘 어울리긴 했다. 적어도 배달이 되기 전까지는. 그런데 눈짐작으로 어림한 방 크기와 실제 방 크기는 전혀 달랐다. 제대로 들어가는 게 하나도 없었다. 알렉스가 침대를 조립해서 노출된 벽돌벽에 밀어붙였더니 방이 금세 꽉 차버렸다. 6단 서랍장, 너무 예쁜 사이드 테이블 두 개, 심지어 전신거울까지 배달원들 편에 돌려보내야 했다. 그래도 배달원과 알렉스가 침대를 들어줘서 침대 밑에 세 가지 푸른색이 어우러진 러그를 끼워넣을 수 있었다. 그 나무 괴물 밑으로 푸른색은 겨우 몇 센티미터만 보였다. 한지 스탠드를 올려놓을 사이드 테이블과 서랍장이 없어서, 스탠드는 그냥 침대틀과 벽장 문 사이의 바닥에 내려놓아야 했다. 벽돌이 그대로 드러난 벽에 액자를 걸기 위해 초강력 접착 테이프, 못, 나사, 철사, 강력 본드, 양면 테이프 그리고 욕설까지 동원했지만, 아무 소용이 없었다. 세 시간 가까이 낑낑대며 벽에 손 마디마디가 긁히고, 까지고, 피까지 흘리고 나서야 나는 결국 포기하고 그

액자들을 창틀에 기대놓았다. 더 뭘 어쩌겠어. 그래도 골목 건너편에 사는 여자가 내 방을 곧바로 들여다볼 수 없게 되긴 했다. 아무래도 좋았다. 장엄한 스카이라인 대신 골목길이 보이는 것도, 서랍장을 넣을 공간조차 없는 것도, 옷장이 좁아 코트를 걸기조차 힘든 것도 다 상관없었다. 이 방은 내 것이었다. 부모님이나 룸메이트의 간섭을 받지 않고 처음으로 오롯이 나 혼자 꾸밀 수 있는 방이었다. 난 이 방이 너무도 좋았다.

일요일 밤. 내일이면 첫 출근이다. 도대체 뭘 입어야 할지 고민스러워 아무것도 손에 잡히지 않았다. 같이 사는 여자애 둘 중에서 그나마 상냥한 편인 퀜드라는 줄곧 머리를 들이밀고 도와줄 게 없냐고 나직하게 물어보았다. 날마다 그애들이 매우 보수적인 스타일의 정장을 입고 나가는 걸 본 터라 그들에게서 패션에 대한 조언을 기대하기는 어려웠다. 나는 성큼성큼 네 걸음이면 끝나는 거실을 하염없이 왔다갔다하다가 텔레비전 앞에 있는 소파 겸용 침대에 털썩 주저앉았다. 가장 세련된 패션잡지의 가장 세련된 패션 에디터를 위해 일하게 된 첫날, 도대체 뭘 입고 가야 하는 거지? 내가 들어본 건 프라다(브라운 대학 시절 일본 여자애들 몇 명이 이 상표의 백팩을 메고 다녔다), 루이뷔통(우리 집 할머니들은 이 상표가 박힌 백을 들고 다니면서도 당신들이 얼마나 멋있는지 전혀 모르고 계셨다), 구찌(누가 그 이름을 모르겠는가?) 정도였다. 그러나 눈 씻고 찾아봐도 내겐 그런 게 없었다. 그 세 브랜드의 모든 물건이 내 손톱만 한 옷장에 걸려 있다 해도, 난 어찌 해야 할지 몰랐을 것이다. 나는 매트리스만으로 꽉 찬 내 방 안으로 들어가 크고 아름다운 침대에 몸을 던졌다. 커다란 침대틀에 내 발목이 쿵, 하고 부딪혔다. 으윽! 이제 어쩐담?

엄청나게 고민하며 옷을 마구 뒤적이다 마침내 나는 연파랑 스웨터와 무릎 길이의 검정 스커트를 입고 무릎까지 오는 검정 부츠를 신기로 마음먹었다. 서류가방 같은 건 절대 사절이니, 대신 검정 캔버스 백을 들고 가는 수밖에 없었다. 스커트만 걸친 채 하이힐을 신고 커다란 침대 옆을 돌아다니다 지쳐 주저앉은 게 그날의 마지막 기억이다.

불안한 나머지 쓰러져버린 게 틀림없었다. 왜냐하면 오전 다섯 시 삼십분에 나를 깨운 건 아드레날린이었기 때문이다. 나는 침대에서 벌떡 일어났다. 지난주 내내 신경은 다 닳아버렸고 머리는 터져버릴 지경이었다. 샤워하고 옷 입고, 아직은 불안하고 두렵기만 한 대중교통을 타고 86번가와 서드 애비뉴 사이의 이 동아리방 같은 곳에서 미드타운으로 가기 전까지 정확히 한 시간 반이 남아 있었다. 길에서 한 시간, 단장하는 데 삼십 분을 할당해야 했다.

여기서 하는 샤워는 끔찍했다. 샤워기는 개를 훈련시킬 때 부는 호루라기처럼 끽끽거렸고, 물은 내내 미적지근하다가 얼어붙을 정도로 추운 목욕탕에서 막 나오려는 순간에야 뜨거워졌다.

사흘 동안 **그러기를 반복한 뒤** 마침내 난 샤워 십오 분 전에 침대에서 뛰쳐나가 미리 물을 틀어놓고 다시 이불 속으로 기어들어가는 방법을 개발해냈다. 자명종이 세 번 더 울릴 때까지 졸다가 다시 목욕탕으로 들어가면, 거울은 황홀할 정도로 뜨거운 물에서 나오는 김으로 뿌옇게 덮여 있었다.

나는 꼭 끼는 불편한 옷을 입고 이십오 분 만에 문 밖으로 나왔다. 기록이었다. 가장 가까운 지하철역을 찾는 데 십 분이 걸렸다. 어젯밤에 미리 알아놔야 했지만, 헤매지 않게 미리 '예행연습'을 하라는 엄마의 충고를 가볍게 무시해버린 결과였다. 지난주 면접을 보러 갈 때는 택시를 타고 갔다. 그때 난 지하철 타는 게 끔찍할 거라고 단정지었다. 하지만 뜻하지 않게 매표소 직원이 59번가에 가려면 6호선을 타라고 알려주었다. 59번가에서 나가 서쪽으로 두 블록만 가면 매디슨 애비뉴라는 것이었다. 쉽군. 나는 입을 꼭 다문 채 차가운 지하철을 탔다. 11월 중순의 그 끔찍한 시간에 밖을 돌아다닐 정도로 이상한 사람들 속에 이제는 나도 끼어 있었다. 그때까지는 괜찮았다. 지상으로 올라오기 전까지는 모든 게 순조로웠으니까.

나는 가장 가까운 계단을 통해 밖으로 나왔다. 날씨는 매섭도록 추웠고, 24시간 편의점에서 나오는 불빛 외엔 아무것도 보이지 않았다. 내 뒤에 있는 블루밍데일 백화점 외엔 모든 게 눈에 설었다. 엘리아스 클라크, 엘리아스 클라크, 엘리아스 클라크. 대체 그 빌딩은 어디 있는 거지? 몸을 180도 돌리니 표지판이 보였다. 60번가와 렉싱턴 애비뉴였다. 59번가는 60번가에서 그렇게 멀지 않을 거야. 그런데 어디로 가야 서쪽이지? 렉싱턴 애비뉴에서 봤을 때 매디슨 애비뉴는 어느 방향이지? 면접을 보던 날은 택시를 타고 정문 바로 앞에서 내리는 바람에 눈에 익혀놓은 게 하나도 없었다. 조금 더 걸어 내려갔다. 길을 헤매도 될 만큼의 시간이 있어서 다행이었다. 그러다 커피를 사러 '델리'*로 들어갔다.

"안녕하세요, 엘리아스 클라크 빌딩이 어디 있는지 못 찾겠어요. 길을 좀 가르쳐주시겠어요?"

나는 계산대 뒤에서 잔뜩 긴장하고 있는 남자에게 물었다. 나는 너무 상냥하게 미소짓지 않으려 했다. 에이본에서처럼 굴지 말라는, 여기서는 예의 바르게 행동해봤자 소용없다는 말이 생각나서였다. 그가 찌푸린 얼굴로 날 바라보았다. 내가 무례하게 굴어서 그런 것 같아 문득 불안해졌다. 난 상냥하게 미소를 지었다.

"일 딸라."

그가 손을 내밀며 말했다.

"길 가르쳐주는 것도 돈을 받아요?"

"일 딸라. 밀크? 블랙? 골라요."

잠깐 그를 바라보다가, 그가 커피 팔 때 쓰는 영어밖에 모른다

---

* 빵, 소시지, 샐러드, 음료 등을 파는 곳.

는 것을 눈치챘다.

"아, 밀크커피요. 감사합니다."

나는 1달러를 건네주고 밖으로 나왔다. 내가 어디에 있는지 조금 전보다 더 감이 잡히지 않았다. 더 헷갈렸다. 신문 가판대에서 일하는 사람들, 청소부, 심지어 아침식사용 수레 밑에 웅크리고 자고 있는 남자한테까지 물어봤지만, 59번가와 매디슨 애비뉴를 가르쳐줄 만큼 내 말을 이해하는 사람은 아무도 없었다. 인도에서의 사건과 좌절과 이질이 머리를 스치고 지나갔다. 안 돼! 난 꼭 찾아낼 거야.

막 잠에서 깨어나는 미드타운을 무작정 몇 분 더 걷다보니 갑자기 엘리아스 클라크 빌딩 정문이 나타났다. 박명의 어둠 속, 유리 문 너머의 환한 로비는 처음엔 따뜻하고 반갑게 날 맞아주는 것 같았다. 하지만 회전문이 돌아가지 않았다. 몸을 앞으로 내밀고 얼굴이 거의 유리에 닿을 정도로 세게 밀자 그제야 조금 움직였다. 너무 느리게 돌아가길래 문을 더욱 세게 밀었다. 하지만 일단 가속도가 붙자 그놈의 유리괴물은 팽그르르 정신없이 돌아갔다. 문이 내 등을 치는 바람에 내 발이 삐끗하고 밀려나버렸다. 경비 데스크에 있던 남자가 혀를 찼다.

"꽤 까다롭지요? 처음 있는 일도 아닌 걸요. 아마 또 그럴 거예요. 한두 번도 아닌데요 뭐."

그는 살집 좋은 볼을 흔들며 끌끌댔다.

나는 아무 말 없이 그를 바라보며, 앞으로 그를 미워하기로 마음먹었다. 내가 무슨 말을 하고 어떤 행동을 해도 그는 틀림없이 나를 좋아하지 않을 테니. 어쨌든 나도 생긋 웃어줬다.

 "제 이름은 앤드리아예요."

 나는 털실로 뜬 장갑을 벗으며 그의 책상 쪽으로 다가갔다.

 "오늘 런웨이에 처음 출근했어요. 저는 미란다 프리스틀리의 새 어시스턴트랍니다."

 "하, 안됐군!"

 그가 좋아 죽겠다는 듯이 둥근 머리통을 뒤로 젖혀가며 외쳤다.

 "내 이름은 '안됐군'이오! 에두아르도, 이리 와봐. 이 여자가 미란다의 새로 온 노예래! 아가씨, 대체 어디서 왔길래 이렇게 상냥하고 웃긴 거야? 캔자스의 토피카 같은 데서 온 건감? 그 여자가 아가씨를 산 채로 잡아먹을걸. 으하하하!"

 내가 미처 대꾸하기도 전에 똑같은 제복을 입은 뚱뚱한 남자가 나타나 덤덤하게 나를 훑어봤다. 나는 또 조롱과 상스러운 웃음 세례를 받을 거라 생각하며 잔뜩 긴장했다. 그러나 그는 예상을 깨고 친절한 표정으로 내 눈을 똑바로 바라보는 것이 아닌가.

 "난 에두아르도고 이 바보 같은 작자는 미키예요."

 그가 앞의 사람을 가리키며 말했다. 미키는 에두아르도가 정중하게 행동하는 바람에 흥이 깨져서 기분이 상한 것 같았다.

 "이 사람 말은 신경 쓰지 말아요. 그냥 놀리는 거니까."

그는 스페인어와 뉴욕 억양이 섞인 말투로 이야기하며 출입자 명단 기록부를 집어들었다.

"여기에 당신 신상명세를 적어요. 위에 올라갈 수 있는 임시 카드를 줄 테니까. 가서 당신 사진이 들어 있는 카드가 필요하다고 하면 인사과에서 발급해줄 겁니다."

내 얼굴에 고마워하는 빛이 역력했는지, 그는 당황해하며 기록부를 획 내밀었다.

"여기에 기록해요. 행운을 빌어요. 당신에겐 행운이 필요하니까."

그때 난 너무 긴장하고 지친 나머지 그게 무슨 뜻인지 물을 생각도 못했다. 사실 그럴 필요도 없었다. 전화를 받고 이 일을 하겠다고 수락한 이후 일 주일이 지나는 동안 방을 구하는 것 외에 내가 유일하게 한 일이 있다면 새 상사에 관해 조금 알아본 것뿐이니까. 구글에서 그녀에 대해 검색하다가, 미란다 프리스틀리가 런던 이스트 엔드에서 태어났으며 미리엄 프린체크라는 본명을 가지고 있다는 것을 알게 되었다. 그녀의 가족은 그 동네에 사는 다른 정통 유대인처럼 비참하리만큼 가난했지만 신실한 사람들이었다. 그녀의 아버지는 가끔 임시직을 얻기도 했으나, 대개 히브리어 책을 공부하면서 세월을 보냈다. 따라서 식구들은 그 지역에서 베푸는 생계 지원에 기대어 살아야 했다. 미리엄의 어머니는 미리엄을 낳다가 사망했고, 사실상 그 집에 들어와 아이들을 키워낸 사람은 바로 할머니였다. 그리고 아이들! 아이들은 모두 열한 명이었다. 그녀의 형제자매들은 대개 아버지처럼 블루칼라 직종에 종사했다. 그래서 그들 역시 기도와 일 외에 다른 것을 할 시간이 거의 없었다. 그들 중 두 명만 고학으로 대학을 졸업했으며, 모두 일찍 결혼해 자기들만의 대가족을 이루기 시작했다. 미리엄은 이런 식구들 사이에서 혼자만 남다르게 행동했다.

미리엄은 언니 오빠들이 가끔 여유가 생기면 살짝 쥐여주던 얼마 안 되는 돈을 알뜰히 모아놓고, 열일곱 살이 되자 바로 고등학교를 중퇴했다(안타깝게도 졸업 석 달 전이었다). 그녀는 수완이 능란한 영국 디자이너의 어시스턴트 자리를 얻어 매 시즌 패션쇼 준비를 도왔다. 그녀는 이제 막 움트는 런던 패션계의 가장 사랑받는 어시스턴트가 되었다. 동시에 밤마다 프랑스어를 공부하며 몇 년을 보낸 후, 파리에 있는 프랑스판 시크 지에서 수습 에디터로 일하게 되었다. 그때까지 그녀는 가족과 거의 연락을 하지 않았다. 가족들은 그녀의 삶이나 야망을 이해하지 못했다. 그녀 역시 전통적인 경건함만 추구하며 세련미라곤 전혀 찾아볼 수 없는 그들이 난처하기만 했다. 시크 지에 입사한 스물네 살 때 이후로 그녀는 가족과 완전히 단절되었고, 미리엄 프린체크라는 이름도 미란다 프리스틀리로 바꾸었다. 어느 민족 출신인지 두드러지는 이름을 버리고 좀더 당당한 이름으로 바꾼 것이다. 코크니 사투리*와 거친 말투도 세심한 교육을 받은 사람들이 쓰는 교양 있는 말투로 바꾸었다. 이십 대 후반이 되자 촌뜨기 유대인 여자애는 종교색을 찾아볼 수 없는 사교계 인사로 완벽하게 변신했다. 그녀는 잡지계의 상류사회로 빠르게 진입했다.

프랑스 런웨이를 십 년간 휘두른 뒤, 그녀는 회사 방침에 따라 미국 런웨이 사의 일인자로 등극했다. 더는 바랄 게 없었다. 그녀는 두 딸과, 미국에서 명성을 쌓고 싶어 안달이 난 당시 록스타였던 남편을 76번가와 피프스 애비뉴가 만나는 곳에 있는 펜트하우스로 이사시켰다. 그리고 런웨이의 새 시대, 즉 프리스틀리 시대를 열었다. 내가 첫 출근한 때는 그녀가 부임한 지 육 년이 되어가던 해였다.

뜻하지 않은 행운으로 나는 거의 한 달 동안 미란다가 없는 회사에서 일하게 되었다. 그녀는 해마다 추수감사절 바로 전주부터 이듬해 연초까지 휴가를 냈다. 대개 런던의 아파트에서 몇 주를 지낸다고 했다. 하지만 올해는 파리의 리츠 호텔에서 크리스마스와 새해를 지낼 예정이며, 지금은 도미니카 공화국에 있는 디자이너 오스카 드 라 렌타의 사유지에서 이 주를 보내기 위해 남편과 아이들을 끌고 갔다고 했다. 나는 미리 경고를 받았다. 그녀가 공식적으로는 '휴가중'이지만 실제로는 연락이 가능하고 언제나 일을 하고 있으니, 다른 모든 직원도 그래야 한다는 것이었다. 여

---

* 런던 동부 변두리의 하층민이 쓰는 말투.

왕 폐하가 안 계시는 동안 나는 적절한 교육과정을 밟기로 되어 있었다. 이렇게 해놓아야 내가 일을 익히는 동안 어쩔 수 없이 저지를 실수 때문에 미란다가 속 썩을 필요가 없을 터였다. 나도 그게 좋았다. 그래서 오전 일곱시 정각에 에두아르도가 내민 기록부에 이름을 적고 처음으로 출입 검사대를 통과하게 된 것이다.

"잘해봐요!"

에두아르도가 내 뒤에서 소리쳤다. 곧바로 엘리베이터 문이 닫혔다.

몸에 딱 맞는 주름 잡힌 얇은 흰 티셔츠와 유행의 첨단을 달리는 카고팬츠를 입은 에밀리는 수척하고 생기 없어 보였다. 그녀는 스타벅스 컵을 들고 새로 나온 12월호 잡지를 넘기며 안내 데스크에서 나를 기다리고 있었다. 하이힐을 신은 발은 유리로 된 커피 테이블 위에 올려져 있었는데, 속이 훤히 비치는 셔츠 때문에 레이스 달린 검정 브래지어가 적나라하게 보였다. 커피 때문에 립스틱은 약간 번져 있었다. 어깨까지 넘실거리는 빨간 곱슬머리는 빗질을 하지 않았는지 일흔두 시간 동안 잠만 자다 온 사람 같았다.

"아, 어서 와요."

그녀는 처음으로 내 위아래를 제대로 훑어보며 중얼거렸다.

"부츠가 예쁘군요."

심장이 빠르게 뛰었다. 진심일까, 비꼬는 걸까? 말투만으로는 도저히 파악할 수가 없었다. 발바닥 가운데는 아까부터 쑤셔댔고 발가락 앞부분은 서로 짓눌리고 있었다. 하지만 런웨이 직원이 진짜로 내 옷차림을 칭찬한 거라면 이 정도 아픔쯤은 참을 수 있을 것 같았다.

에밀리는 잠시 뜸을 들이며 나를 바라보다가 테이블에서 발을 내리고는 들으라는 듯이 크게 한숨을 내쉬었다.

"자, 이제 일을 하죠. 당신은 정말 운이 좋아요. 그녀가 지금 여기에 없잖아요. 물론 미란다가 훌륭한 사람이 아니라는 뜻은 아니에요. 사실 무척 좋은 사람이지요."

그녀는 얼른 덧붙였다. 내가 앞으로 '전형적인 피해망상으로 인한 런웨이 식 말 바꾸기'라고 부르게 될 종류의 것이었다. 어쩌다 미란다에 대한 부정적인 말이 흘러나오면, 말한 당사자는 곧 태도가 돌변한다. 아무리 정당화한다 해도 곧 미란다의 귀에 들어가게 될 거라는 공포심에 휩싸이기 때문이다. 나중에 나는 동료들이 불경스런 말을 내뱉었다가 허둥지둥 그걸 청소하는 모습을 상당히 즐기게 되었다.

에밀리가 자신의 카드를 전자 판독기에 댔고, 우리는 아무 말

없이 휘어진 복도를 따라 그 층 한가운데로 들어갔다. 그곳에 스위트룸으로 된 미란다의 사무실이 있었다. 나는 에밀리가 미란다 사무실의 프렌치 도어*를 열고, 쑥 들어가 있는 사무실 바로 밖에 있는 책상에 가방과 코트를 던지는 것을 지켜보았다.

"이게 당신 책상이에요."

그녀는 자기 책상과 마주 보고 있는 포마이카 판을 댄 L자 모양의 매끈한 나무 책상을 가리켰다. 거기엔 하늘색 아이맥 컴퓨터와 전화, 파일함이 갖춰져 있었고, 서랍 속엔 펜과 클립과 노트가 들어 있었다.

"우선 내가 쓰던 것을 넣어놨어요. 내가 새로 주문하는 편이 더 쉬울 테니까."

에밀리는 내게 수습 어시스턴트 자리를 물려주고 선임 어시스턴트로 승진했다. 그녀는 자기가 앞으로 이 년간 미란다의 선임 어시스턴트로 일하게 될 테고, 그 다음에는 런웨이의 화려한 패션팀으로 고속 승진하게 될 거라고 했다. 그녀가 하게 될 총 삼 년간의 어시스턴트 일은 패션계에서의 승진을 확실히 보장할 것이다. 하지만 나는 뉴요커를 위한 형벌은 일 년이면 족하다는 생각이 들었다. 앨리슨은 이미 미란다의 사무실에서 뷰티팀으로 옮겨갔다. 거기서 새 화장품과 수분공급로션, 헤어 관련 제품을 테스

---

* 양문 여닫이로 된 유럽풍의 고급 테라스 문.

트하고 기사 쓰는 일을 하게 될 예정이었다. 미란다의 어시스턴트 일을 했다고 해서 그런 일을 할 능력이 생기는 건지는 잘 모르겠지만, 아무튼 인상적이긴 했다. 약속 운운 하는 얘긴 허튼소리가 아니었다. 그러니까 미란다를 위해 일한 사람들은 모두 한자리씩 얻은 것이었다.

나머지 직원들은 열시를 전후해 물밀듯이 밀려들어왔다. 편집부는 모두 오십여 명이었다. 가장 큰 부서는 물론 패션팀이었는데, 액세서리 담당 어시스턴트까지 합쳐 서른 명 가까이 되었다. 나머지 부서는 피처팀, 뷰티팀, 아트팀이었다. 거의 모든 사람들이 에밀리와 수다도 떨고, 상사에 대한 얘깃거리도 얻어듣고, 새로 온 직원의 얼굴도 볼 겸 미란다의 사무실에 들렀다. 첫날 아침 나는 직원 수십 명을 만났다. 다들 이를 하얗게 보이며 활짝 웃어줬다. 정말로 나를 보고 싶어한 것처럼 행동하고 있었다.

남자들은 한결같이 화려한 차림의 게이였다. 그들은 세컨스킨* 가죽바지와 쇄골이 드러나는 티셔츠를 입고 있었다. 티셔츠 아래로 불룩한 이두박근과 완벽한 가슴 근육이 팽팽하게 드러났다. 아트 디렉터는 좀 나이든 남자였는데, 숱이 적은 머리를 샴페인빛이 도는 금발로 물들이고 있었다. 엘튼 존을 흉내내는 데 삶을 바친 사람 같았다. 그는 토끼털 로퍼를 신고 아이라이너를 칠하

---

* 피부에 밀착되는 스타일의 룩. 루즈 핏과 대비되며, 1970년대 후반의 펑크 패션이나 로큰롤 패션에서 흔히 볼 수 있다.

고 나타났지만, 아무도 신경 쓰지 않았다. 학교 다닐 때도 게이를 보았고 몇 년간 게이 친구들도 사귀었지만, 이런 차림의 사람은 난생처음이었다. 마치 뮤지컬 〈렌트〉의 등장인물과 스테프들에게 둘러싸인 것 같았다. 물론 의상은 확실히 좀더 나았지만.

차라리 소녀에 가까워 보이는 여자들은 하나같이 아름다웠다. 보는 사람이 황홀할 만큼. 대부분 스물다섯 살 남짓으로 보였고, 몇 명만 서른 살에서 딱 하루 더 먹은 것 같아 보였다. 그리고 대부분이 넷째 손가락에 엄청나게 크고 번쩍이는 다이아몬드 반지를 끼고 있었다. 하지만 아이를 낳았을 것 같지도, 그리고 앞으로 낳을 것 같지도 않아 보였다. 그들은 10센티미터 힐을 신고 내 책상 앞으로 미끄러지듯 우아하게 걸어와 매니큐어를 바른 긴 손가락이 달린 우유처럼 하얀 손을 내밀면서 "호프와 함께 일하는 조슬린" "패션팀의 니콜" "액세서리를 담당하고 있는 스테프" 등으로 자기를 소개했다. 키가 174센티미터가 안 되는 여자는 오직 한 명 샤이나 뿐이었지만, 그녀는 너무 연약해서 거기에 1센티미터를 더하는 게 불가능해 보였다. 몸무게는 다들 50킬로그램 미만이었다.

회전의자에 앉아 그들의 이름을 모두 기억해두려 애쓰고 있는데, 오늘 본 여자들 중에서 가장 예쁜 여자가 들어왔다. 그녀는 분홍구름에서 자아낸 듯한 장밋빛 캐시미어 스웨터를 입고 있었다. 하얀 머리카락이 등에서 물결치고 있는 모습은 정말이지 놀라웠다. 184센티미터의 키에, 체격은 그녀가 똑바로 서 있을 만큼의 몸무게만 지탱할 수 있어 보였다. 그녀는 무용수처럼 우아하게 몸을 움직였다. 뺨은 발그레했다. 몇 캐럿은 됨직한 다이아몬드 반지가 손가락에서 휘황하게 반짝였다. 내가 그것을 뚫어지게 쳐다보는 것을 알아챘는지 그녀가 자기 손을 내 코밑에 들이댔다.

"내가 한 거예요."

그녀는 자기 손을 보며 배시시 웃더니 말했다. 나는 이 여자가 누구인지 알려달라는 뜻으로 에밀리 쪽을 바라보았다. 하지만 에밀리는 또 전화기를 붙잡고 있었다. 그녀의 말로 미루어 그녀가 직접 디자인한 거라고 짐작했다. 그 순간 그녀가 말했다.

"컬러가 정말 예쁘죠? 마시멜로 한 겹, 발레 슬리퍼즈 한 겹을 칠했어요. 실은 발레 슬리퍼즈를 먼저 칠하고 그 다음에 탑코트* 로 마감했죠. 완벽하죠? 색깔이 연하게 연출되면서도 수정 자국은 안 보이죠? 앞으로는 매니큐어를 바를 때마다 이렇게 해야지!"

그러더니 그녀는 몸을 돌려 나가버렸다. 오, 그래. 만나서 반가워. 우쭐대며 멀어져가는 그녀의 등에 대고 속으로 말했다.

나는 이 사람들이 다 좋았다. 모두 상냥하고 착한데다, 매니큐어 광인 그 이상한 미인만 빼면 다들 나와 친해지고 싶어하는 것 같았다. 에밀리는 기회만 있으면 내 옆에 붙어 날 가르치려 했다.

---

* 매니큐어가 쉽게 벗겨지지 않도록 덧바르는 투명한 액체.

그녀는 누구는 아주 중요하고, 누구는 무시하면 안 되고, 누구는 멋진 파티를 자주 여니까 사귀면 득이 될 거라고 하나하나 말해주었다. 내가 그 '매니큐어 걸'에 대해 말하자 에밀리의 얼굴이 환해졌다.

"오!"

그녀는 크게 숨을 내쉬었다. 다른 사람 얘기를 할 때보다 훨씬 신나 보였다.

"그애 정말 멋지죠?"

"예, 괜찮은 것 같아요. 사실 말은 제대로 못 해봤는데, 자기가 매니큐어를 발랐다면서 보여주더군요."

에밀리는 자랑스러운 듯이 활짝 웃었다.

"오, 그래요? 쟤가 누군지 당신도 알죠?"

영화배우나 가수, 모델 중에서 그녀와 비슷한 사람이 없는지 머리를 짜내봤지만 도무지 생각이 나지 않았다. 그래, 유명하다 이거지! 그래서 자기를 소개하지 않은 건지도 모른다. 내가 알아볼 거라고 생각했겠지. 하지만 난 모르겠는걸.

"아니요, 모르겠어요. 유명한 사람인가요?"

그녀를 모르는 대가로 나는 어이없다는 표정과 넌더리난다는 표정이 반씩 섞인 눈길을 받아야 했다.

"아, 그래요?"

에밀리는 '그래요'를 강조하면서 "얘 완전 바보 아냐"라는 표정으로 나를 쳐다봤다.

"제시카 두챔스예요."

그녀는 기다렸다. 나도 기다렸다. 잠시 침묵.

"제시카 두챔스가 누군지 설마 모르진 않겠죠?"

난 이 새로운 정보를 누구와 접목시킬 수 있을까 싶어 또다시 머리를 굴렸다. 하지만 그런 이름은 들어본 적조차 없었다. 게다가 이 놀이가 슬슬 지루해지기 시작했다.

"에밀리, 난 그녀를 본 적이 없어요. 이름도 낯설고요. 그녀가 누군지 말해주겠어요?"

나는 차분하게 말하려고 노력했다. 난 그 여자가 누군지 전혀 상관없는데, 에밀리는 날 완전히 바보로 만들기 전까지는 절대로 이 놀이를 그만두지 않을 작정인 것 같았다. 그녀가 선심 쓰듯 생긋 웃었다.

"물론 그렇게 말하는 게 당연하죠. 제시카 두챔스는 두챔스 가문에 속하는 사람이에요. 알죠? 뉴욕에서 가장 잘나가는 프랑스 레스토랑 말이에요! 그 여자 부모님 거예요. 정말 끝내주지 않아요? 그 사람들은 엄청난 부자라고요."

"아, 그래요? 굉장하네요."

그 예쁜 여자의 부모님이 레스토랑을 한다니, 알아두면 좋을 것 같아 일부러 아주 호기심 있는 척했다.

전화를 몇 통 받으면서 나는 시키는 대로 "미란다 프리스틀리의 사무실입니다"라고 꼬박꼬박 말했다. 만약 미란다가 직접 전화를 걸어오면 내가 어떻게 해야 할지 우리 둘 다 걱정이었다. 전화 한 통이 와 받아보니, 웬 여자가 강한 영국식 억양으로 앞뒤 안 맞는 소리부터 질렀다. 순간 난 공포에 사로잡혔다. 잠시 기다리라는 말도 못 하고 전화를 에밀리에게 넘겼다.

"그녀예요. 받아보세요."

나는 급히 속삭였다.

에밀리의 얼굴에 생전 처음 보는 특별한 표정이 스쳤다. 그녀는 절대로 감정을 절제하는 사람이 아니었다. 역겨움과 동정심이 섞인 표정을 짓더니 그녀는 눈썹을 치켜올리며 턱을 숙였다.

"미란다? 저 에밀리예요."

그녀는 미란다가 전화기를 통해 그녀의 모습을 다 보고 있는 것처럼 환한 미소를 지으며 말했다. 그런데 잠시 침묵이 흘렀다. 그녀가 얼굴을 찌푸렸다.

"오, 미미, 정말 미안해요. 새로 온 사람이 당신을 미란다로 생각했나봐요. 글쎄 말예요, 정말 우습죠? 영국식 억양을 쓴다고 반드시 우리 보스는 아니라는 걸 파악하고 일을 해야 할 것 같은데……"

그녀는 너무 많이 민 눈썹을 더욱 치켜올리며 눈짓으로 나를 가리켰다.

에밀리의 수다는 하염없이 이어졌다. 그 동안 그녀를 찾는 전화가 계속 왔다. 나는 그 전화를 받아 나중에 그쪽으로 전화할 수 있도록 메시지를 받아두었다. 에밀리는 그들에게 일일이 전화를 해서 그들이 미란다의 인생에 얼마나 중대한 영향을 미치는지 끊임없이 설명하고 얘기할 것이다. 정오 무렵이 되자, 속이 쓰리면서 배가 고프다는 신호가 왔다. 그때 전화벨이 울렸다. 받아보니 수화기 너머에서 영국식 억양이 들려왔다.

"여보세요? 앨리슨?"

얼음처럼 차가운, 하지만 당당한 목소리였다.

"스커트가 필요해."

나는 수화기를 손으로 가렸다. 눈이 휘둥그레지는 게 스스로도 느껴졌다.

"에밀리, 그녀예요. 이번엔 진짜예요."

나는 에밀리의 주의를 끌기 위해 수화기를 흔들면서 급하고 나직하게 말했다.

"스커트가 필요하대요."

에밀리는 몸을 돌려 공포에 질린 내 얼굴을 보더니 "나중에 전화할게" 또는 "잘 있어"라는 말조차 하지 않고 황급히 전화를 끊었다. 그녀는 버튼을 눌러 미란다의 전화를 자기 전화기로 연결하고는 환한 미소를 지었다.

"편집장님? 예, 에밀리예요. 무엇이 필요하세요?"

그녀는 어찌나 몰두하는지 이맛살까지 찌푸려가며 펜을 들어 노트에 급히 써내려가기 시작했다.

"네, 물론이죠. 당연하지요."

일이 일어난 것도 순식간이었지만 끝나는 것도 정말 빨랐다. 나는 기다리는 눈빛으로 그녀를 바라보았다. 그녀는 열정적인 내 모습에 눈을 굴렸다.

"당신의 첫번째 일이 되겠군요. 미란다가 몇 가지 물건이 필요하다면서 스커트도 같이 보내래요. 늦어도 오늘 밤 비행기 편으로 보내줘야 해요."

"알았어요. 어떤 걸 원하시는데요?"

미란다가 필요로 한다는 이유만으로 스커트가 도미니카 공화국까지 여행해야 하다니. 난 깜짝 놀랐다.

"구체적으로 말을 안 했지 뭐예요."

에밀리는 수화기를 들면서 툴툴거렸다.

"안녕, 조슬린. 나야. 그녀가 스커트가 필요하대. 오늘 밤에 미세스 드 라 렌타 편에 보내려고. 그분이 거기서 미란다와 만나기로 되어 있거든."

그녀는 전화기를 내려놓고 나를 보며 말했다.

"구체적으로 정해주지 않을 때가 더 힘들어요. 그런 세세한 것까지 말하기엔 너무 바쁘신 몸이라 원하는 재질이나 색깔, 스타일, 브랜드 얘긴 생략하는 거죠. 하지만 뭐, 괜찮아요. 내가 그녀의 치수를 알거든요. 취향도 잘 아니까 어떤 걸 좋아할지 정확히 예측할 수 있어요. 방금 전화로 이야기한 사람은 패션팀의 조슬린이에요. 이제부터 옷을 협찬받아 올 거예요."

나는 머릿속으로 코미디언 제리 루이스가 거대한 점수판을 놓고 스커트 모으는 게임의 사회를 보는 모습을 그려보았다. 두둥, 북이 울리고 짠, 구찌가 나타나면 박수를 짝짝짝!

사실 그렇지는 않았다. 스커트 '협찬'을 통해 나는 처음으로 런웨이가 얼마나 어처구니없는 곳인지 알게 되었다. 물론 그 과정이 군사작전만큼이나 효율적이라는 것은 인정하지 않을 수 없었지만. 우선 에밀리나 내가 패션팀 어시스턴트에게 알린다. 그들은 모두 여덟 명인데, 각각 특정 디자이너 및 매장과 관계를 유지하고 있다. 그들은 공적인 관계로 연락할 수 있는 루트를 활용해 여러 디자인 하우스와 연락해서 미란다 프리스틀리가(바로 그 미란다 프리스틀리이긴 한데, 실은 그녀가 '개인 용도'로 쓸) 특정한 물품을 찾고 있다고 말한다. 경우에 따라서는 맨해튼에 있는 최고급 상점에 연락하기도 한다. 곧바로 마이클 코어스, 구찌, 프라다, 베르사체, 펜디, 아르마니, 샤넬, 바니스, 클로에, 캘빈 클라인, 버그도프, 로베르토 카발리, 삭스 등에서 일하는 모든 홍보이사와 직원들이 미란다 프리스틀리의 마음에 들 만한 온갖 스커트를 추천한다. 인편에 직접 물건을 보내기도 한다. 그 과정은 세련된 안무로 짜여진 발레처럼 진행되었다. 모두 언제, 어떻게, 어디로 다음 스텝을 디뎌야 하는지 정확하게 알고 있었다. 이런 일이 일상처럼 진행되는 동안, 에밀리는 내게 스커트와 함께 보낼 다른 물건들을 챙겨오라고 했다.

"당신 차가 58번가에서 당신을 기다리고 있을 거예요."

전화 두 대를 동시에 받아가며, 런웨이 로고가 찍힌 메모지에 지시사항을 휘갈겨쓰면서 에밀리가 말했다. 그녀는 잠시 멈추더니 내게 휴대폰을 던져주었다.

"이걸 가져가요. 내가 연락하거나 당신이 필요할 경우가 생길지도 모르니까. 꺼놓으면 안 돼요. 반드시 받도록 해요."

나는 휴대폰과 메모지를 들고 빌딩 옆쪽의 58번가로 내려갔다. 어떻게 '내 차'를 찾을 수 있을지 의아했다. 아니, 그 말이 무슨 뜻인지 궁금했다. 인도에 한 발짝 나와 두리번거리는데, 파이프를 문 땅딸막한 회색 머리 남자가 다가왔다.

"당신이 프리스틀리의 새 어시스턴트요?"

그는 마호가니색 파이프를 입에 문 채, 담뱃진이 묻은 입으로 쉰소리를 내며 말했다. 나는 고개를 끄덕였다.

"내 이름은 리치요. 배차담당이지. 차가 필요하면 나한테 말해요. 알았소, 금발머리씨?"

나는 다시 고개를 끄덕이고 검정색 캐딜락 세단 뒷자리에 올라탔다. 그는 문을 닫아주고 손짓을 했다.

"어디로 갈 거요?"

그가 묻는 바람에 정신이 번쩍 들었다. 나는 어디로 가는지도 모르고 있었다. 황급히 주머니에서 메모지를 꺼냈다.

처음 갈 곳: 토미 힐피거의 스튜디오, 57번가 서쪽 355번지 6층.

리앤을 찾을 것. 우리가 필요한 것을 다 내줄 것임.

나는 운전기사에게 주소를 알려주고 창 밖을 바라보았다. 쌀쌀한 겨울날 오후 한시. 스물세 살의 나는 운전기사가 딸린 세단의 뒷자리에 앉아 토미 힐피거의 작업실을 향해 가고 있었다. 배가 너무 고팠다. 점심나절이라 미드타운의 블록 열다섯 개를 지나는 데 거의 사십오 분이나 걸렸다. 뉴욕에서 내가 처음으로 겪는 교통정체였다. 운전기사가 자기는 그 블록을 돌고 있을 테니 들어갔다 나오라고 했다. 나는 토미의 작업실로 들어갔다. 6층 안내데스크에서 리앤을 찾자, 열여덟 살에서 하루도 더 안 먹은 듯한 아름다운 아가씨가 통통거리며 계단을 내려왔다.

"안녕하세요?"

그 아가씨는 '요' 자를 조금 길게 발음했다.

"당신이 미란다의 새 어시스턴트인 앤드리아군요. 우리가 미란다를 얼마나 좋아한다구요. 팀에 온 걸 환영해요!"

그녀는 활짝 웃었다. 나도 미소를 지었다. 그녀는 테이블 밑에서 커다란 비닐백을 꺼내더니 그 안에 있던 것을 바닥에 쏟아냈다.

"이건 세 가지 색상인데, 캐롤라인이 좋아하는 청바지예요. 베

87

이비 티도 몇 벌 넣었어요. 캐시디는 토미의 카키색 스커트를 참 좋아해요. 전에 올리브색과 연회색 스커트도 준 적 있어요."

청치마, 청재킷, 심지어 양말까지 그 가방에서 쏟아져나왔다. 나는 그저 바라볼 수밖에 없었다. 열 살 남짓한 여자애의 옷장을 네 개 이상 채울 수 있을 만큼 옷이 넘쳐났다. 캐시디와 캐롤라인은 대체 누구지? 그 옷들을 보며 나는 궁금해졌다. 도대체 어떤 사람들이 토미 힐피거의 청바지를 입는담? 그것도 세 가지 다른 색상으로?

내가 어리둥절해 있는 것처럼 보였는지 리앤은 일부러 등을 돌리고 그 옷들을 다시 넣으며 말했다.

"미란다의 따님들은 틀림없이 이 옷들을 아주 좋아할 거예요. 그애들은 몇 년 동안 우리가 대주는 옷을 입어오고 있거든요. 이건 토미가 직접 고른 거랍니다."

나는 그녀에게 고맙다는 눈길을 보내고 가방을 어깨에 멨다.

"행운을 빌어요!"

엘리베이터 문이 닫히는 순간 그녀가 진심에서 우러나는 미소를 띠고 외쳤다.

"그런 멋진 직업을 가졌다니, 정말 운이 좋군요!"

그녀가 미처 말을 잇기도 전에 내 머릿속에서는 그에 이어지는 말이 떠올랐다. 그건 백만 명쯤 되는 여자들이 너무나도 하고 싶어하는 일이라구요! 방금 유명 디자이너의 스튜디오를 구경한데다 수천 달러어치의 옷을 들고 있으니, 바로 이 순간만큼은 그녀의 말이 옳은 것 같았다.

일이 돌아가는 분위기를 파악한 다음부터는 시간이 쏜살같이 흘러갔다. 내가 잠깐 샌드위치를 사러 간다고 누가 화를 내지는 않겠지? 잠시 갈등을 했지만 어쩔 수 없었다. 아침 일곱시에 크루아상을 먹은 뒤로 계속 빈속이었다. 시간은 벌써 두시가 다 돼가고 있었다. 나는 운전기사에게 델리 앞에 잠깐 차를 세워달라고 부탁했다. 마지막 순간에 그의 몫도 하나 샀다. 칠면조 고기와 허니머스터드 소스가 든 샌드위치를 내밀자 그의 입이 딱 벌어졌다. 혹시라도 부담스러워하나 싶어 걱정이 되었다.

"시장하실 것 같아서요. 하루 종일 운전하다보면 점심 드실 시간이 마땅치 않잖아요."

"고마워요, 아가씨. 정말 고마워요. 열두 해 동안이나 엘리아스 클라크 직원들을 태웠지만, 친절한 사람은 하나도 못 봤어요. 그런데 아가씨는 참 상냥하군요."

그는 룸미러로 나를 보며 걸걸하고 또렷치 않은 억양으로 말했다. 그에게 생긋 웃어주는 순간, 어떤 예감이 스쳤다. 하지만 그건 잠깐이었다. 우리는 교통이 정체된 틈을 타 그가 좋아하는 음악을 들으며 각자 샌드위치를 먹었다. 시에 곡을 붙여 시타르*로 연

---

* 기타와 비슷한 인도의 현악기.

주한 음악이었는데, 내 귀엔 웬 여자가 전혀 알아들을 수 없는 말로 계속 똑같은 소리를 질러대는 것만 같았다.

그 다음에 에밀리가 시킨 일은 미란다가 테니스 칠 때 '꼭 필요한' 흰 반바지를 가져오는 것이었다. 폴로로 가야 할 것 같았는데, 그녀는 샤넬로 가라고 써놓았다. 샤넬이 테니스용 흰 반바지도 만드나? 운전기사는 나를 개인 살롱으로 데려갔다. 주름 제거 수술을 해서 눈이 가늘게 위로 올라붙은 나이든 판매원이 0사이즈 흰색 면 라이크라 핫팬츠를 실크 옷걸이에 핀으로 고정해 벨벳 옷가방에 넣어주었다. 그 반바지를 보니 여섯 살짜리한테도 안 맞을 것 같아 그 여자를 쳐다봤다.

"저…… 미란다한테 이게 정말 맞을까요?"

나는 머뭇머뭇 물어보았다. 그 여자가 싸움소같이 생긴 입을 벌리며 나를 쏘아보았다. 나를 통째로 잡아먹을 것 같은 표정이었다.

"글쎄? 맞을 텐데요? 치수대로 정확히 재단해서 만든 거니까요."

그녀는 그 초미니 반바지를 내게 건네며 툴툴거렸다.

"미란다에게 전해줘요. 코펠만 씨가 안부 전한다고요."

알았어, 알았다고. 그게 누군지는 모르겠지만.

그 다음에 갈 곳은 에밀리가 '다운타운 저 안쪽에 있는' 이라고 써준, 시청 근처의 'J&R 컴퓨터 월드' 였다. '서부의 전사들' 을 파는 곳은 뉴욕에서 거기뿐인 것 같았다. 미란다는 그 게임을 오스카와 아네트 드 라 렌타 부부의 아들 모세에게 사주고 싶어했다. 한 시간쯤 후 그곳에 도착할 무렵, 나는 아까 받은 휴대폰으로 장거리 전화를 할 수 있다는 사실을 깨달았다. 나는 직장이 정말 좋다는 사실을 부모님에게 알리고 싶어 신나게 전화를 걸었다.

"아, 아빠? 저 앤디예요. 제가 어디 있는지 아세요? 네, 물론 근무중이죠. 지금 운전기사 딸린 차의 뒷좌석에 앉아 맨해튼을 돌아다니고 있어요. 토미 힐피거와 샤넬에 갔다 왔고요, 이제 컴퓨터 게임만 사서 파크 애비뉴에 있는 오스카 드 라 렌타의 아파트에 갖다놓으면 돼요. 아뇨, 그 사람을 위한 게 아니에요. 미란다가 DR에 있는데, 아네트가 오늘 밤 비행기 편으로 거기 간대요. 개인 비행기로요. 아빠, DR은 도미니카 공화국이란 뜻이에요!"

아빠는 조심스러워하면서도 내가 즐거워하니 만족해했다. 난 내가 대졸 심부름꾼으로 고용된 거라고 생각하기로 했다. 나쁘진 않았다. 나는 토미의 옷들이 든 가방과 핫팬츠와 컴퓨터 게임을 휘황찬란한 파크 애비뉴 로비(아, 사람들이 '파크 애비뉴'라는 말을 이런 뜻으로 쓰는 거였군!)에 있는 특이하게 생긴 경비원에게 건네주고, 엘리아스 클라크 빌딩으로 돌아왔다. 사무실로 들어가니, 에밀리는 책상다리를 하고 바닥에 앉아 흰 포장지와 흰 리본으로 선물을 포장하고 있었다. 수천 개는 됨직한 똑같은 모양의 빨갛고 흰 상자들이 책상 주변에 흩어져 있는 것도 모자라,

미란다의 방 안까지 넘쳐나고 있었다. 에밀리는 내가 보고 있다는 걸 전혀 알아채지 못했다. 상자 하나를 다 포장하려면 이 분이 걸리고, 흰 새틴 리본으로 묶으려면 십오 초가 더 걸렸다. 그녀는 일 초도 낭비하지 않고 효율적으로 움직이며 포장한 상자를 자기 뒤에 산처럼 쌓았다. 포장 더미는 점점 커져만 갔다. 그렇다고 포장 안 된 더미들이 줄어드는 것도 아니었다. 나흘을 더 해도 끝나지 않을 것 같았다.

나는 그녀의 컴퓨터에서 나오고 있는 1980년대 음악보다 더 큰 소리로 외쳤다.

"에밀리, 저 돌아왔어요!"

그녀가 나를 쳐다봤다. 얼핏 그녀의 얼굴에 내가 누군지 모르겠다는 표정이 스쳤다. 전혀 모르겠다는 표정. 하지만 순간 아, 저 애가 새 어시스턴트지, 하는 생각이 스친 듯했다.

"일은 어떻게 됐어요? 메모해준 거 다 했어요?"

그녀가 급히 물었다. 나는 고개를 끄덕였다.

"컴퓨터 게임? 내가 전화했을 때 딱 한 개 남았다고 했거든요. 거기 있던가요?"

나는 또 고개를 끄덕였다.

"그걸 파크의 경비원에게 가져다줬죠? 옷이랑 반바지랑 다."

"네, 아무 문제 없어요. 다 잘 처리했고, 방금 거기 가져다주고 오는 길이에요. 근데 궁금한 게 있어요. 미란다가 그런 걸 실제로 입나요?"

"잠깐만요. 나 화장실 좀 다녀와야겠어요. 당신 오기만 기다리고 있었어요. 전화가 오는지 잠깐 봐줘요. 알았죠?"

"제가 없는 동안 한 번도 화장실에 안 갔어요?" 나는 믿어지지가 않아 물었다. 다섯 시간이나 지났던 것이다. "왜 안 갔어요?"

에밀리는 포장하던 박스에 리본을 묶고 나서 나를 차갑게 바라보았다.

"미란다는 자기 어시스턴트 말고 다른 사람이 전화 받는 걸 무척 싫어해요. 그러니까 당신이 여기 없을 때 난 자리를 비우고 싶지 않아요. 나도 바쁘지만 미란다는 더 바빠요. 그래서 난 항상 대기하려고 해요. 우리 둘 중 한 사람이 여기 없을 땐 화장실이든 어디든 가면 안 돼요. 우리가 함께 일하는 건 그녀를 완벽하게 보좌하기 위해서라는 걸 분명히 기억해주세요. 알았죠?"

"물론이죠. 얼른 다녀오세요. 제가 여기 있을게요."

그녀는 몸을 돌려 나갔다. 나는 책상에 손을 짚고 간신히 서 있었다. 협동 전투체제 없이는 화장실에도 가지 말라고? 지금 저 여자는 방광이 터지는 걸 참아가며 다섯 시간 동안 여기 앉아 있었단 말이야? 화장실까지 뛰어갔다 오는 그 이 분 삼십 초 동안 대서양 건너편에서 미란다가 전화할까봐? 그런 거야? 황당하긴 했지만, 나는 에밀리가 너무 열성적이라 그런 거라고 생각해버렸다. 미란다가 자기 어시스턴트들에게 그런 걸 요구했을 리는 없어.

분명해. 아니, 혹시 정말 그런 건가?

　나는 프린터에서 종이 몇 장을 집어들었다. '크리스마스 때 들어온 선물 리스트'라는 제목이 적혀 있었다. 하나, 둘, 셋, 넷, 다섯, 여섯 장에 선물 목록이 빽빽했고, 줄마다 보낸 이와 선물 명세가 적혀 있었다. 모두 256개나 되었다. 영국 여왕의 결혼선물 리스트 같았다. 대강 훑는 것도 버거울 정도였다. 바비 브라운이 보낸 바비 브라운 화장품 세트와 케이트 앤 앤디 스페이드에서 온 최상품 케이트 스페이드 핸드백, 그레이돈 카터가 보낸 스마이슨 오브 본드 스트리트의 와인색 가죽수첩, 미우치아 프라다가 보낸 속에 밍크를 댄 슬리핑 백, 에린 로더가 보낸 여러 겹으로 된 베르두라 비즈 팔찌, 도나텔로 베르사체가 보낸 다이아몬드가 박힌 시계, 신시아 로리가 보낸 샴페인, 마크 배글리와 제임스 미스치카가 보낸 잘 어울리는 비즈 장식 탱크톱과 이브닝 백 세트, 어브 라비츠가 보낸 카르티에 펜 세트, 베라 왕이 보낸 친칠라 모피 머플러, 알베르토 페라티가 보낸 얼룩말 무늬 재킷, 로즈마리 브라보가 보낸 버버리 캐시미어 담요. 이건 시작에 지나지 않았다. 허브 리츠, 브루스 웨버, 지젤 번천, 힐러리 클린턴, 톰 포드, 캘빈 클라인, 애니 레보비츠, 니콜 밀러, 아드리엔 비타디니, 마이클 코어스, 헬무트 랑, 조르지오 아르마니, 존 사하그, 브루노 마글리, 마리오 테스티노, 나르시소 로드리게스가 온갖 모양과 크기의 핸드백을 선물했다. 미란다의 이름으로 여러 자선단체에 기부한 것도 많았다. 와인과 샴페인 수백 병, 디오르 백 여덟에서 아홉 개, 향초 수십 개, 오리엔탈 도자기 몇 점, 실크 파자마, 가죽 장정 책, 목욕용품, 초콜릿, 팔찌, 캐비아, 캐시미어 스웨터, 액자 그리고 오백 쌍의 단체 결혼식을 위해 중국의 축구장 몇 개를 장식해도 될 만큼 수많은 화환과 화분. 이럴 수가! 이런 일이 실제로 일어나다니. 도저히 믿기지 않았다. 내가 지금 전 세계의 명사들에게 256개나 되는 크리스마스 선물을 받은 여자를 위해 일하고 있다니! 아니, 모두 명사가 맞기는 한가? 짐작이 가지 않았다. 정말 유명한 사람과 디자이너 몇 명이야 알아보았지만, 그때는 나머지 사람들 역시 유명한 사진작가와 메이크업 아티스트와 모델과 사교계 명사와 엘리아스 클라크의 이사들이었다는 걸 몰랐다. 에밀리는 이들이 다 누구인지 정말 알고 있을까? 갸우뚱하고 있는데 그녀가 들어왔다. 읽지 않은 척하려 했지만, 그녀는 전혀 상관하지 않았다.

"끝내주죠? 미란다는 정말 멋진 여자예요."

에밀리는 그 리스트를 책상에서 휙 집더니 절대적인 동경이라고밖에 표현할 수 없는 눈길로 그걸 바라보며 우쭐해서 말했다.

"지금까지 이렇게 멋진 걸 본 적 있어요? 이건 작년 거예요. 내가 이걸 뽑았어요. 벌써부터 선물이 밀려들어서 앞으로 뭘 받게 될지 알아보려고요. 그녀에게 온 선물을 풀어보는 것, 그게 바로 이 직업의 가장 좋은 점이죠."

나는 헷갈렸다. 우리가 그 선물을 풀어본다고? 왜 미란다가 직접 안 풀어보지? 나는 바로 질문했다.

"미쳤어요? 미란다는 선물 중 구십 퍼센트는 마음에 안 들어해요. 어떤 건 너무 모욕적이라 내가 알아서 아예 안 보여줄 때도 있어요. 이를테면 이런 거 말이에요."

그녀는 작은 박스 하나를 집어들며 말했다. 그것은 뱅 앤 올루프슨에서 출시된 실버 컬러 유선형 무선전화기였는데, 모서리가 둥글게 처리되어 있었다. 3천2백 킬로미터 정도 밖에서도 깨끗한 음질로 통화할 수 있는 제품이었다. 몇 주 전 뱅 앤 올루프슨 매장에 갔을 때 알렉스가 그 전화기의 스테레오 시스템을 침을 흘리며 바라봤던 게 생각났다. 그래서 그 전화기가 5백 달러 이상 나가며, 대신 대화해주는 것 외에는 뭐든지 할 수 있는 기능이 있다는 걸 나도 알고 있었다.

"기가 막혀, 전화기라니! 얼마나 무신경하면 감히 이런 걸 미란다 프리스틀리한테 보낸담?"

그녀는 그것을 내 쪽으로 던졌다.

"갖고 싶으면 가져요. 어차피 그녀한테 이런 건 절대 보여주지 않을 거니까. 그녀는 누가 전자제품 따위를 보내면 아주 싫어해요."

그녀는 '전자'라는 단어를 징그럽다는 듯이 발음했다.

나는 전화기 상자를 책상 밑에 잘 두었다. 참아보려 해도 자꾸만 입이 벌어졌다. 너무 좋았다. 안 그래도 이사하면서 무선전화기가 필요했는데 5백 달러짜리가 공짜로 생기다니!

에밀리는 다시 책상다리를 하고 미란다 사무실 바닥에 앉더니 말을 이었다.

"몇 시간 더 와인을 포장하도록 해요. 그 다음에 오늘 들어온 선물들을 풀어보면 돼요. 선물들은 저쪽에 있어요."

그녀는 자기 책상 뒤를 가리켰다. 다채로운 색깔의 상자와 가방과 바구니가 작은 산을 이루고 있었다.

"그럼 이건 우리가 미란다 이름으로 보내게 될 선물들인가요?"

내가 상자 하나를 집어 두꺼운 흰 종이로 포장하면서 물었다.

"물론이죠. 해마다 이래요. 상급에 속한 사람들은 돔*을 받아요. 엘리아스 이사들이나 별로 친하지 않은 유명 디자이너들이 여기 포함되지요. 미란다의 변호사와 회계사도요. 중간급은 뵈브를 받아요. 여기엔 거의 모든 사람들, 즉 쌍둥이의 선생님들, 헤어 스타일리스트, 미란다의 전용 운전기사 등등이 속해요. 별 볼일 없는 사람들은 루피노 키안티를 받아요. 주로 PR부서 사람들이죠. 그녀에게 선물로 들어온 것 중에서 중요하지 않은 걸 골라 보내기도 해요. 수의사와 카라를 위한 베이비시터 리스트에 들어 있는 몇 사람과 그녀가 자주 들르는 상점에서 그녀를 전담하는 사람들, 그리고 코네티컷에 있는 여름 별장에서 일하는 사람들에게

---

* 돔 페리뇽. 최고급 샴페인의 하나.

는 키안티를 보내요. 아무튼 난 11월 초에 이 와인들을 2만 5천 달러어치 주문했어요. '셰리 레만'에서 배달해주는데, 포장만 거의 한 달이 걸려요. 그녀가 휴가라 다행이에요. 안 그러면 이걸 집까지 가져가서 포장해야 하니까. 어쨌든 꽤 괜찮죠? 지불은 회사에서 하는 거니까."

"셰리 레만이라는 곳에 포장을 맡기면 값이 두 배가 되나요?"

나는 선물의 계층구조를 파악하려고 애쓰면서 물어봤다.

"그게 대체 무슨 상관이죠?" 그녀는 콧방귀를 뀌었다. "여기선 가격 따윈 아무 상관 없다는 걸 당신도 곧 알게 될 거예요. 미란다가 그 상점에서 하는 포장을 싫어해서 여기서 포장하는 것뿐이에요. 작년에 내가 흰 포장지를 그 상점에 가져다줬는데, 우리처럼 예쁘게 포장을 못 하더라고요."

그녀는 자부심이 철철 넘쳐 보였다.

여섯시 무렵까지 포장을 하면서 에밀리는 회사 일에 대해 이것저것 얘기해주었다. 나는 이 이상하고 신나는 세계로 내 마음을 포장하려고 노력했다. 그녀가 미란다는 커피를 설탕 두 조각을 넣은 톨 사이즈 라테로 마신다며 꼼꼼하게 설명하고 있는데, 패션팀 어시스턴트 중 하나인 금발머리 여자가 유모차 크기의 바구니를 들고 숨가쁘게 들어왔다. 그녀는 미란다의 사무실 바로 밖에서 맴돌고 있었다. 마치 자기가 감히 문턱을 넘는 순간, 지미 추 구두가 딛고 있는 부드러운 회색 카펫이 바로 표사*로 변할까봐 두려워하기라도 하는 듯했다.

"에밀리, 스커트를 갖고 왔어요. 너무 오래 걸려서 죄송해요. 하지만 추수감사절 직전이라 직원들이 없었어요. 이 중에 미란다 마음에 들 만한 게 있으면 좋겠네요."

그녀는 잘 개어놓은 스커트들로 가득한 바구니를 내려다보았다.

에밀리는 경멸스런 표정을 간신히 감추며 그녀를 쳐다보았다.

"내 책상 위에 놔둬. 그저 그런 건 돌려보낼게. 당신 취향을 생각하면, 뭐 거의 다 그렇겠지만."

마지막 말은 하도 나직해서 내 귀에나 간신히 들릴 정도였다.

금발머리 여자는 당황한 것 같았다. 하늘에서 가장 빛나는 별 정도는 아니지만, 그래도 그녀는 상당히 예뻤다. 나는 에밀리가 왜 그녀를 그렇게 싫어하는지 궁금했다. 하지만 하루 종일 쪽지를 들고 심부름하느라 온 뉴욕을 돌아다닌데다, 기억해야 할 이름과 얼굴이 너무 많아 난 이미 지쳐 있었다. 그래서 아예 물어보지도 않았다.

에밀리는 허리에 손을 얹은 채 책상에 놓인 바구니를 내려다보았다. 사무실 바닥에 앉은 내 눈에 각양각색의 천과 다양한 사이즈의 스커트 스물다섯 벌 정도가 보였다. 정말로 미란다는 자기가 구체적으로 뭘 원하는지 얘기하지 않은 걸까? 정식 만찬장에

＊올라서면 빠져버리는 젖은 모래층.

입고 갈 정장인지, 혼식 경기를 하기 위해 입을 운동복인지, 아니면 비키니 랩으로 쓸 건지 에밀리에게 말하지 않아도 정말 상관없나? 데님을 원했나? 아니면 시폰 같은 게 더 나을 거라고 생각했을까? 어떤 걸 보내야 그녀가 마음에 들어할지 대체 어떻게 정확히 예측할 수 있는 거지?

이제 모든 베일이 벗겨지려는 찰나였다. 에밀리는 바구니를 미란다 방으로 가지고 와서 내 옆의 호화로운 카펫 위에 조심조심 놓았다. 그녀는 앉아서 스커트를 하나씩 꺼내 주위에 늘어놓기 시작했다. 아름답고 강렬한 자홍색 손뜨개 셀린느 스커트, 진줏빛 캘빈 클라인 랩 스커트, 밑단에 블랙비즈 장식이 달린 드 라 렌타의 검정 스웨이드 스커트가 있었다. 빨간색, 베이지색, 연자주색 스커트도 보였는데, 레이스가 달린 것도 있었고 캐시미어로 만든 것도 있었다. 어떤 건 발목을 우아하게 감쌀 정도로 길었고, 어떤 건 치약 뚜껑만큼이나 짧았다. 종아리 중간쯤 오는 갈색 실크 스커트를 내 허리에 대보았더니 겨우 다리 한쪽만 간신히 가려졌다. 그 다음에 나온 것은 얇은 명주 망사와 시폰이 소용돌이치는 스커트였다. 찰스턴*에서 열리는 가든파티에나 어울릴 것 같았다.

데님 스커트 중에는 허리에 화려하고 장중한 갈색 벨트가 달려

---

* 미국 사우스캐롤라이나 주에 있는 도시.

있는 것도 있었고, 속이 비치는 은색 주름천이 약간 덜 비치는 은색 속천을 한 겹 덮고 있는 것도 있었다. 도대체 이 중에서 무얼 고른담?

"우와, 미란다는 스커트를 정말 좋아하나봐요?"

나는 달리 할말이 없어서 이렇게 말했다.

"그렇진 않아요. 미란다는 오히려 스카프에 좀 집착하는 경향이 있죠."

에밀리는 얼굴에 생긴 헤르페스*를 막 들킨 사람처럼 눈을 마주치려 하지 않았다.

"그녀가 좀 귀엽고 변덕스런 타입이란 건 알아둬요."

"그래요?"

나는 흥미로워 하는 것처럼 보이려고 애쓰며 물었다. 스카프에 집착한다고? 옆에 있는 이 여자만큼 나도 옷과 가방과 구두를 좋아하지만, '집착'이라고까지 하긴 좀 그랬다. 에밀리의 말투로 미루어보아 어째 좀 예사롭지가 않았다.

"그래요. 그녀는 뭔가 특별한 일 때문에 스커트가 필요한 걸 거예요. 하지만 스카프에는 그야말로 빠져 있죠. 그녀의 서명이나 다름없는 스카프. 알겠죠?"

그녀는 나를 바라보았다. 손톱만큼도 모르겠다는 게 내 얼굴에

---

* 여러 개의 작은 수포가 나는 염증성 피부질환.

그대로 씌어 있었는지 그녀가 다시 말했다.

"면접 때 그녀를 만난 거 생각나죠? 안 그래요?"

사실 난 미란다의 이름만 간신히 기억하는 정도였다. 면접 당시 그녀가 뭘 입고 있었는지 기억할 마음도 전혀 없었다. 하지만 이런 마음을 에밀리에게 들키면 안 될 것 같아 얼른 대답했다.

"물론이죠. 하지만 스카프는 잘 기억나지 않아요."

"그녀는 항상, 늘, 언제나, 어딘가에 흰색 에르메스 스카프 하나를 매고 있어요. 주로 목에 하지만 가끔은 미용사한테 뒷머리 땋은 데다 묶어달라고 하기도 하고, 아주 가끔은 벨트 대신 쓰기도 해요. 그건 그녀의 서명이나 마찬가지죠. 미란다 프리스틀리는 어떤 일이 있어도 흰색 에르메스 스카프를 하고 다닌다는 건 다들 알고 있어요. 정말 멋지지 않아요?"

그 순간 에밀리의 흰색 티셔츠 바로 밑 카고바지의 벨트 구멍에 라임색 스카프가 끼워져 있는 게 눈에 들어왔다.

"뭐, 가끔 분명하게 말하지 않을 때도 있어요. 이번에도 그런 것 같아요. 어쨌든 패션팀의 저 바보들은 그녀의 취향에 대해 뭐 하나 아는 게 없어요. 세상에, 이 옷들 좀 봐. 어휴 끔찍해!"

그녀는 끝내주는 하늘하늘한 스커트 한 장을 집어들었다. 짙은 갈색 바탕에 여기저기 금빛으로 반짝거리는, 나머지 옷들보다 약간 더 맵시 있어 보이는 옷이었다.

"그러네요." 나는 동의했다. 이것이 이 여자의 입을 다물게 하기 위해 수천, 수만 번이라도 동의하게 되는 첫걸음이었다. "정말 끔찍하게 생겼네요."

하지만 사실 그 옷은 어찌나 예쁘던지 결혼식 때 입으면 정말 행복할 것 같았다.

에밀리는 동료직원에 대한 가차없는 모욕을 간간히 양념으로 끼워넣으며 패턴과 옷감과 미란다의 요구사항에 대해 끊임없이 주절주절 늘어놓았다. 그러고는 마침내 스타일이 서로 다른 스커트 세 장을 골라 미란다에게 보내려고 따로 챙겨두었다. 물론 그동안 끊임없는 수다가 이어졌다. 들어주려고 했지만, 저녁 일곱시가 다 되어가고 있었다. 난 지금 내가 너무 배가 고픈 건지, 토할 것 같은 건지, 아니면 그저 지쳐 있는 건지라도 분간하려 애썼다. 그래서 이제껏 본 사람들 중에서 가장 거대한 남자가 사무실 안으로 폭풍처럼 들어오는데도 알아차리지 못하고 있었다.

"이봐!"

내 뒤 어딘가에서 이런 소리가 들렸다.

"얼굴 좀 보게 일어나!"

몸을 돌리는 순간 남자가 보였다. 210센티미터 정도의 키에 잘 그을린 피부와 검은 머리칼을 한 남자가 나를 똑바로 가리키고 있었다. 몸무게는 110킬로그램 정도 나가 보였는데, 근육질의 몸이 데님 점프슈트에서 터져나올 것만 같았다. 잠깐, 점프슈트? 맙소사! 위아래가 붙어 있는 진짜 데님 점프슈트였다. 착 달라붙은 바지, 허리에는 벨트, 소매는 걷어올렸고 이불만한 털망토까지 두른 차림이었다. 털망토 줄은 그의 두꺼운 목에서 두 번 묶여 있었고, 테니스 라켓만한 번쩍이는 검정색 전투화가 거대한 발을 가리고 있었다. 근육과 진한 구릿빛 피부와 두드러지는 턱선 때문에 십 년을 감출 수도 오 년을 더할 수도 있지만, 언뜻 보기에는 서른다섯 살 남짓했다. 그는 내게 바닥에서 일어나라고 손짓했다. 내가 그에게 시선을 고정한 채 일어나자, 그는 즉각 나를 면밀히 뜯어보았다.

"흠! 이 여자는 뭐야?"

그가 무척 심한 가성으로 외쳤다.

"예뻐. 하지만 너무 건강해 보이는군. 그 옷은 전혀 안 어울려!"

"제 이름은 앤드리아입니다. 미란다의 새 어시스턴트예요."

그는 눈을 위아래로 굴려 내 몸을 샅샅이 훑었다. 에밀리는 입꼬리를 올리며 이 광경을 지켜보고 있었다. 견디기 힘든 침묵이었다.

"무릎까지 오는 부츠에 무릎 길이 스커트라. 지금 나 놀리는 거야? 뭘 모르는군. 문 옆에 검은색으로 씌어 있는 명판 못 봤어? 여긴 런웨이라고. 전 세계의 최신 유행을 선도하는 잡지 말이야! 하지만 걱정할 건 없어, 자기. 이 나이젤이 그 싸구려 옷을 벗겨버릴 테니까. 곧 멋있어질 거야."

그는 엄청나게 큰 손을 내 허리에 대더니 내 몸을 빙그르르 돌렸다. 나는 그가 내 다리를 바라보고 쯧, 하는 것을 느꼈다.

"흠, 괜찮아. 약속하지. 당신은 아주 괜찮은 재료야. 다리도 예쁘고, 머릿결도 괜찮고, 게다가 뚱뚱하지도 않아. 뚱뚱하지만 않으면 돼. 조금만 기다려, 자기."

나는 화를 내고 싶었다. 내 하체를 붙잡고 있는 그에게서 몸을 빼고, 누군지 전혀 모르는 이 사람이(그것도 동료직원이) 내 옷과 몸매에 대해 불필요하게 단호하고 단정적인 말을 내뱉고 있다는 것에 대해 잠깐이라도 생각해보고 싶었다. 하지만 나는 그렇게 하지 않았다. 조롱이 아닌 웃음을 짓는 것처럼 보이는 그의 친절한 녹색 눈동자가 좋아져버린 것이었다. 하지만 그보다도 내가 통과했다는 사실이 기분 좋았다. 이 사람이 바로 나이젤이었다. 마돈나나 프린스처럼 성은 없고 이름만 있는 사람. 나 같은 사람도 TV, 잡지, 사교계 소식 등을 통해 이미 알고 있을 정도로 그는 유명한 패션계의 권위자였다. 그런 그가 나를 자기라고 불러주었다. 게다가 내 다리가 예쁘다고 말했다! 그가 싸구려 옷이라고 말한 건 귓등으로 흘려들었다. 난 이 사람이 마음에 들었다.

그 여자 좀 가만히 내버려두라고 말하는 에밀리의 목소리가 들렸다. 난 그가 가지 않았으면 했다. 하지만 너무 늦었다. 그는 벌써 등뒤로 털망토를 펄럭이며 문 쪽으로 가고 있었다. 그를 불러 만나서 반가웠다고 말하고 싶었다. 그의 말에 화나지 않았다고, 그가 나를 변신시켜주겠다고 해서 기뻤다고 말해주고 싶었다. 하지만 내가 입을 떼기도 전에 나이젤은 휙 돌아서더니 단 두 걸음만에 내 앞에 와 있었다. 한 걸음이 긴 점프 같았다. 그는 내 앞에 똑바로 서서 근육질의 커다란 팔로 내 몸을 감싸안고 자기 쪽으로 눌러댔다. 내 머리가 그의 가슴에 닿았다. 그에게서는 존슨스 베이비로션 향이 났다. 나도 그를 껴안아줘야겠다고 생각한 순간, 그는 나를 확 밀어내고 내 양손을 맞잡았다. 그러고는 하이톤의 목소리로 외쳤다.

"인형의 집에 온 걸 환영해, 베이비!"

05

"그 남자가 뭐랬다고?"

릴리는 녹차 아이스크림을 한 숟갈 떠 핥으면서 물었다. 나는 아홉시에 '스시 삼바'에서 릴리를 만나 회사에서의 첫날 얘기를 해주었다. 부모님은 마지못해 첫 월급이 나오기 전까지 비상용 신용카드 대금을 지불해주겠다고 약속했다. 나는 매운맛 연어롤 과 해초 샐러드를 먹는 것을 비상시에 해당하는 걸로 생각해버리 기로 했다. 릴리와 나를 이렇게 배불리 먹여주시는 부모님께 속 으로 감사를 드리면 되는 거지 뭐.

"그 남자가 그랬다니까. '인형의 집에 온 걸 환영해, 베이비.' 진짜 멋있지 않니?"

숟가락이 허공에 멈추었고, 릴리는 입을 딱 벌리고 나를 바라보았다.

"와, 너 진짜 멋진 일자리를 구했구나."

대학원에 가기 전에 일 년쯤 직장생활을 해볼 걸 그랬다고 늘 한탄하는 릴리가 말했다.

"진짜 그렇지? 좀 이상한 구석도 있지만, 아무튼 멋있긴 해. 다시 학생이 돼서 이런 일을 안 하고 싶다는 마음도 조금은 있고."

내가 초콜릿이 배어나오는 브라우니를 먹으며 말했다.

"너 지금 징글징글하게 비싸고 아무짝에도 쓸모없는 박사학위를 따기 위해 파트타임으로 일하고 싶어 죽겠지? 학부생들이 다니는 술집에서 바텐더로 일하고, 새벽 네시까지 1학년 애들한테 시달리고, 다시 하루 종일 학교에 있는 게 부러운 거잖아. 안 그래? 게다가 앞으로 십칠 년 후 언젠가 학위과정을 간신히 끝낸다 해도 일자리를 얻을 가능성은 꽝이라는 것도 잘 알고 말이야. 물론 학위를 끝낼 가능성도 별로 없지만."

릴리는 억지로 웃고는 자기 앞에 있는 삿포로 맥주를 벌컥 들이켰다. 그녀는 컬럼비아 대학에서 러시아 문학 박사학위를 받으려고 공부하는 중이었고, 자투리 시간에는 온갖 아르바이트에 매달렸다. 그녀의 할머니는 당신이 먹고살 돈도 거의 없었고, 릴리는 석사과정을 마치기 전까지는 장학금을 기대할 수 없었다. 지금이 시간에 여기 나와 있다는 게 놀라울 정도였다.

릴리가 신세한탄을 할 때마다 그랬듯 이번에도 난 그 미끼를 덥

석 물었다.

"릴리, 그러면서 뭐 하러 공부를 해?"

그 대답을 백만 번쯤 들었지만 나는 또 물어봤다.

릴리는 코웃음을 치더니 또다시 눈을 굴렸다.

"좋아하니까!"

그녀는 냉소적으로 고백했다. 불평하는 걸 재미있어해 절대 인정하려 들지 않았지만, 릴리는 자신이 하는 공부를 정말 사랑했다. 8학년 때 선생님에게 그녀의 동그란 얼굴과 검은 곱슬머리를 보면 그가 늘 꿈꿔왔던 롤리타가 생각난다는 말을 들은 후부터 릴리는 러시아 문학을 파고들었다. 그녀는 곧장 집에 가서, 교사와 롤리타의 관계 따위는 생각도 하지 않은 채 성 도착증에 대한 나보코프의 대작을 탐독했고, 그 다음에는 나보코프의 모든 작품을 해치웠다. 톨스토이, 고골리, 그 다음에는 체호프도. 대학에 지원할 때가 되자, 릴리는 브라운 대학의 어느 러시아 문학 교수를 지목해 그 밑에서 공부하겠다고 했다. 열일곱 살짜리 릴리를 면접한 교수는 그녀가 학부, 대학원생 가릴 것 없이 자기가 본 학생 중에서 러시아 문학을 가장 많이 읽은 가장 열정적인 학생이라고 단언했다. 그녀는 지금도 러시아 문학을 사랑했고, 러시아어 문법을 공부했고, 원본으로 뭐든 읽어낼 수 있었다. 그리고 그것에 대해 넋두리하는 걸 무척 즐겼다.

"그래, 나도 알아. 내가 지금 정말 웃긴 일을 하고 있다는 거. 토미 힐피거? 샤넬? 오스카 드 라 렌타의 아파트? 참 끝내주는 첫날이지. 뉴요커 지로 한 발짝 다가가기 위해 왜 이런 일을 해야 하는지 모르겠어. 하지만 속단하기엔 이를지도 몰라. 아직은 이 상황이 현실로 느껴지지 않거든."

"그래, 언제든 현실로 돌아오고 싶거든 날 찾아와." 릴리가 가방에서 지하철 티켓을 꺼내면서 말했다. "작은 게토가 그리워서 몸부림칠 지경이라면, 할렘에서 진짜 현실을 맛보고 싶다면, 화려한 일곱 평짜리 내 원룸이 널 기다리고 있을 거야."

내가 식사를 계산하고 우리는 작별의 포옹을 했다. 그녀는 크리스토퍼 가와 세븐스 애비뉴가 만나는 곳에서 업타운의 내 방까지 가는 길을 자세히 가르쳐주었다. 우리 집으로 가려면 지하철 L선을 타고 가다 6호선으로 갈아타고, 96번가에서 내려 걸어가야 했다. 나는 잘 알아들었다며 고개를 열심히 끄덕였다. 하지만 릴리가 사라지자마자 바로 택시를 잡아탔다.

이번 한 번만이야. 나는 따뜻한 뒷좌석에 폭 파묻혀 운전기사의 체취를 애써 피하며 생각했다. 난 이제 런웨이 직원이라고.

첫 주의 나머지 날도 첫날과 다를 게 없었다. 기분이 좋았다. 금요일, 에밀리와 나는 아침 일곱시에 로비에서 만났다. 그녀는 내가 찍은 기억조차 없는 사진이 박힌 내 ID카드를 건네주었다.

"보안 카메라에 찍힌 거예요." 내가 ID카드를 들여다보자 그녀가 말했다. "알겠지만 사방이 카메라예요. 촬영 때문에 협찬받은 옷이랑 보석 같은 걸 훔쳐가는 인간들이 있거든요. 심부름하는 사람들도 그렇지만, 가끔 에디터들까지 그대로 꿀꺽 할 때가 있어요. 그래서 추적을 하는 거죠."

그녀가 판독기에 카드를 대자, 두꺼운 유리문이 철컥 열렸다.

"추적이요? 그게 무슨 말이죠?"

그녀는 재빨리 복도를 따라 내려가 사무실로 향했다. 몸에 피트되는 갈색 세븐 코르덴 바지 안에서 엉덩이가 앞뒤로 흔들렸다. 그녀는 어제 내게 세븐 바지를 한 벌, 아니 열 벌쯤 사는 걸 진지하게 고려해보라고 충고했다. 진이나 코르덴 바지 중에서는 미란다가 사무실에서 입어도 된다고 허락한 유일한 상표라는 것이었다. MJ도 괜찮다. 단, 금요일에, 그것도 하이힐을 신을 경우에만 가능했다. MJ라고?

"마크 제이콥스 말예요."

그녀가 짜증을 냈다.

"어쨌든 카메라와 카드만 보면 모두 뭘 하고 있는지 알 수 있어요."

그녀는 구찌 로고가 프린트 된 토트백을 책상에 올려놓으며 말했다. 그러고는 몸에 딱 맞는 가죽 블레이저의 단추를 풀기 시작했다. 11월 말의 날씨에 알맞은 옷이라고는 볼 수 없었다.

"사실 뭐가 없어지지 않는 한 카메라를 들여다보진 않겠죠. 하지만 카드를 보면 다 알 수 있어요. 당신이 경비 데스크를 지나려고 아래층에서 체크하거나, 우리 층 입구에서 문 안으로 들어오기 위해 체크하는 순간부터 당신 위치가 파악되거든요. 사람들이 일을 하고 있는지도 그런 식으로 파악하는 거예요. 그러니까 밖으로 나가야 한다면, 물론 그럴 리는 없겠지만…… 내게 카드를 줘요. 그럼 내가 체크해줄게요. 그렇게 해야 당신이 하루 종일 자리를 비워도 월급을 받을 수 있어요. 내가 자리를 비울 경우엔 당신이 그렇게 해주면 돼요. 다들 그렇게 하거든요."

나는 '그럴 리는 없겠지만'이란 말 때문에 비틀거리고 있었다. 그녀는 브리핑을 계속했다.

"레스토랑에서 식사를 할 때도 이걸 쓰면 돼요. 현금카드 기능도 하거든요. 돈을 충전해놓으면 쓸 때마다 빠져나가는 거예요. 물론 당신이 무엇을 먹는지도 이걸 통해 알 수 있죠."

그녀는 미란다의 사무실 문을 열고 들어가면서 말했다. 그러고는 곧바로 와인을 포장하기 시작했다.

"뭘 먹는지도 상관한단 말이에요?"

영화 〈슬리버〉의 한 장면 속으로 막 들어온 것 같은 느낌이 들어 내가 물었다.

"글쎄? 잘 모르겠는데요. 하지만 그럴 수도 있지 않을까요? 어쨌든 회사에서는 다 파악할 수 있어요. 피트니스센터에서도 그 카드를 쓰고 신문 판매대에서 책이나 잡지를 살 때도 마찬가지예요. 그래야 윗사람들이 체계적으로 일하는 데 도움이 된다나봐요."

체계적이라고? 직원들이 어느 층에 가 있는지, 점심으로 양파 수프를 좋아하는지 시저 샐러드를 좋아하는지, 언제까지 직원들이 그 둥그런 기계를 꾹 참아낼 수 있는지 알아내는 걸 '체계적으로 일하는 것'이라고 규정한 회사에 내가 다니고 있는 거란 말이야? 세상에, 운도 좋아! 정말 그런 거야?

나흘 연속 다섯시 삼십 분에 일어나느라 기운이 빠진 나머지, 외투를 벗고 책상에 앉아 일할 힘을 내는 데만 오 분이 걸렸다. 머리를 대고 엎드려서 잠깐 쉴까 했던 것도 잠시, 에밀리가 헛기침을 했다. 그것도 크게.

"여기 와서 날 도와주고 싶은 맘 없어요?" 딱히 질문 같지는 않았지만, 어쨌든 그녀는 그렇게 말했다. "여기요. 포장하면 돼요."

그녀는 흰 종이 한 묶음을 내 쪽으로 밀어놓고는 하던 일을 계속했다. 그녀의 아이맥에 따로 장착한 스피커에서 '주얼'의 노래가 쾅쾅댔다.

자르고, 놓고, 접고, 테이프 붙이고. 에밀리와 나는 아침 내내 쉬지 않고 일했다. 스물다섯 개 포장을 마치고 아래층 메신저 센터에 전화할 때만 제외하고. 그쪽에서는 우리가 12월 중순에 맨해튼 도처에 발송하라고 지시할 때까지 그것들을 보관할 것이다. 첫 출근 후 이틀 동안 우리는 뉴욕 외 지역에 보낼 와인을 포장해놓았고, 그것들은 DHL을 기다리며 클로짓에 쌓여 있었다. 선물은 바로 다음날, 그것도 되도록 이른 시간에 목적지에 도착하도록 특급우편으로 발송되는데, 그렇게 서두르는 이유를 알 수가 없었다. 이제 겨우 11월 말인데 말이야. 난 질문은 안 하는 게 상책이라는 걸 이미 터득했다. 우리는 와인 150병을 전 세계에 페덱스로 보낼 예정이었다. 프리스틀리가 보내는 와인은 파리, 칸, 보르도, 밀라노, 로마, 피렌체, 바르셀로나, 주네브, 브루게, 스톡홀름, 암스테르담, 런던으로 가게 된다. 특히 런던에는 수십 병이나 보낸다! 베이징과 홍콩, 케이프타운, 텔아비브 그리고 두바이까지는 페덱스를 통해 비행기 편으로 보낼 것이다. 로스앤젤레스, 호놀룰루, 뉴올리언스, 찰스턴, 휴스턴, 브리지햄튼 그리고 낸터킷에서 사람들은 미란다 프리스틀리를 위해 건배할 것이다. 그리고 나머지는 뉴욕에 있는 사람들을 위한 것이었다. 여기에는 미란다의 친구와 의사, 도우미, 헤어 스타일리스트, 보모, 메이크업 아티스트, 정신과의, 요가강사, 개인 트레이너, 운전기사, 개인용 쇼핑 담당자가 포함된다. 물론 이곳 뉴욕은 대부분의 패션산업 종사자들이 사는 곳이기도 하다. 디자이너, 모델, 배우, 에디터, 광고 종사자, 홍보담당 그리고 패션리더들은 각각 엘리아스 클라크에서 보내온 자신의 수준에 맞는 와인을 감사한 마음으로 받을 것이다.

"비용이 얼마나 들까요?"

나는 백만번째쯤 되는 두꺼운 흰 종이를 자르면서 물었다.

"말했잖아요. 와인을 2만 5천 달러어치 주문했다고."

"아뇨, 아뇨. 전부 다 해서요. 이 소포를 하루 안에 전 세계에 보내는 데 드는 돈이요. 배보다 배꼽이 더 큰 경우도 있잖아요. 별볼일 없는 와인을 받는 경우라면."

그녀는 솔깃해하는 것 같았다. 내 말에 역겨움이나 짜증, 무관심이 아닌 표정을 보인 건 이번이 처음이었다.

"글쎄요. 페덱스 요금은 보통 국내가 25달러 정도 할 테고 해외는 60달러 정도, 그럼 페덱스 요금만 9천 달러군요. 소포 한 개당 배달원에게 11달러를 내야 하니까, 박스 250개를 보내려면 2750달러. 그리고 우리가 쓰는 시간도 있죠. 다 싸는 데 일 주일이 꼬박 걸린다고 하면, 우린 둘이니까 이 주일치 급료로 치면 4천……"

우리 둘의 일 주일치 급료를 합쳐봤자 새 발의 피였다. 순간 나는 속으로 움찔했다.

"그러면 다 해서 1만 6천 달러 정도 나오네요. 어마어마하죠? 하지만 무슨 상관이에요? 미란다 프리스틀리인데요 뭐."

오후 한시쯤 되자 에밀리는 배가 고프다며 액세서리 담당 몇 명과 함께 점심을 먹으러 아래층으로 내려갔다. 나는 그녀가 점심을 사올 줄 알았다. 이번 주 내내 그런 패턴이었기 때문이다. 십분쯤 기다렸다. 하지만 십오 분, 이십 분이 지나도 그녀는 점심을 들고 나타나지 않았다. 내가 여기 다니게 된 이래 우리는 미란다의 전화가 두려워 레스토랑에 가서 제대로 점심을 먹어본 적이 없었다. 하지만 이번엔 좀 이상했다. 두시가 되고, 두시 삼십분이 되고 세시가 되었다. 너무 배가 고파서 눈이 핑핑 돌 지경이었다. 에밀리의 휴대폰으로 전화해봤지만, 음성 메시지 안내만 들렸다. 레스토랑에서 죽었나? 양상추 같은 걸 먹다가 목에 걸렸나? 아니면 스무디를 마시고 고꾸라졌나? 나는 다른 사람에게 점심을 좀 사다달라고 부탁할까 생각해봤다. 하지만 전혀 모르는 사람에게 그런 걸 부탁하려니 공주병 환자로 보일 것 같았다. 점심 배달원 노릇을 해야 할 사람은 정작 나인데 말이다. 오, 이봐요. 난 선물 포장하는 일을 내팽개치기엔 너무 중요하신 몸이라서. 그러니 당신이 나를 위해 칠면조 고기와 브리 치즈가 든 크루아상 좀 사다줄 수 없겠어? 고마워. 이러면 좋겠지만 그럴 수 없었다. 오후 네시가 다 되었는데도 에밀리는 코빼기도 보이지 않았고, 미란다한테서는 전화 한 통 없었다. 그래서 나는 감히 생각할 수 없는 일을 하기로 했다. 사무실을 비우고 밖으로 나간 것이다.

복도를 엿보고 에밀리가 없는 것을 확인한 뒤, 나는 쏜살같이 안내 데스크로 뛰어가 아래층으로 내려가는 버튼을 스무 번쯤 눌러댔다. 안내원인 아름다운 아시아인 소피가 눈썹을 치켜올리더

116

니 눈길을 돌렸다. 내가 참을성 없이 굴어서인지, 미란다의 사무실을 비웠다는 걸 알고 그런 건지 파악이 되지 않았다. 하지만 생각할 겨를이 없었다. 마침내 엘리베이터가 도착했다. 뽀족뽀족 세운 머리카락에 연녹색 푸마 옷을 입은, 빈정거리고 있는 듯한 마약중독자처럼 마른 남자가 '닫힘' 버튼을 누르는 찰나, 난 얼른 올라탔다. 공간도 넉넉하건만 아무도 날 위해 한 발짝도 비켜서주지 않았다. 여느 때 같으면 무척 열받았겠지만, 내 머릿속엔 빨리 점심을 사서 돌아오겠다는 생각뿐이었다.

유리와 화강암으로 된 레스토랑 입구는 실습중인 딱딱이들로 바글바글했다. 그들은 서로 기댄 채 속삭이며 엘리베이터에서 내리는 사람들을 뜯어보고 있었다. 엘리베이터에서 내려 홀 한가운데 서서 흥분을 감추지 못하는 걸로 보아, 에밀리가 전에 말한 '엘리아스 직원들의 친구들'이라는 생각이 들었다. 릴리도 이 레스토랑에 한번 데리고 가달라고 부탁한 적이 있었다. 다양하고 맛있는 음식이 고루 갖춰져 있다는 기사가 맨해튼의 거의 모든 신문과 잡지에 났기 때문이다. 하지만 난 아직 그럴 여유가 없었다. 게다가 에밀리와 내가 협상한 복잡하기 짝이 없는 사무실 지킴이 스케줄을 수행하느라, 음식을 골라 돈을 지불하기까지 이 분 삼십초 외에는 단 일 초도 더 쓴 적이 없었다. 그러니 앞으로도 내가 친구를 데리고 이곳에 오게 될 일은 없을 듯했다.

내가 딱딱이들을 밀며 앞으로 나아가자 그녀들은 혹시 내가 뭐라도 되는 사람인가 싶어 쳐다보았다. 아니올시다. 나는 부지런히 인파를 뚫고 앙트레 코너에 있는 사람들을 마구 밀어젖히며 먹음직스런 양고기 목덜미 살과 마르살라 와인에 잰 송아지 요리 앞을 지나갔다. 사람들이 '탄수화물 코너'라고 부르는, 옆줄로 쫓겨나 있는 작은 테이블 위에 있는 햇볕에 말린 토마토와 염소치즈로 토핑한 피자도 그냥 지나쳤다. 레스토랑의 '주요리'인 샐러드 바엔 접근조차 쉽지 않았다. 네 방향으로 트인 샐러드 바 앞의 줄은 비행기 활주로만큼이나 길었다. 내가 마지막 남은 두부 조각을 차지하려는 게 아니라고 크게 외치고서야 사람들이 길을 비켜주었다. 나는 메이크업 카운터처럼 생긴 파니니 스탠드 바 뒤쪽에 외롭게 서 있는 수프 테이블로 향했다. 이 레스토랑에서 저지방, 탈지방, 저염분, 저탄수화물 요리를 고집하지 않겠다고 선언한 건 이 수프 담당 요리사뿐이었다. 그가 단호히 거부한 결과, 레스토랑을 통틀어 그의 수프 테이블에만 사람들의 줄이 없었고, 나는 날마다 그쪽으로 뛰어갔다. 이 회사에서 수프를 사는 사람은 나밖에 없는지, 레스토랑 측에서는 수프 메뉴를 하루에 하나로 줄여버렸다. 나는 토마토 체다 수프가 있기를 간절히 바랐지만, 요리사는 고지방 크림을 넣어 만들었다고 자랑하며 뉴잉글랜드 클램 차우더를 한가득 퍼주었다. 샐러드 바에 있던 사람 세 명이 고개를 돌려 신기하다는 듯 날 봤다. 이제 남은 일은 온통 하얀색으로 뒤집어쓴 특별출장 요리사의 테이블 주변에 모여 있는 수

많은 사람을 피해가는 일이었다. 그는 큼직한 생선회 조각을 늘어놓고 있었고, 사람들은 감탄하며 지켜보고 있었다. 풀 먹인 흰색 깃에 달린 이름표에 '노부 마츠히사'라는 이름이 적혀 있었다. 나는 사무실로 돌아가 그가 누구인지 알아보기 위해 이름을 기억해두었다. 거기 있는 엘리아스 클라크 직원 중에서 오직 나만 그에게 아부하지 않은 것 같아서였다. 마츠히사라는 이름과 미란다 프리스틀리라는 이름 중 어느 쪽을 들어본 적 없는 게 더 나쁜 걸까?

자그마한 체구의 계산원이 수프를 보고 나서 금전등록기를 열더니 내 엉덩이를 내려다보았다. 아니, 그런 것 같았다. 어딜 가든 사람들이 위아래로 훑어보는 것에 점점 익숙해지고 있었다. 그녀가 빅맥 여덟 개 앞에 앉아 있는 227킬로그램의 뚱보를 바라보듯 나를 보는 것만 같았다. 그녀가 "아니, 정말 그걸 먹으려구요?"라고 묻는 듯 눈썹을 치켜올렸던 것이다. 아니야. 나는 근거 없는 생각을 털어버렸다. 이 여자는 체중관리 카운슬러나 패션잡지 에디터가 아니라 카페테리아의 계산원일 뿐이잖아?

"요즘엔 이런 수프를 사는 사람이 별로 없거든요."

그녀는 금전등록기의 숫자를 치면서 낮은 목소리로 말했다.

"네, 뉴잉글랜드 클램 차우더 같은 걸 먹는 사람이 그리 많지 않겠죠."

나는 카드를 긁고 그녀의 손이 더 빨리, 좀더 빨리 움직이기를 바라면서 웅얼거렸다. 그녀는 동작을 멈추고 가느다란 갈색 눈으로 나를 똑바로 보았다.

"아니요, 수프 담당 요리사가 지방을 조금도 덜어내지 않고 만들려고 해서 그런 거예요. 그게 칼로리가 얼마나 높은지 알고 있어요? 그 컵 하나 정도면 얼마 안 되는 것 같아도 얼마나 살이 찌는지 알아요? 보기만 해도 5킬로그램은 늘 것 같다니까요."

그 말에는 당신은 5킬로그램쯤 쪄도 되는 사람이 아니잖아요, 라는 뜻이 숨어 있었다.

아, 찔려. 늘씬한 런웨이의 모든 여자들이 노골적으로 나를 뜯어볼 때면, 나는 나 자신이 보통 키에 보통 몸무게라고 도저히 확신할 수가 없었다. 이제 이 계산원마저 의도적으로 내가 뚱뚱하다는 말을 하고 있어! 나는 테이크아웃 백을 홱 낚아채 사람들을 밀치며 밖으로 나와 편리하게도 레스토랑 바로 밖에 위치한, 폭식 후에 먹은 것을 도로 게워낼 수 있는 화장실로 들어갔다. 물론 거울은 오늘 아침 보여준 것 이상을 비춰주진 않을 거야. 나는 머리를 들고 거울 속을 똑바로 응시했다. 잔뜩 화가 나서 찌푸린 얼굴이 나를 쏘아보고 있었다.

"대체 여기서 뭘 하고 있는 거예요?"

에밀리가 거울에 비친 내 모습을 보고 비명을 지르다시피 했다. 돌아보니 구찌 문양 토트백 손잡이 사이에 가죽 블레이저를 끼워넣은 채 선글라스를 머리 위로 올린 그녀가 서 있었다. 나는 갑자기 세 시간 반 전에 에밀리가 말한 것이 무슨 뜻인지를 깨달았다. 점심을 먹으러 나갔다 온다는 건 진짜 그 뜻이었던 것이었다. 정말로 밖으로 나간다는 뜻이었다. 아무 연락 없이 세 시간이나 나를 혼자 내버려두고, 먹을 것을 사오거나 화장실 갈 틈을 낼 수 있을 거란 희망도 없이 전화통에 매달리게 해놓는다는 뜻이었다. 하지만 그런 건 상관없었다. 어차피 나는 사무실을 비우면 안 된다는 것을 잘 알고 있었고, 어기면 내 또래밖에 안 된 그녀에게 잔소리를 듣게 된다는 것도 알고 있었기 때문이다. 다행히 문이 열리면서 코케트 지의 편집장이 들어왔다. 그녀가 우리를 위아래로 훑어보자, 에밀리는 내 팔을 잡고 화장실 밖으로 나가 엘리베이터 쪽으로 갔다. 우리는 서로 붙어 있다시피 서 있었다. 그녀가 내 팔을 꽉 붙잡고 있는 동안 방금 침대에 오줌을 싸버린 것 같은 기분이 들었다. 우리는 백주 대낮에 납치범이 한 여성의 등에 총을 겨누고 조용히 그녀를 협박하며 고문 장소인 지하실로 끌고 가는 장면을 연출하고 있었다.

"어떻게 이럴 수가 있죠?"

그녀는 런웨이 안내 데스크 문 안으로 나를 밀어넣으면서 으르렁거렸다. 너무 빠르게 들어가는 바람에 우리는 각자의 책상에 부딪힐 뻔했다.

"선임 어시스턴트로서 나는 우리 사무실에서 일어나는 일에 대한 책임이 있어요. 물론 당신이 갓 입사한 신입사원이라는 건 알고 있어요. 하지만 첫날부터 얘기했잖아요. 미란다 옆엔 항상 우리가 있어야만 한다고."

"하지만 미란다는 여기 없잖아요."

목소리에 울음이 섞여 나왔다.

"당신이 여기 없는 동안 전화할 수도 있잖아! 그런데 그놈의 전화를 받는 사람이 하나도 없다고 생각해보란 말이야!"

그녀는 어시스턴트 사무실의 문을 쾅 닫으며 고함을 쳤다.

"가장 중요한 건 미란다 프리스틀리야. 그것밖에 없어. 잘하기가 그렇게 힘들다면, 수백만 여자들이 당신 일을 하고 싶어 죽을 지경이라는 걸 기억해둬. 자, 음성 메시지를 확인해봐. 혹시 미란다가 전화했다면 우린 죽은 목숨이야. 당신은 죽었어."

난 아이맥 안으로 기어들어가 콱 죽어버리고 싶었다. 출근한 지 겨우 일 주일 만에 이렇게 엉망진창으로 만들다니! 사무실에서 아직 미란다의 얼굴도 못 봤는데 벌써 그녀를 실망시키다니. 배가 좀 고프면 어때? 참을 수도 있었잖아. 정말 중요한 사람들이 일을 하느라 애쓰고 있는데, 그들은 내 도움을 필요로 하는데, 난 그들을 실망시킨 거야. 나는 내 자동응답기를 확인해보았다.

"안녕, 앤디. 나야."

알렉스였다.

"어디 있어? 언제나 전화 받더니. 오늘 저녁 같이 먹기로 한 거 변동 없지? 가고 싶은 데 있으면 전화해줘. 네시 이후에 계속 교사 휴게실에 있을 거야. 사랑해."

메시지를 듣자마자 죄책감이 들었다. 방금 일어난 소동 때문에 약속을 미룰 생각을 했기 때문이다. 이번 주는 너무 정신이 없어서 우린 서로 얼굴 볼 틈도 없었다. 그러다가 드디어 오늘 밤 우리끼리 저녁을 먹기로 특별 계획을 짠 것이었다. 와인을 마시다 먼저 잠들어버리면 김샐 것 같아 일단 나 혼자 하룻밤 푹 쉬고 싶었다. 약속을 다음날로 미루자는 전화를 잊지 말고 해야겠다는 생각이 들었다.

에밀리는 벌써 자기에게 온 음성 메시지를 확인하고 나를 내려다보며 서 있었다. 표정이 비교적 차분한 것으로 보아 미란다가 그녀를 죽여버리겠다는 협박 메시지를 남긴 것 같지는 않았다. 나는 내게도 미란다의 전화가 오지 않았음을 표현하느라 머리를 가로저었다.

"안녕, 앤드리아. 카라예요." 미란다의 보모였다. "미란다가 조금 아까 여기로 전화했어요(가슴 철렁!). 사무실에 전화했는데 아무도 받지 않더래요. 무슨 일이 생겼나 싶어서 내가 방금 전에 당신과 에밀리와 통화했다고 말해뒀어요. 그러니 너무 걱정 말아요. 위민스 웨어 데일리 지를 팩스로 보내달래요. 마침 여기 한 부 있어서 내가 보냈어요. 벌써 받은 걸 확인했으니 스트레스 받지 말아요. 그냥 전해주는 거예요. 그럼 주말 잘 보내요. 나중에 또 전화하죠. 안녕."

생명의 은인! 그 여자는 정말 천사였다. 사랑한다는 생각까지 들 정도여서 그녀를 알게 된 지(직접 본 것도 아니고 전화상으로만) 일 주일밖에 안 되었다는 게 믿어지지 않았다. 그녀는 모든 면에서 에밀리와 정반대였다. 차분하고, 정확하고, 패션과는 거리가 먼 사람이었다. 그녀는 미란다가 불합리하다는 것을 잘 알고 있었지만 기분 나빠하지 않았다. 카라는 자기와 다른 사람들에 대해 웃어넘길 수 있는 극히 드물고 매력적인 성품을 가진 사람이었다.

"아니요, 미란다는 아니에요." 나는 에밀리에게 완전한 거짓말은 아니지만 미묘한 거짓이 담긴 말을 하면서 승리의 미소를 지었다. "우린 이제 괜찮아요."

"당신이 괜찮은 거겠지. 이번에는."

그녀는 딱 잘라 말했다.

"기억해둬요. 우린 한몸이야. 하지만 내가 윗사람이라고. 내가 가끔 점심을 먹으러 나가고 싶어하면 당신이 내 방패막이가 되어줘야 해. 난 그럴 자격이 있어. 앞으로 이런 일이 두 번 다시 일어나선 안 돼. 알았죠?"

나는 말대꾸라도 하고 싶었지만 꾹 참았다.

"알았어요, 알았다고요."

우리는 나머지 와인을 다 포장해서 그날 저녁 일곱시까지 배달원에게 모두 넘겨주었다. 에밀리는 사무실을 비운 일에 대해 더는 말하지 않았다. 마침내 나는 여덟시에 택시 안으로(이번 한 번만더!) 픽 쓰러졌다. 그리고 밤 열시에는 옷을 입은 채로 이불 위에 큰 대자로 뻗어버렸다. 그때까지 아무것도 못 먹었다. 지난 나흘간 밤마다 먹을 것을 사러 나갔다가 길을 잃었다. 그짓을 다시 되풀이한다는 생각만 해도 온몸이 부르르 떨렸다. 나는 릴리에게 하소연하려고 새 뱅 앤 올루프슨 전화기로 전화를 걸었다.

"안녕! 오늘 알렉스랑 데이트하는 거 아니었어?"

"응, 그러기로 했었는데, 알렉스가 내일 만나도 괜찮다고 했어. 나 지금 죽을 지경이야. 몸을 좀 추스르는 게 좋을 것 같아. 넌 오늘 어떻게 지냈니?"

"딱 한마디로 할게. 돌아버리겠어. 어떤 일인지 넌 상상도 못할걸? 아니, 할 수는 있겠구나. 그건 항상 일어나는……"

"관둬, 릴리. 난 당장이라도 돌아가실 것 같아."

"알았어. 귀여운 남자애 하나가 내 강독 수업에 들어왔어. 수업 내내 앉아 있는데, 정말 매력적으로 생겼더라. 끝나고 날 기다리고 있다가 같이 술 한잔 할 수 있냐고 묻는 거 있지? 게다가 내가 브라운 대학 다닐 때 발표한 논문을 읽었다면서 같이 그 얘기를 좀 하재."

"음, 괜찮은데? 어떤 앤데?"

릴리는 일이 끝나면 거의 매일 밤 다른 남자들과 놀러 다녔다. 하지만 아직 릴리의 점수표를 완성시킨 남자는 없었다. 우리가 알고 지내는 남자들이 '10-10 점수표'를 고안해 데이트 상대의 점수를 매긴다는 얘길 들은 어느 밤, 릴리는 자기만의 사랑의 분수표를 만들어냈다.

"저 여자는 6, 8, B$^+$야."

제이크는 전날 밤 자기랑 신나게 논 광고학과 조교의 점수를 그렇게 매겼다. 점수는 1점부터 10점까지였다. 맨 처음 숫자는 얼굴, 그 다음은 몸매, 마지막은 좀더 일반화된 방식인 ABCD로 점수를 매긴 성격이라는 걸 전제로 했다. 하지만 남자를 평가하는 작업에는 좀더 많은 요소가 필요했다. 릴리가 고안한 표에는 열 개 항목이 있고, 각 항목마다 점수가 매겨졌다. '완벽남'은 기초항목 다섯 개, 즉 지성, 유머감각, 괜찮은 몸매, 귀여운 얼굴에 평균 수준의 직업을 갖춰야 했다. 하지만 그런 완벽남을 찾아내기란 거의 불가능하니, 대강 다음의 다섯 항목에서 점수를 얻으면 된다. 사이코인 전 여자친구나 사이코 부모 또는 데이트 강간범 룸메이트가 확실히 없어야 하고, 스포츠나 포르노가 아닌 다른 특정한 것에 흥미를 가진 인간이면 된다. 지금까지 가장 높은 점수를 받은 사람은 9/10점이었다. 하지만 그 남자랑 릴리는 깨졌다.

"처음에 그 남자는 7/10은 확실할 것 같았어. 예일 대학교에서 연극을 전공한대. 게다가 게이가 아니야. 이스라엘 정치에도 아주 박식해서 '그냥 핵무기로 공격해버리면 되지' 같은 말은 한 번도 하지 않더라. 그래서 좋았어."

"괜찮아 보이는데. 그런데 결정적인 흠이 도대체 뭐야? 걔가 닌텐도 게임 얘기라도 한 거야?"

"더 좋지 않은 거야."

그녀는 한숨을 쉬었다.

"너보다 말랐어?"

"더 좋지 않다니까."

그녀는 좌절한 것 같았다.

"도대체 그것보다 나쁠 수 있는 게 뭔데?"

"롱아일랜드에 살아……"

"릴리! 그러니까 영 꽝인데 산다는 거야? 그렇다고 그것 때문에 걔랑 데이트할 수 없는 건 아니잖아! 예를 들면……"

"부모님이랑 산대."

그녀가 끼어들었다.

오.

"지난 사 년 내내."

오, 맙소사!

"게다가 걔는 그걸 너무 좋아해. 엄마 아빠가 너무 좋은 친구라, 이런 대도시에서 혼자 살 이유가 전혀 없대."

"헉! 더 말하지 마. 첫번째 데이트를 하자마자 7/10에서 0으로 떨어진 경우는 없었던 것 같아. 걔 신기록을 수립했구나. 축하해. 네가 나보다 훨씬 비참한 하루를 보낸 것 같다."

샨티와 켄드라가 회사에서 돌아오는 소리가 나서 나는 방문을 닫으려고 몸을 뻗었다. 남자 목소리도 들렸다. 애네들이 남자친구도 있었나? 지난 일 주일 동안 내가 그애들을 본 시간은 총 십분 삼십 초에 지나지 않았다. 그애들은 나보다 더 늦게까지 일하는 것 같았다.

릴리가 말했다.

"그렇게 힘들어? 왜 그렇게 힘든 거야? 네 일은 패션 쪽인데……"

누가 조심스럽게 문을 두드렸다.

"잠깐만, 누가 왔나봐. 들어와요!"

나는 문에 대고 말했다. 이 작은 공간에서 내기엔 너무 큰 소리였다. 조용한 내 룸메이트가 부끄러워하며 뭘 물어보려나. 혹시 계약서에 내 이름을 기입하기 위해 집주인에게 전화하는 걸 잊진 않았는지(아니), 사놓은 종이접시 좀 없는지(없는데), 전화 메시지 받아놓은 게 있는지(없어)…… 그런데 뜻밖에도 알렉스의 모습이 보였다.

"릴리, 나중에 전화해도 돼? 알렉스가 왔어."

뜻하지 않게 알렉스가 나타나서 기분이 무척 좋아졌다. 하지만 그냥 샤워하고 침대로 기어들어가고 싶은 마음이 완전히 사라진 건 아니었다.

"물론이야. 안부 전해줘, 앤디. 알렉스가 점수표에서 만점을 받았으니 넌 정말 좋겠다. 알렉스는 참 괜찮은 애야. 꽉 잡아."

"내가 그걸 왜 모르겠니? 애는 완전 성인군자라고." 나는 알렉스 쪽을 보며 빙긋 웃었다. "잘 있어."

"안녕!"

나는 일어나 앉은 뒤 침대에서 내려와 그에게 다가갔다.

"이렇게 반가울 데가!"

나는 그를 포옹하려고 했지만, 그는 팔을 등뒤로 뺀 채 물러났다.

"왜 그래?"

"아무것도 아냐. 일 주일 동안 많이 힘들었지? 내가 널 잘 알지. 아직 식사도 못 했을 거야. 그래서 먹을 걸 좀 가져왔어."

그는 등뒤에서 커다란 종이봉투를 내밀었다. 누런 봉투에 밴 기름 자국에서 벌써 맛있는 냄새가 솔솔 풍겨왔다. 갑자기 허기가 느껴지며 속이 쓰려왔다.

"웬일이니! 그렇잖아도 먹을 걸 좀 사러 가야 하는데 왜 이렇게 몸이 말을 안 들을까 하며 앉아 있었어. 에라 관두자, 하던 참이었는데."

"그럼 어서 드시지요!"

그는 뿌듯해하면서 봉투를 열었다. 방이 너무 좁아서 바닥에 둘 다 앉을 수가 없었다. 내 방엔 부엌이 없으니 거실에서라도 먹을까 생각해봤지만, 켄드라와 샨티가 손도 안 댄 테이크아웃 샐러드를 앞에 놓은 채 TV 앞에 쓰러져 있었다. 보고 있던 〈리얼 월드〉가 끝난 다음에 먹으려는 줄 알았는데, 가만 보니 둘 다 이미 곯아떨어져 있는 것이었다. 아아, 달콤한 인생이여!

"잠깐만, 좋은 생각이 떠올랐어."

알렉스는 까치발로 조심스럽게 부엌으로 갔다. 그는 특대형 쓰레기 봉투 두 개를 들고 와서 푸른 이불 위에 펼쳐놓은 뒤, 기름기 있는 누런 봉투에서 푸짐한 특대형 햄버거 두 개와 특대형 감자튀김 하나를 꺼냈다. 날 위해 토마토 케첩과 소금은 물론 냅킨도 한 가득 집어오는 걸 잊지 않았다. 나는 신이 나서 손뼉까지 쳤다. 실망스러운 표정이 휙 스치며 지금 햄버거 따위를 먹고 있는 거야?라고 말하는 미란다의 얼굴이 떠오르긴 했지만.

"이게 다가 아니야. 자, 봐."

그는 배낭에서 아주 작은 바닐라 티 한 움큼과 마개를 돌리기만 하면 되는 레드 와인 한 병 그리고 종이컵 두 개를 꺼냈다.

"지금 놀리는 거야?"

내가 상냥한 목소리로 물었다. 난 데이트를 취소했는데, 그는 이것들을 사러 다닌 것이다. 어떻게 이럴 수가 있을까.

그는 내게 와인잔을 건네고 건배를 했다.

"놀리는 거 아니야. 네가 회사에 출근한 지 일 주일이 되었는데 그 얘기를 안 듣고 넘어갈 순 없잖아? 내 사랑을 위해 건배!"

"고마워."

나는 한모금 마시면서 말했다.

"고마워, 고마워, 고마워."

06

"세상에, 이게 누구야? 패션잡지 에디터 아니야? 이리 와서 이 언니의 절이라도 받으렴."

현관문을 열어주며 나타난 질 언니가 환호성을 질렀다. 나는 픽 웃었다.

"패션잡지 에디터? 패선계의 사고뭉치라고 해야지. 문명세계로 돌아온 걸 환영해."

나는 언니를 꼭 껴안았다. 한 십여 분 그러고 있었는데도 포옹을 풀고 싶지가 않았다. 언니는 내가 아홉 살 때 나와 부모님을 남겨두고 스탠퍼드 대학으로 떠났다. 그때도 정말 섭섭했지만, 언니가 지금의 남편인 남자친구를 따라 휴스턴으로 갔을 때는 너무도 슬펐다. 휴스턴이라니! 습도가 높아 끈적끈적하고 모기떼로 뒤덮여 도저히 살 수 없는 곳 같았다. 그뿐이면 모르지만 우리 언니가, 신고전주의 미술을 좋아하고 시를 읊을 때마다 내 가슴을 녹아내리게 하던 세련되고 아름다운 언니가 남부 사투리까지 쓰게 된 것이다. 그것도 미묘하고 매력적으로 남부 억양을 살짝 비치는 게 아니라, 으으, 교양 없는 남부 백인 노동자가 쓰는 귓속까지 파고드는 느릿느릿한 말투로 변해버렸다! 나는 형부인 카일이 그 비참한 곳까지 언니를 끌고 간 걸 아직도 용서할 수 없다. 형부로서 꽤 괜찮은 사람이긴 하지만, 입을 열어도 별반 나아지는 게 없는 남자였다.

"처제, 잘 지냈어? 볼 때마다 점점 예뻐지는데에?"

볼 때마다 점점 예뻐지는데에?

"런웨이에서 처제에게 뭘 먹이기에 그래애?"

나는 테니스 공으로 형부의 입을 틀어막아 더는 말을 못 하게 하고 싶었지만 형부가 빙그레 웃자 가서 껴안아주고 말았다. 형부는 말투도 시골뜨기 같은데다 너무 자주 헤벌쭉 웃었다. 그러나 형부는 정말 잘하려고 노력했고, 언니를 진심으로 사랑했다. 나는 형부가 말할 때 내놓고 싫은 표정을 짓지 않겠다고 다짐했다.

"글쎄요, 잘 먹여주는 동네는 아닌 것 같은데요. 음식이 아니라 물이 다른 거죠 뭐. 그런데 형부, 형부도 아주 좋아 보여요. 그 비참한 도시에서 우리 언니를 계속 바쁘게 만들고 있겠죠?"

"처제도 한번 와. 알렉스와 함께 오면 괜찮은 휴가를 보낼 수 있을 거야. 생각처럼 나쁜 곳은 아니라고."

형부는 빙그레 웃고 나서 언니를 보며 다시 싱긋 웃었다. 그러자 언니는 생글거리며 손등으로 형부의 뺨을 어루만지는 게 아닌가. 으, 닭살!

"정말이야, 앤디. 휴스턴은 문화적으로 풍요로운 도시야. 할 게 아주 많아. 네가 좀 자주 오면 좋을 텐데. 우리가 여기 와야만 네 얼굴을 볼 수 있다니 정말 너무한 거 아니니?" 언니는 그렇게 말하며 거실 쪽으로 마구 손을 흔들었다. "내 말은, 에이본을 참아낼 수 있다면 휴스턴에서도 당연히 참을 수 있다는 뜻이야."

"앤디, 너 왔구나. 여보, 뉴욕에서 직장 다니는 아가씨가 왔네요. 와서 반겨줘야죠." 엄마가 부엌 모퉁이를 돌아나오며 외쳤다. "기차역에 도착해서 전화할 줄 알았는데."

"에리카랑 같은 기차를 탔어요. 마이어 부인이 에리카를 데리러 나와서 그 차를 같이 타고 왔어요. 엄마, 밥은 언제 먹어요? 나 배고파 죽겠는데."

"지금 줄게. 일단 좀 씻을래? 기다릴 수 있어? 기차 타고 와서 그런지 지쳐 보이는구나. 씻고 싶으면……"

"엄마, 그만 좀 해!"

나는 경고를 날렸다.

"앤디! 꼭 폭탄 같구나. 이리 와서 아빠도 껴안아줘야지."

오십대 중반인데도 키도 크고 아직 멋진 아빠가 복도에서 웃으며 나타났다. 아빠는 등뒤에 스크래블* 상자를 감추고 있다가 내게만 다리 옆으로 살짝 보여줬다. 아빠는 가족들의 시선이 다른 델 향하길 기다렸다가 그 상자를 가리키며 내게 으스댔다.

"이번에도 내가 꼭 이길 거다. 두고 봐라."

나는 씩 웃으며 고개를 끄덕였다. 남들의 짐작과는 달리, 난 지난 사 년간 집을 떠나 있으면서 가족과 보낼 시간을 고대했던 것보다, 앞으로 이틀 동안 가족과 함께 보낼 시간을 더욱 기대하고 있었다. 원래도 추수감사절을 좋아했지만, 올해는 이 명절을 즐기고 싶은 마음이 더욱 간절했다.

우리는 식당으로 가서 엄마가 유대 전통에 따라 추수감사절 전날의 향연을 위해 주문해놓은 어마어마한 양의 음식을 먹기 시작했다. 전문가의 솜씨를 거친 베이글과 훈제연어, 크림치즈, 송어, 감자 팬케이크 등 온갖 요리가 단단한 일회용 접시에 담겨 있었다. 종이접시에 옮겨진 음식들은 일회용 포크와 나이프의 공격을 받기만을 기다리고 있었다. 딸들이 먹기 시작하자, 엄마는 사랑이 철철 넘치는 표정으로 미소 지었다. 딸들을 먹이려고 일 주일 내내 요리를 준비했을 엄마의 얼굴에는 자부심이 넘쳐났다.

나는 새 직장에 대해 온갖 이야기를 들려줬다. 아직 나도 잘 모르는 일들은 되도록 좋게 부풀려서 말했다. 스커트를 협찬받은

---

* 단어 만들기 보드 게임.

일, 하루 종일 선물을 포장하며 보낸 일, 그 작은 전자 ID카드가 직원들의 행동을 낱낱이 추적하는 방법 등을 얘기하다가 혹시 이런 말이 가족들에게 우습게 들리진 않을까 하는 생각이 들었다. 해야 했던 일마다 긴급한 일이었다는 것, 즉 회사에서 내가 하는 일이 상당히 의미 있고 중요하기까지 하다는 뜻을 담아낼 적절한 말을 찾기가 어려웠다. 나는 끊임없이 떠들어댔다. 지리적으로는 여기서 겨우 두 시간 거리지만 완전히 다른 세상인 그곳을 어떻게 설명하면 좋을지 알 수 없었다. 다들 관심을 보이는 척하면서 고개도 끄덕이고, 미소도 짓고, 질문도 던져주었다. 하지만 모든 게 아주 낯설고 이상하게 들리는 다른 세상 얘기라 그것이 가족들한테는 아무런 의미가 없다는 것을 말하고 있는 나 자신도 잘 알고 있었다. 하긴 몇 주 전까지만 해도 나 역시 미란다 프리스틀리라는 이름을 한 번도 들어본 적이 없었으니…… 내게도 별 의미가 없긴 마찬가지였다. 그곳은 가끔 지나치게 극적인 것 같았고, 또 어떤 면에서는 빅 브라더* 같은 분위기를 풍겼다. 하지만 신나긴 했다. 또 멋있었다. 직장이라고 부르기엔 분명 너무도 멋진 곳 아닐까?

"앤디, 앞으로 그 회사에 일 년 동안 다니게 될 텐데, 재밌을 것 같니? 좀더 오래 다니고 싶은 생각은 안 들어?"

---

* 조지 오웰의 소설 『1984년』에 나오는 존재. 감시 카메라로 사람들을 24시간 감시한다.

엄마가 소금 베이글에 크림치즈를 바르면서 물었다.

엘리아스 클라크와의 계약서에서(이 시점에서 좀 불안하긴 하지만, 내가 해고되지 않는다면) 나는 미란다를 위해 일 년간 일하는 데 동의했다. 그리고 만약 내가 뛰어나고 열성적이며 어느 정도 유능하다는 것을 보여준다면(이 부분은 계약서에는 들어 있지 않지만, 인사과 직원 여섯 명과 에밀리와 앨리슨이 암시한 바 있다), 나는 다음에 내가 하고 싶은 일을 지정할 수도 있게 된다. 물론 그건 런웨이 내의 일이거나 최소한 엘리아스 클라크 내의 자리겠지만, 나는 피처팀에서 서평 쓰는 일부터 시작해서 할리우드 명사들과 런웨이 사이를 잇는 역할까지 하겠다고 요구할 수 있었다. 미란다의 사무실을 거친 어시스턴트 열 명은 전부 런웨이 패션팀으로 옮기는 것을 택했다. 하지만 나는 그러지 않을 생각이었다. 미란다의 사무실에서 일정 기간 일하는 것은 모욕스런 몇년간의 보조 업무를 건너뛰고 이름 있는 직장에서 의미 있는 일을 바로 시작할 수 있는 최선의 방법이었다.

"물론이에요. 지금까지는 다들 참 친절해요. 에밀리가 약간, 음 뭐랄까, 너무 헌신적이긴 하지만 그것만 빼면 다 좋아요. 릴리가 시험 얘길 하거나 알렉스가 학교에서 겪은 말도 안 되는 얘기들을 들으면, 난 참 운이 좋다는 생각이 들어요. 첫날부터 운전기사 딸린 차를 타고 다니는 사람이 어디 있겠어요? 정말이에요. 일 년 동안 정말 즐거울 것 같아요. 미란다가 빨리 돌아오면 좋겠어요.

난 이미 준비가 되어 있거든요."

언니는 눈을 깜박이더니 나를 향해 이런 표정을 날렸다. 웃기지마, 앤디. 네가 거식증을 달고 다니는 패션광들에게 둘러싸인 사이코 밑에서 일하고 있다는 것도, 네 일을 멋지게 보이게 하려고 용쓰고 있다는 것도 우린 다 알아. 넌 지금 그 일이 힘들까봐 걱정하고 있잖아. 하지만 언니는 이렇게 말했다.

"정말 좋겠다, 앤디. 진짜야. 아주 굉장한 기회야."

식탁에 앉아 있는 사람들 중에서 언니만 내 마음을 이해할 것 같았다. 언니는 '제3세계'로 이사하기 전에 일 년 동안 파리의 작은 사설 미술관에서 일하면서 오트쿠튀르*에 관심을 갖게 되었다. 소비자의 입장에서라기보다는 예술적이고 심미적인 면에서 관심을 가진 것이지만, 어쨌거나 그때 언니는 패션계를 약간이나마 체험했던 것이다.

"저희도 무척 기쁜 소식이 있어요."

언니는 형부의 손을 잡으려고 테이블 위로 손을 내밀며 말했다. 형부도 커피잔을 내려놓고 양손을 내밀었다.

"아이고, 감사해라."

엄마가 외쳤다. 지난 이십 년간 어깨에 얹고 있던 90킬로그램짜리 덤벨을 마침내 누군가가 들어올려주기라도 한 듯 갑자기 홀

---

* '고급 재봉'이라는 뜻으로, 디자이너가 직접 제작하는 고급 맞춤복을 일컫는다.

가분해진 모습이었다.

"가질 때도 됐지!"

"축하한다! 네 엄마가 얼마나 걱정했는지 아니? 이젠 신혼도 아니잖니. 그렇잖아도 혹시나 하고 기다리고 있었는데……"

식탁 건너편에서 아빠가 눈썹을 치켜올렸다.

"어, 그럼 내가 이모가 된단 말이야? 정말 좋은 소식이네? 아기는 언제 낳는 거야?"

언니와 형부가 당황스런 표정을 지었다. 순간 나는 걱정이 되었다. 우리가 잘못 짚은 건가? 혹시 좋은 소식이라는 게 지금 둘이 살고 있는 늪지대에 더 크고 좋은 집을 지을 거라는 얘긴가? 아니면 형부가 드디어 자기 아버지 변호사 사무실을 그만두고 언니가 줄곧 꿈꿔온 미술관을 열겠다는 건가? 우리가 너무 앞질러갔나보다. 조카나 손자가 태어날 거라는 소식을 너무 고대했는지도 모르겠다. 최근 들어 부모님은 왜 아직도 아기가 안 생기냐는 얘기를 자꾸 했다. 언니 부부는 벌써 삼십 대가 된데다 결혼한 지도 사 년이 되었다. 지난 여섯 달 동안 그 문제는 우리 가족의 골칫거리에서 점차 심각한 걱정거리로 자리잡았다.

언니는 걱정스러워 보였고, 형부는 이맛살을 찌푸리고 있었다. 그 침묵 덕택에 부모님은 넋이 나간 듯했다. 팽팽한 긴장이 감돌았다.

언니가 의자에서 일어나 형부에게 가더니 형부의 무릎 위에 앉왔다. 그러고는 형부의 목을 팔로 끌어안고 얼굴을 맞대고는 귀에 뭐라고 속삭였다. 엄마는 쓰러지기 일보 직전이었다. 걱정 때문에 눈가의 작은 주름은 고랑처럼 깊어져 있었다.

형부와 언니는 마침내 깔깔거리며 식탁으로 몸을 돌리더니 합창했다.

"저희 아기 가졌어요!"

사방에 빛, 환호성, 포옹! 엄마가 벌떡 일어나는 바람에 의자가 뒤로 넘어가 유리 미닫이문 옆에 있던 선인장 화분을 넘어뜨렸다. 아빠는 언니를 끌어안고 뺨과 머리에 키스했고, 형부에게도 키스를 해줬다. 아빠가 형부에게 키스한 건 결혼식 이후 처음 같았다.

나는 닥터 브라운 블랙체리 깡통을 일회용 포크로 톡톡 친 다음 건배를 하자고 외쳤다.

"자, 여러분, 모두 잔을 드세요. 우리 삭스 가족의 일원이 될 새 아기를 위해 잔을 들어요."

언니와 형부는 나를 쏘아보았다.

"알았어, 알았어. 아기의 성은 해리슨이겠지만, 마음속으로는 삭스라는 성을 간직할 거야. 세상에서 가장 완벽한 아기의 가장 완벽한 부모가 될 형부와 언니를 위하여!"

우리는 음료수 캔과 커피잔을 부딪치며, 활짝 웃는 이 커플과 언니의 24인치 허리를 위해 건배했다. 엄마는 돌아가신 온갖 친척들의 이름을 대가며 아기 이름을 고르라고 언니에게 압력을 가했다. 나는 식탁 위에 있던 것들을 몽땅 쓰레기 봉지에 쓸어넣으며 뒷정리를 했다. 형부는 만족스러운 얼굴로 커피를 마시고 있었다. 아빠와 나는 자정 직전에야 게임을 하러 연구실로 들어갈 수 있었다.

아빠는 낮에 환자들과 있을 때 쓰는 백색 소음기를 틀었다. 아빠와 환자를 집 안에서 들려오는 소음에서 차단해주고, 집 안에 있는 사람들이 진료실에서 나누는 얘기를 듣지 못하게 하는 기계였다. 다른 정신과 의사들처럼 아빠도 진료실 한구석에 푹신한 회색 가죽의자를 놔뒀는데, 나는 그 의자 팔걸이에 머리를 기대고 있는 걸 좋아했다. 앞쪽을 향하고 있는, 몸을 폭 감싸는 의자세 개도 있었다. 아빠는 거기 앉으면 자궁 안에 있는 것처럼 편안한 느낌이 든다고 했다. 매끄러운 검정색 책상 위에는 평면 모니터가 놓여 있었고, 책상에 어울리는 검정색 가죽의자는 등받이가 높고 디자인이 매우 근사했다. 벽 쪽 책장에는 심리학 서적이 가득했고, 바닥에 놓인 길쭉한 크리스털 화병에는 대나무가 꽂혀 있었다. 컬러블록 프린트 몇 점이(이 방 안에 있는 유일한 진짜 색깔이다) 미래주의적 느낌을 마무리하고 있었다. 나는 소파와 책상 사이의 바닥에 털썩 주저앉았다. 아빠도 그렇게 했다.

"자, 앤디, 속 얘길 해보렴."

아빠가 내게 알파벳 타일을 놓는 작은 나무판을 건네주며 말했다.

"이 아빠가 보기에 네가 너무 짓눌려 있는 것 같구나."

나는 알파벳 타일 일곱 개를 골라 조심스럽게 내 앞에 늘어놓았다.

"네, 두 주 동안 정말 정신이 없었어요. 우선 이사를 했죠. 그 다음에 회사에 출근해보니 참 이상하다는 생각이 들더라고요. 설명하기도 벅차요. 그러니까 모든 사람들이 무척 아름답고, 말랐고, 정말 예쁜 옷을 입고 있어요. 또 아주 상냥한 것 같고요. 사실 모두 다정하긴 해요. 심각한 처방약이라도 먹고 있는 것처럼요. 잘은 모르겠지만……"

"뭐라고? 그게 무슨 말이니?"

"확실하게 설명을 못 하겠어요. 잘 모르겠지만…… 마치 카드로 만든 집 같다는 느낌이 들어요. 내 주위를 둘러싸고 있다가 곧 무너져버릴 것 같은 그런 느낌. 패션잡지에서 일한다는 게 웃긴다는 생각을 지울 수가 없어요. 여태까지 한 일은 뭐랄까, 머리 따윈 필요 없는 일이었어요. 하지만 전 상관 안 해요. 낯선 일이니까 아직은 좀더 해보고 싶거든요."

아빠는 고개를 끄덕였다.

"이 일이 멋진 일이라는 건 저도 알아요. 하지만 이 일이 제가 뉴요커 지에서 일하도록 준비시켜줄 수 있을지는 잘 모르겠어요. 뭔가 잘못되기를 바라는 기분이 들 때도 있어요. 지금까진 현실이라고 하기엔 너무 환상적이거든요. 뭐, 제가 지금 제정신이 아닌 거라면 다행이지만."

"그런 건 아닌 것 같구나. 네가 지금 예민해서 그래. 하지만 운은 참 좋은 것 같다. 네가 올 한 해에 경험하게 될 것들은 다른 사람이라면 평생이 걸려도 해보지 못할 것들이란다. 생각해보렴. 첫 직장에서, 세계 최대의 잡지사에서 가장 잘 팔리는 잡지를 만드는 가장 영향력 있는 여성을 위해 일하게 된 거야. 분명 모든 것을 경험하게 될 거다. 처음부터 끝까지 말이야. 네가 늘 맑은 정신으로 중심을 잃지 않는다면, 너는 그쪽 사람들 대부분이 경험하는 것보다 훨씬 더 많은 것을 단 한 해 동안 배우게 될 거다."

아빠는 게임판 가운데다 'JOLT(동요, 충격)'라는 첫 단어를 만들었다.

"처음치곤 괜찮은데요?"

그렇게 말하고 점수를 세어보니, 단어가 분홍색 별 위에 있어서 점수가 두 배였다. 나는 점수 기록표에 '아빠: 22점, 앤디: 0점'이라고 썼다. 내 글자는 별 진전이 없었다. 나는 L에 A와 M과 E를 붙여서 6점밖에 못 얻었다.

"어쨌거나 그 일에 한번 모든 걸 걸어보렴." 아빠는 아빠 나무판의 알파벳 타일을 바꾸면서 말했다. "생각해볼수록 그 일이 네게 중요하다는 확신이 드는구나."

"아빠 말씀이 맞는 것 같아요. 포장하다가 종이에 무척 많이 베

143

었는데 상처들이 아주 오래 갈 것 같아요. 다른 일도 했으면 좋겠는데."

"그럴 거다, 얘야. 그럴 거야. 두고 보렴. 지금은 네가 한심한 일을 하고 있는 것 같지? 하지만 절대 그렇지 않아. 사실은 아주 굉장한 일의 첫걸음을 내딛는 거란다. 아빠가 네 상사에 대해 좀 알아봤다. 그 미란다 프리스틀리라는 사람, 만만치 않은 사람 같더구나. 하지만 넌 그 여자를 좋아하게 될 거야. 그쪽에서도 널 좋아할 거고."

아빠는 내 'E'를 이용해서 세로로 'TOWEL'이라는 글자를 만들고 흐뭇한 표정을 지었다.

"그렇게 되면 정말 좋겠어요. 진짜로요."

"그분은 런웨이의 편집장이에요. 패션잡지 말예요."

나는 전화기에 대고 다급하게 속삭이며 짜증내지 않으려고 애썼다.

"아, 어떤 잡지인지 알겠어요!"

'스칼라스틱 북스'의 홍보비서 줄리아가 말했다.

"좋은 잡지죠. 여자애들이 생리 때 당황했던 에피소드들 재미

144

있게 읽었어요. 그런데 그거 진짜 있었던 일이에요? 그거 기억하시죠……?"

"아니, 그 청소년 잡지 말고요. 저희 잡지는 성인 여성을 위한 거예요(최소한 이론적으로는 그렇지). 런웨이라는 잡지 정말 들어본 적 없으세요?"

들어본 적 없다니 인간적으로 가능한 일인가? 나는 의아해졌다.

"아무튼 철자는 'P-R-I-E-S-T-L-Y'예요. 미란다요, 네."

나는 엄청난 인내심을 발휘하며 말했다. 내가 지금 그녀가 누군지도 모르는 사람과 통화하고 있다는 걸 미란다가 알면 어떻게 나올까? 달가워하진 않겠지.

"되도록 빨리 연락주시면 정말 감사하겠습니다. 그리고 홍보 책임자가 들어오시는 대로 제게 전화주십사 전해주시면 고맙겠어요."

벌써 12월 중순, 금요일 아침이었다. 달콤한 주말의 자유를 만끽하려면 이제 열 시간 남았다. 나는 '스칼라스틱'에서 일하는, 패션의 '표'도 모르는 줄리아에게 미란다 프리스틀리가 매우 중요한 인물이라는 것, 그들의 원칙을 굽히고 논리를 잠시 접어둬도 될 만큼 가치 있는 인물이라는 것을 확실히 알려주려고 애쓰고 있었다. 하지만 생각보다 훨씬 어려운 일이었다. 전 세계에서 가장 유명한 패션잡지와 그 유명한 편집장에 대해 들어본 적도 없는 사람에게, 미란다의 지위가 얼마나 대단한지 설명해야 하는 상황이 발생하리라고는 꿈에도 생각하지 못했던 것이다. 불과 사 주 동안 미란다의 비서 일을 하면서, 그렇게 압력을 가하고 비위를 맞추는 게 내 임무 중 하나라는 걸 알게 되었다. 사실 그 동안 내가 설득하거나 위협하거나 압력을 가했던 사람들 대부분은 악명 높은 내 상사의 이름만 슬쩍 언급해도 두 손을 들었다.

줄리아가 학습물 출판사에서 일한다는 건 내겐 적잖은 불행이 었다. 그곳에서는 모피에 취미를 가진 사람보다는 노라 에프론이 나 웬디 바서슈타인* 같은 사람이 VIP 대우를 받을 가능성이 훨씬 높았다. 나 역시 미란다 프리스틀리라는 이름을 들어본 적이 없 었던 다섯 주 전을 떠올려보려 했지만, 도무지 기억이 나지 않았 다. 그래도 그 신기한 시절이 존재했다는 건 알고 있었다. 줄리아 의 무관심이 부러웠다. 하지만 내겐 해야 할 일이 있었고, 그 일에 그녀가 도움이 되지 않고 있었다.

그 망할 '해리 포터' 시리즈 4권은 토요일인 내일 나오기로 되 어 있는데, 미란다의 열 살짜리 쌍둥이 딸들이 그 책을 한 권씩 갖 고 싶어했다. 책은 월요일에나 서점에 깔릴 예정이었다. 나는 토 요일 아침까지 그 책을 손에 넣어야 했다. 도매상에 배본되는 즉 시 말이다. 어쨌든 해리와 그의 친구들은 토요일 아침에 파리까 지 가는 전용 비행기에 탑승해야 했다.

---

* 노라 에프론은 뉴욕 타임스 지 편집장 출신의 영화감독이며, 웬디 바서슈타인은 풀리처 상을 수상한 극작가이다.

전화가 오는 바람에 생각이 끊겼다. 이제 에밀리는 미란다의 전화를 내가 받게 할 정도로 나를 신뢰했다. 난 여느 때처럼 전화를 받았다. 아아, 우리는 통화했다. 하루에 스물네 번쯤. 미란다는 그 멀리서도 내 삶에 침입해들어와 나를 완벽하게 지배했고 명령과 요청과 요구를 거센 불길처럼 훅훅 내뱉었다. 아침 일곱시부터 퇴근해도 되는 밤 아홉시까지.

"앤-드리-아? 여보세요? 누구 없나? 앤-드리-아!"

그녀가 내 이름을 부르는 순간, 나는 벌떡 일어났다. 그녀가 이 사무실에, 아니 이 나라에 없으니 최소한 그 동안은 안전하다는 생각이 들기까지는 시간이 조금 걸렸다. 미란다는 앨리슨이 승진했다는 것과 내가 채용됐다는 것은 전혀 생각하지 못할 것이다. 사실 그런 건 그녀에겐 기억하나마나한 사소한 사실에 지나지 않는다는 것을 에밀리는 거듭 강조했다. 누군가가 전화를 받고 자기의 요구를 들어주는 한, 누가 전화를 받든 미란다에겐 전혀 상관없는 일이었다.

"전화기를 들고 말하기까지 왜 그렇게 오래 걸리지? 도무지 이해가 안 돼."

그녀가 말했다. 이 세상의 다른 누가 그런 말을 했다면 징징대긴, 하고 생각했겠지만, 미란다가 그 말을 하니 상당히 냉랭하고 단호하게 들렸다. 꼭 그녀 자신 같았다.

"얼마 안 돼서 아직 잘 모르는 것 같은데, 앞으로는 내가 전화하면 바로 대답하도록. 대단히 쉬워. 내가 전화한다. 당신은 받는다. 이제 할 수 있겠지, 앤-드리-아?"

나는 천장에 스파게티를 던져서 방금 야단을 맞은 여섯 살짜리 아이처럼 고개를 끄덕였다. 그녀에겐 보이지도 않는데. 나는 일주일 전에 그녀를 '저기여'라고 불렀다가 해고당할 뻔했다. 난 그렇게 부르지 않으려고 초긴장 상태였다.

"네, 편집장님. 죄송합니다."

나는 머리까지 조아리며 나직하게 말했다. 그 순간 정말 미안한 마음이 들기까지 했다. 그녀의 말이 내 머릿속에 신속하게 입력되지 않아서, "미란다 프리스틀리의 사무실입니다"라고 말하는 게 느려서, 꼭 필요한 시간보다 일 초쯤 더 걸려서…… 내가 끊임없이 상기하고 있듯, 그녀의 시간은 내 시간보다 훨씬 더 중요했다.

"그럼 됐어. 자, 시간낭비는 이만큼 했으면 됐고. 이제 본론으로 들어가지. 톰린슨 씨의 예약은 확인했나?"

"예, 미란다. 한시에 '포 시즌스'로 예약돼 있습니다."

나는 이어질 말을 예상할 수 있었다. 그녀는 불과 십 분 전에 전화해서 포 시즌스에 예약을 하고 톰린슨 씨와 자기 운전사와 보모에게 전화로 그걸 알려주라고 했다. 그러고는 지금 지시를 다시 바꾸려는 것이었다.

"마음이 바뀌었어. 포 시즌스는 어브와 점심식사를 할 만한 데가 아니야. '르 시르크'에 두 명 예약해놔. 지배인에게 안쪽 자리로 달라고 해. 정면에서 보이지 않는 안쪽으로. 이상."

처음에 미란다가 전화로 '이상'이라고 했을 때, 난 그 말이 실은 '고마워'를 의미하는 거라고 스스로를 납득시켰다. 하지만 이 주 차가 되니 생각이 조금 바뀌었다.

"말씀대로 처리하겠습니다, 편집장님. 감사합니다."

나는 생긋 웃으며 말했다. 그녀가 수화기 너머에서 어떻게 대답해야 할지 당황해서 잠시 주춤거리는 게 느껴졌다. 내가 '감사합니다'라고 말함으로써 그녀가 '고마워'라는 말을 안 한 걸 강조하고 있다는 것을 눈치챘을까? 내게 명령을 내렸는데 오히려 감사하다고 말하는 게 이상하게 들렸을까? 요즈음 나는 그녀가 함부로 말하거나 전화로 명령하며 못되게 굴 때마다 꼬박꼬박 '감사합니다'라고 말하기 시작했다. 이 계략은 묘하게도 위로가 되었다. 아무튼 내가 자기를 비웃고 있다는 걸 알 거야. 그렇다고 뭐 어쩌겠어? 앤-드리-아, '감사합니다'라는 말은 그만 해. 그런 식으로 감사한 마음을 표하는 걸 금지하겠어! 생각해보니 크게 무리가 될 것도 없었다.

르 시르크, 르 시르크, 르 시르크. 나는 속으로 되뇌이며 이 예약 건부터 빨리 처리하기로 마음먹었다. 이것부터 해결해야 골치 아픈 '해리 포터 문제'로 돌아갈 수 있을 것 같았다. 르 시르크의 예약담당자는 톰린슨 씨와 어브가 오는 대로 바로 테이블을 마련하겠다고 약속했다.

에밀리가 성큼성큼 사무실로 들어왔다. 그녀는 미란다가 전화하지 않았느냐고 물었다. 나는 자랑스럽게 대답했다.

"세 번밖에 안 왔어요. 절 해고하겠다는 협박도 안 했고요. 뭐, 좀 으르렁대긴 했지만 완전 협박은 아니었어요. 나아진 건가? 아닌가요?"

그녀는 내가 나 자신을 웃음거리 삼아 얘기할 때만 보이는 묘한 표정으로 웃었다. 그리고 그녀의 정신적 스승인 미란다가 무슨 지시를 내렸는지 물었다.

"B-DAD의 점심 예약 장소를 바꿔달래요. 그 사람도 개인 비서가 있는데 왜 나한테 시키는지 모르겠어요. 그렇다고 물어볼 수도 없고."

눈 멀고(Blind), 귀 먹고(Deaf), 그리고(And) 멍청한(Dumb)이라는 뜻을 가진 B-DAD는 우리가 미란다의 세번째 남편에게 붙인 별명이다. 남들에게는 전혀 그렇게 보이지 않지만, 실생활을 아는 우리는 그가 그 세 가지에 딱 들어맞는 남자라는 것을 잘 알고 있었다. 그렇게 괜찮은 남자가 그녀를 견디며 함께 사는 이유를 달리 설명하기란 불가능했다.

이번에는 B-DAD한테 직접 전화할 차례였다. 빨리 전화하지 않으면 그가 제시간에 레스토랑에 도착하기 힘들 것이다. 그는 이틀 동안 열리는 사업상 회의를 위해 휴가중에 뉴욕으로 날아왔다. 현 엘리아스 클라크 사장인 어브 라비츠와 잡혀 있는 점심식사는 중요한 약속이었다. 언제는 안 그랬나! 미란다는 모든 세부사항까지 완벽하길 원했다. B-DAD의 원래 이름은 헌터 톰린슨이다. 그와 미란다는 내가 이 회사에 들어오기 전해 여름에 결혼했는데, 듣기로는 구애가 꽤 독특했다고 한다. 미란다가 쫓아다니고 남자는 망설였다는 것이다. 에밀리 말에 따르면 그녀가 그를 얼마나 끈질기게 쫓아다녔던지 마침내 그가 두 손 두 발 다 들고 포기했단다. 그녀는 쌍둥이의 아빠이자 1960년대 후반 가장 유명한 밴드의 리드싱어였던 두번째 남편을 말 한마디 없이 떠났고, 그후 그녀의 변호사가 그에게 이혼서류를 갖다주었다. 이혼이 성립되고 정확히 십이 일 만에 미란다는 톰린슨 씨와 재혼했고, 톰린슨 씨는 미란다의 명령에 따라 피프스 애비뉴에 있는 그녀의 펜트하우스로 이사왔다. 난 미란다를 단 한 번 보았을 뿐이고 새 남편이란 사람은 본 적조차 없었지만, 불행히도 그들이 한 식구라는 것을 충분히 느낄 수 있을 정도로 그와 자주 통화를 했다.

세 번, 네 번, 다섯 번, 신호음이 계속 울렸다. 대체 그의 비서는 어디 간 거야? 나는 자동응답기로 넘어가기만 기다렸다. B-DAD가 즐겨 하는, 쓸 데 없이 친한 척하는 수다를 떨 기분이 아니었기 때문이다. 비서가 전화를 받았다.

"톰린슨 씨 사무실입니다." 그녀는 남부 특유의 느릿느릿하고 목젖을 떠는 듯한 목소리로 말했다. "무엇을 도와드릴까요? 무우

우얼 도와아아드릴까아아요오?"

"안녕, 마사. 앤드리아예요. 톰린슨 씨를 바꿔주실 것까진 없고, 그냥 메시지만 전해주세요. 예약을 해놓았는데……"

"아, 톰린슨 씨는 늘 당신과 얘기하고 싶어하시는 걸요. 잠시만 기다리세요."

내가 미처 저항하기도 전에 바비 맥퍼린의 〈돈 워리 비 해피〉 경음악이 흘러나왔다. 정말 끝내주는군. B-DAD가 통화 대기자들을 즐겁게 해주려고 선택한 이 노래는 세상의 모든 음악 중에서 가장 짜증나고 낙천적인 노래였다. 이렇게 완벽하게 어울리기도 힘들 거야.

"앤디, 당신인가요?" 그가 특유의 굵고 낮은 목소리로 조용히 물었다. "톰린슨 씨는 당신이 자기를 피하고 있다고 생각하게 될 것 같군요. 당신과 이야기하는 즐거움을 누린 지 꽤 된 것 같은데?"

정확히 따지면 일 주일하고도 반이지. 그는 눈멀고, 귀 먹고, 멍청하게 구는데다, 끊임없이 자기를 제삼자로 지칭해서 말하는 짜증나는 버릇까지 있었다.

나는 심호흡을 했다.

"안녕하세요, 톰린슨 씨. 오늘 한시에 르 시르크에 점심 예약을 해놓았다고 편집장님이 전해드리랍니다. 편집장님 말로는……"

"이런 멋쟁이 같으니!" 그는 느릿느릿 차분하게 말했다. "점심 약속 얘기 같은 건 잠시 접어둬요. 내게도 즐거운 시간을 좀 달라고요. 자, 요즘 어떻게 지내는지 이 톰린슨 씨한테 말해봐요. 그럴 수 있겠죠? 내 아내를 위해 일하는 게 행복한가요?"

자기 아내를 위해 일하는 게 행복하냐고? 흠, 한번 생각해볼까? 사자가 생쥐를 통째로 삼키려 할 때 그 생쥐가 기쁨에 겨워 비명을 지르던? 이 꼴도 보기 싫은 인간아, 그래, 난 네 마누라를 위해 일하는 게 기뻐서 미칠 것 같아. 우리 한가할 때 얼굴에 진흙 팩이라도 뒤집어쓰고 최근의 섹스라이프에 대해 수다나 떨어볼까? 알고 싶다니 말인데, 친구들과 하는 파자마 파티와 아주 비슷할 거야. 모든 게 웃자고 하는 장난 같은 거.

"톰린슨 씨, 전 제 일을 사랑하며 편집장님을 위해 일하는 게 너무나 행복하답니다."

나는 숨을 참으며 그가 이제 그만 물러나주기를 빌었다.

"아, 그래요? 모든 게 무리없이 잘 되어간다니 T씨는 너무 감동 먹었다는군요."

기가 막혀. 네가 왜 감동 먹고 그러니?

"감사합니다, 톰린슨 씨. 그럼 즐거운 점심식사 하시길 바랄게요."

틀림없이 주말에 뭐 할 거냐고 물을 것 같아, 그 전에 서둘러 전화를 끊어버렸다.

나는 의자에 기대 사무실을 둘러보았다. 에밀리는 미란다의 2만 달러짜리 아메리칸 익스프레스 카드 청구서 중 한 장을 해결하느라, 잔털을 뽑은 매끈한 이마를 찡그려가며 온 신경을 곤두세우고 있었다. 해리 포터가 눈앞에 어른거렸다. 이번 주말을 반납하고 싶지 않다면 어서 그 일을 해결해야 했다.

릴리와 나는 이번 주말에 줄기차게 영화만 보기로 작정하고 있었다. 나는 일에 지쳤고 그녀는 수업 때문에 엄청 스트레스를 받아서, 주말 내내 릴리네 소파에 엉덩이를 붙이고 오직 맥주와 도리토스*만으로 연명해보기로 한 것이다. 스낵웰스**도 안 됨. 다이어트 코크도 안 됨. 정장 바지도 물론 사양. 우리는 늘 이야기를 나누었지만, 내가 뉴욕으로 이사 온 뒤에는 한 번도 제대로 함께 시간을 보낸 적이 없었다.

릴리와 나는 8학년 때부터 친한 친구였다. 우리가 처음 만났을 때, 릴리는 카페테리아 식탁에서 혼자 울고 있었다. 집을 나간 엄마 아빠가 금방 돌아오지 않을 거라는 게 분명해지자 할머니와 함께 살게 되었고, 우리 학교로 전학을 오게 된 것이었다. 릴리의 엄마 아빠는 몇 달 전에 데드***를 따라 떠나면서 딸을 뉴멕시코의 코뮌(릴리가 선호하는 표현에 따르면 '공동체')에 사는 괴상한

---

* 프리토레이 사에서 판매하는 콘 스낵과자 이름.

** 나비스코 사에서 판매하는 쿠키 이름.

*** 제리 가르시아가 속해 있던 록 그룹 '그레이트풀 데드'. 음악공동체를 추구하며 히피 이데올로기에 모든 것을 바쳤다.

친구들에게 맡겼다. 릴리의 부모님은 열아홉 살 때 릴리를 가졌고, 아기보다는 물 파이프로 마리화나를 피우는 데 정신이 팔려 있었다. 일 년이 지나도록 아들과 며느리가 돌아오지 않자, 릴리의 할머니는 코뮌(릴리의 할머니가 선호하는 표현으로는 '사교 집단')에서 릴리를 빼내 에이본으로 데려왔다. 카페테리아에서 릴리를 본 첫날, 그애는 할머니가 자기의 드레드락*을 잘라버리고 억지로 치마를 입힌 바람에 그게 싫어 울고 있었다. 릴리의 말투는 매우 독특했다. "너 정말 선(禪)적이구나" "그냥 널럴하게 살자구" 같은 말은 무척 매력적으로 들렸고, 우린 곧 친해졌다. 그후 고등학교에 들어가서도 우린 꼭 붙어다녔고, 브라운 대학에서는 사 년 내내 같은 방을 썼다. 릴리는 맥 립스틱을 발라야 할지, 대마끈으로 꼰 목걸이를 걸고 다녀야 할지 아직 결정을 못 한 상태였다. 그렇다고 완전히 주류에 합류한 것처럼 꾸미기엔 조금 독특한 면이 있었다. 하지만 우리는 서로를 잘 보완했다. 나는 릴리가 보고 싶었다. 그녀는 대학원 1학년이고 나는 사실상 노예나 다름없는 생활을 하는 터라 최근에 제대로 얼굴을 본 적이 없었다.

나는 주말까지 기다릴 수 없었다. 하루 열네 시간의 노동은 내 발과 팔뚝, 등 밑에 고스란히 영향을 미쳤다. 십이 년 동안 콘택트

---

* 여러 가닥으로 땋아내린 자마이카 흑인 스타일의 머리.

렌즈를 꼈건만, 눈이 너무 건조해져서 더는 렌즈를 낄 수가 없어서 안경으로 바꿨다. 담배는 하루에 한 갑씩 피웠고, 비싼 스타벅스 커피와 더 비싼 테이크아웃 스시에만 의존했다. 몸무게도 빠지기 시작했다. 인도 여행에서 걸린 이질 때문에 줄었던 몸무게는 금방 회복했지만, 런웨이에서의 노동 덕분에 다시 줄기 시작했다. 뭔가 다른 이곳 공기나 강박적으로 식욕을 억누르는 분위기 때문인지도 몰랐다. 나는 눈과 코의 염증으로 시들어갔고, 낯빛도 창백해졌다. 이제 겨우 사 주 지났을 뿐인데. 난 겨우 스물세 살이고, 미란다는 아직 이 사무실에 나타나지도 않았다. 젠장, 난 주말을 즐길 권리가 있단 말이야!

이 와중에 해리 포터가 덤벼드니 기분 좋을 까닭이 없었다. 미란다는 오늘 아침에 전화를 해서 원하는 바를 아주 간단하게 얘기했다. 하지만 내가 그걸 해석하는 데는 한도끝도없이 오랜 시간이 걸렸다. 나는 미란다 프리스틀리가 지배하는 세상에서는 잘못되더라도 일단 하고 그걸 되돌리기 위해 엄청난 시간과 돈을 들이는 게 낫다는 것을 터득했다. 억양이 심한 말투에 복잡하게 꼬인 명령을 못 알아들었다면서 되묻는 것보다는 그 편이 훨씬 나았다. 그녀가 쌍둥이 딸들을 위해 『해리 포터』를 비행기 편으로 파리까지 보내달라는 내용으로 들리는 말을 웅얼거렸을 때, 나는 이 책이 나의 주말을 망치리라는 것을 예감했다. 몇 분 후 그녀가 전화를 툭 끊어버리자 난 공포에 질려 에밀리를 보았다.

"지금 미란다가 뭐라고 한 거예요?"

나는 겁에 질려 미란다에게 다시 한번 얘기해달라는 말조차 못한 자신에게 증오심마저 느끼며 신음했다.

"왜 난 그녀 말을 한 마디도 못 알아들을까요? 내 탓이 아니에요, 에밀리. 나도 영어를 쓰는 사람이라구요. 나를 미치게 하려고 일부러 이러는 게 분명해요."

에밀리는 여느 때처럼 경멸과 연민이 뒤섞인 표정으로 나를 보았다.

"내일 그 책이 나오는데, 그녀는 이곳에 없어서 책을 살 수 없으니 당신이 두 권을 사서 뉴저지 테터보로 공항으로 보내라는 말이에요. 비행기가 그 책을 파리까지 날라다줄 거예요."

그녀는 냉랭한 목소리로 요약해주었다. 나는 정말 우스운 지시라고 말하려다 눈을 깜빡이며 입을 다물어버렸다. 에밀리라면 미란다를 조금이라도 편안하게 해주는 일이라면 뭐든지, 정말 뭐든지 할 거라는 생각이 들었던 것이다.

그 명령을 이행하느라 내 주말을 단 일 초도 희생하고 싶지 않았다. 난 이제 미란다의 돈과 권력을 마음대로 쓸 수 있었기 때문에, 그날 하루를 파리 행 비행기에 태워보낼 『해리 포터』를 수배하며 보냈다. 우선 나는 스칼라스틱에서 일하는 줄리아에게 편지 몇 줄을 썼다.

친애하는 줄리아,

제 어시스턴트인 앤드리아의 말을 들으니 당신은 정말 마음
이 따뜻한 분이더군요. 이에 저는 진정에서 우러나오는 감사를
드리고자 합니다. 제가 내일 그 귀한 책 두 권을 받아볼 수 있게
해줄 분은 당신뿐이라고 들었습니다. 당신의 빈틈없는 일처리
와 열심히 알아봐주신 노고에 어떻게 감사를 드려야 할지 모르
겠습니다. 사랑하는 제 두 딸이 당신 덕분에 얼마나 기뻐하는
지 모릅니다. 당신처럼 멋진 분이 필요하신 게 있다면 뭐든 알
려주십시오.

키스와 포옹을 보내며,
미란다 프리스틀리

나는 완벽한 장식체로 그녀의 서명을 위조했다. 에밀리가 내
옆에 지켜서서 여러 시간 동안 나를 연습시키며 마지막 'a' 자의
동그라미를 좀더 크게 하라고 가르쳐준 결과 똑같이 쓸 수 있게
되었다. 나는 아직 가판대에도 나오지 않은 런웨이 최근호에 메
모를 붙이고, 퀵서비스를 불러 그 소포를 다운타운에 있는 스칼
라스틱 사무실에 배달해달라고 했다. 이게 효력을 발휘하지 않으
면 일은 제대로 돌아가지 않을 것이다. 미란다는 우리가 자기 서
명을 위조하건 말건 관심 없었다. 사실 위조된 서명 덕분에 그녀

는 여러 가지 귀찮은 일에서 해방되었다. 하지만 내가 자기를 사칭해 이렇게 공손하고 다정한 편지를 썼다는 걸 알면 노발대발할 것이다.

삼 주 전에 미란다가 전화해서 주말에 해야 할 무슨 일인가를 지시했다면 나는 얼른 내 계획을 취소했을 것이다. 하지만 이제 나도 원칙을 조금 거스를 수 있을 만큼 노련해졌고, 이미 지칠 대로 지친 상태였다. 미란다가 내일 『해리 포터』를 받으러 딸들과 함께 공항까지 직접 나오진 않을 테니, 내가 직접 배달할 필요는 없었다. 줄리아가 내게 두 권을 보내줄 거라고 가정하고, 그러기를 기도하면서 나는 세부사항을 정리했다. 몇 차례 여기저기 통화한 후 한 시간도 안 되어 다음과 같은 계획을 세웠다.

협조적인 스칼라스틱의 편집 어시스턴트 브라이언은 두 시간도 안 되어 줄리아에게 허락을 받는다. 그날 저녁 그는 『해리 포터』 두 권을 집으로 가져간다. 그렇게 하면 그는 토요일에 회사에 나갈 필요가 없다. 브라이언이 어퍼 웨스트사이드에 있는 자기 아파트 경비원에게 책을 맡겨놓으면, 나는 미란다의 운전기사인 유리가 다음날 오전 열한시에 그 책을 찾으러 가게 한다. 유리는 책을 받았다고 내 휴대폰으로 확인전화를 해줄 거고 테터보로 공항까지 그 책을 가져갈 것이다. 그리고 그 책은 톰린슨 씨의 전용 비행기에 실려 파리로 가게 될 것이다. 나는 KGB 작전처럼 이 모든 과정을 암호로 작성해볼까 잠깐 생각했지만, 유리의 영어가 그 정도까진 안 된다는 걸 깨닫고 그만두었다. 초특급 DHL로 파리까지 배달하는 데는 얼마나 걸리는지 알아보니 월요일에나 서비스가 가능하다고 했다. 그러면 너무 늦다. 결국 전용 비행기밖에 없었다. 모든 것이 계획대로 된다면, 캐시디와 캐롤라인은 일요일 아침 파리의 스위트룸에서 우유를 마시며 **친구들보다 하루 먼저** 해리의 모험을 읽을 수 있는 것이다. 그 생각을 하니 내 가슴이 다 찡해졌다. 정말이었다.

차도 수배해놓았고 관련자도 모두 대기시켜놓았다. 몇 분 후, 줄리아가 전화를 걸어왔다. 자기가 징계를 받을 수도 있고 난처한 상황에 처할 수도 있지만, 미즈 프리스틀리를 위해 기쁜 마음으로 브라이언에게 책 두 권을 건네주겠노라는 것이었다. 아멘.

"저 남자가 **약혼했다니** 이게 말이 되니?" 릴리는 우리가 방금 전에 다 본 〈페리스의 해방〉을 되감으며 물었다. "내 말은, 우린 지금 스물세 살밖에 안 됐는데 서두를 게 있냐는 거야."

"맞아. 정말 이상하지?"

내가 부엌에서 큰 소리로 대답했다.

"그가 결혼해서 안정을 찾기 전까지는 엄마 아빠가 어마어마한

160

신탁자금에 손을 못 대게 하니까 그렇겠지? 그것만도 여자의 손가락에 결혼반지를 끼워줄 만한 동기가 되지 않을까? 아님 너무 외로워서일 수도 있어."

릴리는 나를 보더니 큰 소리로 웃었다.

"그가 그 여자와 사랑에 빠져서 평생을 함께 살 준비가 되어 있을 리 없잖아. 안 그래? 우린 이미 그게 불가능하다고 결론을 내렸잖아."

"맞아. 그건 아니지. 그럼 다른 이유를 찾아봐야겠는걸."

"그렇다면 3번을 택할 수밖에. 그는 게이야. 영화를 보는 사람들은 처음부터 그걸 알고 있지만, 그는 이제야 그걸 자각하게 된거지. 자기 엄마 아빠가 그걸 이해하지 못하리라는 것도 깨달았고. 그래서 맨 처음 만난 여자와 결혼해서 그 사실을 덮어버릴 거야. 네 생각은 어때?"

두번째로 볼 비디오는 〈카사블랑카〉였다. 릴리는 등장인물 이름이 나오는 도입부는 빨리 돌려 넘겼다. 그 동안 나는 모닝사이드 하이츠에 있는 원룸의 작은 부엌에서 코코아 두 잔을 전자레인지에 데웠다. 우리는 금요일 밤 내내 시체놀이를 했다. 담배를 피우고, 블록버스터 영화 테이프를 빌리러 갈 때만 잠깐 몸을 일으키는 정도였다. 토요일 오후가 되자 바깥 공기를 쐬고 싶었다. 우리는 소호까지 몇 시간을 어슬렁거리며 릴리의 새해 파티 때 입을 탱크톱도 사고, 노천 카페에서 큰 머그잔에 담긴 에그노그*를 마셨다. 잔뜩 지쳐 아파트에 돌아오면서도 우린 행복했다. 그날 밤의 나머지 시간은 TNT에서 하는 〈해리가 샐리를 만났을 때〉와 〈새터데이 나이트 라이브〉 사이를 왔다갔다하며 보냈다. 어느덧 내 일상이 되어버린 고통에서 벗어나 취하는 휴식이 어찌나 달콤하던지, 일요일 아침에 전화벨 소리를 듣기 전까지는 『해리 포터』에 대해서 까맣게 잊고 있었다. 오, 맙소사, 그녀다! 그러나 내 귀에 들린 것은 릴리가 학교 친구인 듯한 사람과 러시아어로 통화하는 소리였다. 감사합니다, 하느님. 정말 감사합니다. 그녀가 아니었군요. 하지만 그렇다고 내 신경이 누그러든 건 아니었다. 벌써 일요일 오전인데, 그 망할 놈의 책들이 제대로 파리에 도착했는지 아무것도 아는 게 없었다. 주말을 한껏 즐긴 나머지(사실 푹 쉰 것이지만) 그걸 확인하는 것 자체를 까맣게 잊고 있었다. 물론 휴대폰 전원은 켜져 있었고, 벨소리도 최대로 해놓았다. 무슨 일이 생겨 전화가 오기를 기다려서가 아니었다. 뭔가 하기에 너무 늦었을 때는 더더욱. 선제공격을 해야 했다. 치밀하게 짠 계획의 모든 단계가 제대로 수행되었는지, 이 일과 관련된 모든 사람에게 확인 전화를 돌려야 했다.

나는 런웨이에서 받은 휴대폰을 찾느라 허둥지둥 가방을 뒤졌다. 휴대폰은 미란다와 내가 숫자 일곱 개만큼의 거리에 있다는

---

* 달걀에 설탕, 우유, 때로는 브랜디 따위를 넣은 음료.

걸 확인해주고 있었다. 마침내 가방 밑바닥에서 속옷과 뒤엉켜 있는 휴대폰을 찾아냈다. 나는 휴대폰을 꺼내 본 후 침대에 털썩 주저앉았다. 휴대폰의 작은 액정화면을 보니 수신 불가 지역이라고 표시되어 있었다. 나는 미란다가 전화했고, 그 전화가 바로 음성 메시지로 넘어갔음을 본능적으로 알아챘다. 휴대폰이 증오스러웠다. 그 순간에는 새 뱅 앤 올루프슨 전화기까지 증오스러웠다. 릴리의 전화기와 전화기 광고, 잡지에 나온 전화기 사진과 알렉산더 그레이엄 벨*까지 증오스러웠다. 미란다 프리스틀리와 일하고 나서부터는 내 일상에 끊임없이 불행한 부작용이 일어났다. 그중에서도 가장 큰 문제는 전화기를 끔찍이도 싫어하게 됐다는 것이었다.

대부분의 사람들은 전화벨 소리를 반가워한다. 누군가가 안부를 묻기 위해, 또는 만나자고 전화한 것일 테니까. 하지만 내게 전화벨은 두려움과 심각한 불안과 심장이 내려앉는 공포심을 일으키는 소리일 뿐이었다. 어떤 사람들은 전화기의 수많은 기능을 신기해하고, 심지어는 재미있다고까지 여긴다. 그러나 내게 그런 기능들은 일을 하라는 명령에 지나지 않았다. 미란다와 일하기 전에는 통화중 대기 서비스를 그렇게까지 이용해본 적이 없었다. 런웨이에서 일한 지 며칠 만에 나는 통화중 대기 서비스(그녀가

---

* 전화기를 발명한 인물.

내게 전화했을 때 통화중이라는 신호를 듣지 않게끔), 발신자 표시 서비스(필요한 경우 그녀의 전화를 피할 수 있도록), 발신자가 표시되는 통화중 대기 서비스(필요한 경우 다른 사람과 통화하는 동안 그녀의 전화를 피할 수 있게), 음성 메시지 서비스(그녀가 자동사서함 안내를 듣느라 내가 그녀의 전화를 피하고 있다는 걸 모르게끔)를 신청했다. 장거리 전화 요금을 제외하고도 한 달 이용료만 50달러가 나왔지만, 마음의 평화를 위해서라면 별거 아니라는 생각이 들었다. 아니, 정확히 말하면 마음의 평화가 아니라 조기경보였다.

그런데 그놈의 휴대폰 때문에 최후의 방벽마저 무너진 것이었다. 휴대폰이 꺼져 있다는 건 미란다에겐 이해가 안 되는 일이었다. 하늘이 무너져도 나는 전화를 받아야 했다. 처음 에밀리에게 업무지시를 받았을 때 그녀는 런웨이의 가장 기본적인 물품인 휴대폰을 건네면서 언제든 전화를 받아야 한다고 말했다. 나는 전화를 못 받는 여러 상황이 있을 수 있다고 이유를 댔지만, 그녀는 몽땅 무시했다.

"자고 있으면 어떻게 해요?"

어리석게도 나는 이렇게 질문했다.

"그럼 일어나 받아요."

그녀는 줄칼로 손톱을 매끄럽게 다듬으며 대답했다.

"아주 격식을 차리는 식사 자리에 있다면요?"

"다른 뉴요커들처럼 행동해요. 식사중에 전화 받아도 돼요."

"산부인과에서 검진을 받고 있을 때는요?"

"의사들이 들여다보는 게 당신 귀가 아니잖아, 안 그래요?"

그래, 알았어. 알았다고.

나는 그놈의 휴대폰을 혐오했지만, 그렇다고 그것을 무시해버리 수는 없었다. 휴대폰은 나와 미란다를 탯줄처럼 연결해주고 있었으나, 그것은 내게 양분을 공급해주지도, 회사 밖 세상으로 뛰쳐나가게 해주지도, 이 질식의 원인에서 벗어나게 해주지도 않았다. 그녀는 끊임없이 전화를 해댔고, 전화기가 울리는 순간 망할놈의 파블로프의 실험처럼 내 몸이 본능적으로 반응했다. 띠리리띠리리. 심장박동수가 올라간다. 띠리리리. 주먹이 저절로 쥐어지고 어깨가 굳는다. 띠리리리리리리리리. 아아, 저 여자는 도대체왜 날 내버려두지 않는 거야. 아, 제발. 제발 내가 살아 있다는 걸 잊어줘. 이마에서 땀방울이 뚝뚝 떨어진다. 이 찬란한 주말에 휴대폰이 연결되어 있지 않았을 거라고는 생각도 못 했다. 무슨 일이 있으면 울리겠지, 라고 생각했었다. 그게 실수의 시작이었다. 나는 전화가 다시 연결될 때까지 18평 남짓한 공간을 맴돌면서 숨을 죽이고 음성 메시지를 확인했다.

릴리와 즐거운 시간 보내라는 엄마의 다정한 메시지. 샌프란시스코에 사는 친구가 이번 주 뉴욕에 출장을 온다며 만나자는 메시지. 형부에게 생일카드 보내는 거 잊지 말라는 언니의 메시지. 그

165

리고 문제의 그 메시지가 있었다. 거의 잊고 있었던(과연 그랬을까?) 두려운 영국식 억양이 내 귓전을 울렸다. "앤-드리-아, 미르-안다야. 파-리는 지금 아침 아홉시인데, 아이들이 아직 책을 못 받았어. 리츠에 전화해서 책이 곧 도착할 거라고 제대로 알려줘. 이상." 딸깍.

분노가 목구멍까지 치밀어올랐다. 여느 때와 마찬가지로 그 메시지에는 상냥한 구석이라곤 요만큼도 없었다. '안녕, 잘 있어' 또는 '고마워' 같은 말들 말이다. 그럴 줄 알았어. 하지만 그보다 중요한 건, 그 메시지가 하루 반 전에 남겨졌고 내가 아직도 전화를 하지 않았다는 사실이다. 해고 사유로 충분했다. 그렇다고 손 쓸 수 있는 방법이 있는 것도 아니었다. 나는 아마추어처럼 내 계획이 아무 차질 없이 완벽하게 이루어질 거라고 생각했다. 운전기사 유리가 책을 가지고 가 공항에 넘겼다는 확인전화를 해주지 않았다는 것도 깨닫지 못했다. 나는 주소록을 뒤져 재빨리 유리에게 전화를 걸었다. 유리의 휴대폰 역시 그와 일 주일 내내, 스물네 시간 언제든 연결될 수 있도록 하기 위해 미란다가 사준 것이다.

"안녕, 유리. 앤드리아예요. 일요일인데 방해해서 죄송해요. 혹시 어제 87번가와 암스테르담 애비뉴 교차로의 집에서 그 책들을 찾아오셨는지 알고 싶어서 전화 드렸어요."

"안녕, 앤디. 목소리를 듣게 돼 반가워요."

그는 듣기만 해도 마음이 편안해지는 걸죽한 러시아 억양으로 말했다. 처음 만난 날 이후 그는 나이 지긋한 살가운 삼촌처럼 나를 앤디라고 불렀다. 그가 그렇게 불러도 B-DAD한테 들을 때와는 달리 난 아무렇지도 않았다.

"물론 당신 말대로 그 책들을 찾아왔지요. 왜, 내가 당신을 돕고 싶어하지 않는다고 생각해요?"

"아니, 아니에요, 유리. 미란다가 메시지를 남겼는데, 아이들이 그 책들을 아직 못 받았대요. 뭐가 잘못된 건지 알아보려고요."

그는 잠시 조용하더니, 어제 오후에 파리로 날아간 전용기 조종사의 이름과 전화번호를 알려주었다.

"고마워요, 정말 고마워요."

나는 번호를 급히 받아적으며 그 조종사가 날 도와주기를 간절히 빌었다.

"빨리 연락해봐야겠어요. 길게 애기 못 해서 죄송해요. 그럼 좋은 주말 보내세요."

"그래요, 당신도 즐거운 주말 보내요. 조종사가 책이 어떻게 됐는지 말해줄 거예요. 잘되기를 빌어요."

그는 밝은 목소리로 말하고는 전화를 끊었다.

릴리는 와플을 만들고 있었다. 돕고 싶었지만, 일단 이 일부터 해결해야 했다. 안 그러면 잘릴 테니까. 아니, 어쩌면 벌써 잘렸을지도 몰랐다. 아무도 나에게 얘기해주지 않은 것일 수도 있으니까. 런웨이는 그럴 가능성이 충분한 곳이었다. 신혼여행중에 해고된 패션 에디터가 있었을 정도였다. 그 에디터는 발리에서 위민스 웨어 데일리 지를 읽다가 자기 일자리가 날아간 걸 알게 되었다. 나는 유리가 알려준 번호로 전화를 걸었다. 자동응답기가 받자 얼마나 낙담을 했던지 곧 죽어버릴 것만 같았다.

"안녕하세요, 조녀선. 런웨이의 앤드리아 삭스라고 합니다. 저는 미란다 프리스틀리의 어시스턴트인데, 어제 비행에 대해 여쭤볼 게 있어서 전화드렸습니다. 지금 당신은 파리에 계시거나 돌아오는 중이겠군요. 그 책들을 파리로 잘 배달하셨는지 알고 싶습니다. 물론 바로 해주셨겠지만요. 제 전화번호는 917-555-8702입니다. 되도록 빨리 전화해주시면 감사하겠습니다. 안녕히 계세요."

나는 리츠의 접수계에 전화해 파리 외곽의 사설 비행장에서 책을 싣고 온 차가 있었는지 아느냐고 물어보려다가, 내 휴대폰은 국제전화가 안 된다는 것을 깨달았다. 이 전화기에서 안 되는 건 그 기능뿐이었다. 물론 지금 필요한 건 바로 그 기능이었고. 그때 와플과 커피가 준비되었다는 릴리의 목소리가 들렸다. 나는 부엌으로 가서 음식을 받아왔다. 그녀는 블러디 메리를 홀짝거리고 있었다. 세상에, 일요일 오전부터 술이라니!

"미란다 문제야?"

그녀가 안됐다는 표정으로 물었다.

나는 고개를 끄덕였다.

"일이 완전 꼬인 것 같아." 나는 고마워하며 접시를 받았다. "이번엔 정말 잘릴지도 몰라."

"불쌍한 것. 또 그 소리구나. 그래도 널 자르진 않을 거야. 아직 사무실에서 직접 만난 적도 없잖니. 아니, 정말 너를 자르지 않아야 할 텐데. 넌 이 세상에서 가장 멋진 직업을 갖고 있잖아!"

나는 기가 막히다는 표정으로 그녀를 쳐다보며 차분해지려고 애썼다.

"사실이잖아. 그녀가 만족할 줄 모르고 약간 사이코 기질이 있는 사람이란 건 알아. 하지만 안 그런 사람이 어디 있니? 넌 지금 구두에, 화장에, 머리에, 옷까지 다 공짜잖아! 날마다 회사에 나간다는 이유만으로 디자이너의 옷을 공짜로 얻는 사람이 어디 있겠어? 앤디, 너는 런웨이에서 일하는 거야, 알겠어? 백만 명쯤 되는 여자들이 네 일을 하고 싶어 죽을 지경일 거라고."

바로 그 순간 난 깨달았다. 구 년 전 릴리를 알게 된 후 처음으로 그애가 날 이해하지 못하고 있다는 것을. 다른 친구들처럼 릴리도 지난 몇 주 동안 돌아버릴 것 같은 내 직장 이야기, 즉 가십거리나 흥미 만점인 얘기 따위를 재미있게 들었다. 그러나 정작 그 하루하루가 얼마나 힘겨운지는 이해하지 못했다. 내가 날마다 거기 나가는 것이 공짜 옷을 얻기 위해서가 아니라는 것도, 이 세상의 모든 옷을 공짜로 준다 해도 견뎌내기 힘든 일이라는 것도 이해하지 못했다. 절친한 친구를 내가 경험하고 있는 진짜 세계로 데려가야 할 시간이었다. 릴리는 분명 나를 이해하게 될 거야. 이제 말해야 해. 그래! 정확히 내가 무슨 일을 겪고 사는지를 누군가와 나눌 때가 온 거야. 나는 동맹군을 갖게 되리라는 희망에 부풀어 막 입을 열려고 했다. 그 순간 휴대폰이 울렸다.

젠장! 나는 전화기를 벽에 던져버리고, 전화 건 인간에게는 지옥에나 가버리라고 퍼부어대고 싶었다. 하지만 내심 어떤 정보라도 알려줄 조너선의 전화이기를 조금이나마 바랐다. 릴리가 웃으면서 서두를 필요 없으니 천천히 하라고 말했다. 나는 서글프게 고개를 끄덕이고 전화를 받았다.

"앤드리아?"

남자 목소리였다.

"네, 조너선이세요?"

"그렇습니다. 집에 전화를 걸었다가 당신 메시지를 들었어요. 지금 파리에서 돌아가는 길입니다. 대서양 어디쯤이지요. 당신이 무척 걱정하고 있는 것 같아서 바로 전화 드리는 겁니다."

"고마워요, 고맙습니다! 정말 감사드려요! 사실 걱정하고 있었거든요. 아침 일찍 미란다의 전화를 받았는데, 아직 책을 받지 못했다고 해서요. 파리의 운전기사에게 분명히 그것을 건네주셨지요?"

"물론입니다. 아시다시피 전 일과 관련해서 질문을 하지 않는

170

사람이라 그게 책이라는 건 지금 알았습니다. 그냥 언제 어디로 가라고 하면 그곳에 가서 바로 누군가를 태워올 뿐입니다. 책 꾸러미만 달랑 싣고 대양을 건너는 일이 자주 있는 건 아니지요. 전 그게 이식용 장기나 기밀서류 같은, 정말 중요한 물건이 틀림없다고 생각했어요. 그래서 조심스럽게 싣고 가 운전기사에게 건네주었습니다. 지시대로 했어요. 리츠에서 나온 운전기사는 괜찮은 친구였습니다. 아무 문제 없었어요."

나는 그에게 고맙다는 인사를 하고 전화를 끊었다. 리츠의 접수계에서는 드골 공항에서 톰린슨 씨의 전용기를 맞아 『해리 포터』를 호텔까지 갖다줄 운전기사를 배치해두었다. 계획대로라면 미란다가 현지 시간으로 아침 일곱시에 그 책을 받았을 텐데, 지금은 벌써 늦은 오후였다. 도대체 어떻게 된 건지 알 수가 없었다. 이제 방법은 하나뿐이다. 접수계에 전화를 해야 한다. 내 휴대폰은 국제전화가 안 되니, 국제전화가 가능한 전화기를 찾아내는 수밖에.

나는 다 식어버린 와플을 부엌으로 가져가 쓰레기통에 버렸다. 릴리는 소파에 누워 졸고 있었다. 나는 그녀에게 그만 가보겠다고 포옹하며 나중에 전화하겠다고 말했다. 그리고 택시를 잡아타고 사무실로 가기 위해 밖으로 나가려 했다.

"오늘 어떻게 되는 거야?"

릴리가 투덜거렸다.

"〈대통령의 연인〉을 빌려놨단 말이야. 아직 가면 안 돼. 주말이 다 간 게 아니잖아!"

"미안해, 릴리. 하지만 지금 당장 이 일부터 해결해야 해. 여기선 할 수 있는 게 없어. 지금 미란다가 아주 짧은 목줄로 내 목을 조이고 있단 말이야. 나중에 전화할게."

사무실에는 물론 아무도 없었다. 틀림없이 모두 은행투자가인 남자친구와 '파스티스'에서 브런치를 먹고 있을 것이다. 나는 어두운 사무실에 앉아 심호흡을 하고 전화를 걸었다. 다행히 리츠의 접수계 직원들 중 내가 좋아하는 무슈 르노와 연결되었다.

"앤드리아, 안녕하세요? 미란다와 쌍둥이들이 이렇게 금방 저희 호텔을 다시 찾아주셔서 참으로 기쁠 따름입니다."

그는 거짓말을 하고 있었다. 에밀리는 미란다가 리츠에 너무 자주 머무는 바람에 호텔 전 직원이 그녀와 딸들의 이름을 알 정도라고 내게 말했었다.

"네, 르노. 미란다도 다시 리츠에 머물게 되어 정말 기뻐하고 있어요."

나도 거짓말로 받아쳤다. 그 불쌍한 접수계 직원이 아무리 친절하게 굴어도 미란다는 그가 하는 일마다 못마땅해했다. 그래도 그는 평판이 두려워 언제나 노력했고, 자기가 그녀를 얼마나 좋아하는지 아느냐고 열심히 거짓말했다.

"당신이 보낸 차가 미란다의 비행기에서 물건을 받아 호텔로 돌아왔는지 알고 싶어요."

"그러십니까? 몇 시간 전의 일이군요. 아마 오늘 아침 여덟시 전에 틀림없이 돌아왔을 겁니다. 우리 운전기사 중 최고를 보냈거든요."

그는 자랑스럽게 말했다. 최고의 운전기사를 보낸 이유가 단지 왕복운동을 하기 위한 거라는 걸 그가 알아야 하는데.

"좀 이상한데요. 물건을 받지 못했다는 미란다의 메시지를 받았거든요. 제가 이쪽 운전기사한테 확인해보니 그걸 공항에 갖다줬다고 하고, 조종사는 그걸 파리까지 싣고 가서 당신이 보낸 운전기사에게 건네주었다고 분명히 말했거든요. 그리고 당신은 그게 호텔에 도착했을 거라고 하니 어떻게 된 일일까요? 어떻게 아직도 그녀가 그걸 받지 못한 거죠?"

"글쎄요, 그분께 직접 여쭤보는 수밖에 없을 것 같군요." 짐짓 밝은 목소리로 그가 말했다. "연결해드릴까요?"

이런 일이 일어나지 않기를, 그녀와 통화하지 않고도 이 문제를 해결할 수 있기를 그토록 바랐건만. 미란다가 아직도 책을 받지 못했다고 우기면 뭐라고 대답해야 하지? 스위트룸 테이블 위를 보라고, 분명히 몇 시간 전에 책이 배달되어 거기 놓여 있을 거라고 말해야 하나? 내가 전용기를 타고 날아가 그날 안으로 그 책 두 권을 직접 대령해줬어야 했나? 다음부터는 책들이 바다를 건너 안전하게 도착하는 것을 확인하기 위해 비밀요원을 딸려보내

173

야 하나? 온갖 생각이 들었다.

"물론이죠, 르노. 도와주셔서 감사합니다."

몇 번 딸깍거리더니 다시 신호음이 들렸다. 긴장해서 땀이 밴 손바닥을 트레이닝 팬츠에 닦았다. 운동복 차림으로 사무실에 앉아 있는 내 모습을 미란다가 보면 어떻게 될까 하는 생각 따윈 하고 싶지 않았다. 차분해지자, 당당하자. 나는 속으로 주문을 걸었다. 제아무리 미란다라도 전화로 날 어떻게 하진 못할 거야.

"네?"

멀리서 무슨 소리인가가 들려왔다. 속으로 간절히 기도하고 있었는데 순간 정신이 번쩍 들었다. 겨우 열 살이지만 엄마의 무뚝뚝한 전화 매너를 빼다박은 캐롤라인이었다. 그래도 캐시디는 전화 받을 때 최소한 "여보세요?"라고 말하는 예의는 있었는데.

"안녕, 아가씨?" 나는 어린 아이에게조차 아부하는 나 자신을 혐오하며 부드럽게 말했다. "사무실에 있는 앤드리아야. 엄마(mom) 거기 계시니?"

"우리 멈(mum) 말이에요?"

그 아이는 내가 미국식 발음을 할 때마다 항상 그랬듯 이번에도 고쳐주었다.

"물론이죠. 바꿔드릴게요."

잠시 후 미란다가 전화를 받았다.

"앤-드리-아? 중요한 일이야? 내가 아이들과 함께 있는 시간을 방해받을 때 어떤 기분인지 알지?"

냉랭하고 짧게 자르는 말투였다. 내가 아이들과 함께 있는 시간을 방해받을 때 어떤 기분인지 알지? 나는 소리를 지르고 싶었다. 이봐, 지금 나 놀려? 내가 괜히 전화한 줄 알아? 그 끔찍한 목소리를 못 듣고 주말이 가버리는 게 안타까워서? 그럼 내가 친구들과 보내는 시간은 뭐야? 분노로 가슴이 터질 것 같았지만, 숨을 가라앉히고 본론으로 들어갔다.

"편집장님, 전화 받기 좋은 시간이 아니라면 죄송합니다. 하지만 『해리 포터』 두 권을 받으셨는지 확인하려고 전화드렸습니다. 아직 못 받으셨다는 메시지를 남기셔서요. 제가 모두와 통화를 했는데……"

그녀는 내 말허리를 싹둑 자르며 천천히, 하지만 또렷하게 말했다.

"앤-드리-아, 좀 제대로 들어야겠군. 나는 그렇게 말한 적 없어. 오늘 아침 일찍 그 물건을 받았어. 아, 한 가지 덧붙이지. 중요하지도 않은 물건이 너무 일찍 도착하는 바람에 오히려 꼭두새벽부터 잠을 설쳤어."

지금 내가 듣고 있는 소리가 믿겨지지 않았다. 그녀가 메시지를 남긴 게 꿈이었던가? 이렇게 일찍 치매가 올 리는 없잖아?

"내가 말한 건, 내 요구대로 책이 두 권 오지 않았다는 거야. 상자 안에는 한 권밖에 없었어. 당신이 아이들을 얼마나 실망시켰는지 알겠지? 아이들은 각자 한 권씩 갖고 싶어했으니까. 자, 내가 요구한 대로 되지 않은 이유를 설명해봐."

이럴 수는 없었다. 정말 이럴 수는 없었다. 지금 꿈을 꾸고 있는 게 분명했다. 내가 이성과 논리는 통하지 않는 괴상한 외계에 와 있는 걸까? 지금 벌어지고 있는 이 불합리한 상황에 대해 생각조차 하기 싫었다.

"편집장님, 편집장님이 책을 두 권 요청하신 걸 분명히 기억하는데요. 그에 따라 두 권을 주문했고요." 나는 그녀의 잘못을 캐고 앉아 있는 나 자신을 증오하며 더듬더듬 말을 이었다. "저는 스칼라스틱에서 일하는 직원에게 부탁했고, 그 직원은 편집장님이 두 권을 필요로 한다는 걸 이해했다고 확실히 말씀드릴 수 있습니다. 그래서 저는 미처……"

"앤-드리-아, 내가 변명하는 사람을 어떻게 생각하는지 알지? 지금 당신 말은 별로 듣고 싶지 않아. 다시는 이런 일 없도록 해. 알았어? 이상."

그녀는 전화를 툭 끊었다.

나는 뚜뚜뚜 소리를 들으며 오 분 정도 망연자실 서 있었다. 머릿속에 오만 가지 생각이 떠올랐다. 죽여버릴까? 나는 체포될 가능성도 고려하면서 생각했다. 당연히 내가 범인으로 지목당할까? 그건 아닐 거야. 최소한 런웨이에 있는 모든 사람이 동기를 갖고 있으니까. 나는 정말로 미란다가 천천히, 오래도록 고통받으며 죽는 걸 보고 싶은 걸까? 그건 확실한 것 같았다. 그렇다면 그 가증스런 인간을 가장 만족스럽게 없애는 방법은 무엇일까?

나는 천천히 수화기를 내려놓았다. 내가 메시지를 정말 잘못 들은 걸까? 휴대폰으로 메시지를 다시 확인했다. "앤-드리-아, 미르-안다야. 파-리는 지금 아침 아홉시인데, 아이들이 아직 책을 못 받았어. 리츠에 전화해서 책들이 곧 도착할 거라고 제대로 알려줘. 이상." 잘못된 건 하나도 없었다. 미란다가 두 권이 아닌 한 권만 받았을 수도 있다. 하지만 그녀는 내가 해고당할 만큼 큰 실수를 저질렀다는 교묘한 뉘앙스를 담아 얘기했다. 또 자기가 아침 아홉시에 전화하면 몇 달 만에 가장 완벽한 주말을 보내고 있는 나는 새벽 세시에 받게 된다는 사실 따위는 아랑곳하지도 않았다. 그녀는 나를 좀더 열받게 하려고, 좀더 세게 압박하려고 전화를 한 것이다. 내가 자기를 훨씬 더 증오하게끔 하기 위해.

07

릴리의 새해 파티는 차분하면서도 즐거웠다. 릴리의 집에서 대학 친구들과 그애들이 끌고 온 사람들이 어우러져 종이컵에 샴페인을 따라 진탕 마셨다. 나는 새해 휴일을 그다지 좋아하지 않았다. 자기는 일 년 삼백육십사 일을 놀면서 명절을 '아마추어 나이트'라고 처음 말한 사람이 누군지 모르겠지만 (플레이보이 지의 창간자인 휴 헤프너였던가), 내 생각도 그렇다. 억지로 술을 마시고 즐거운 척해봤자 좋을 게 없다. 그래서 릴리는 서둘러 작은 파티를 열었고, 우리는 클럽에서 열리는 150달러짜리 파티 티켓을 사거나 타임스 광장에서 얼어죽어보자는 우스꽝스런 생각을 할 필요가 없었다. 다들 너무 독하지 않은 술 한 병 정도는 들고 오는 센스를 보였고, 릴리는 뿔피리와 반짝이는 왕관을 나눠주었다.

모두 거하게 마시고는 흐뭇해져서, 할렘이 내려다보이는 릴리네 아파트 옥상에서 새해맞이 건배를 했다. 다들 너무 마셔서 해롱거렸다. 특히 릴리는 모두 헤어질 무렵엔 완전히 인사불성이 되었다. 나는 두 번이나 구토한 릴리를 홀로 남겨두고 가기가 불안해, 알렉스와 함께 릴리의 옷가방을 챙겨 택시에 태웠다. 그날 밤 우리 셋은 내 방에서 보냈다. 릴리는 거실의 매트리스에 재웠다. 다음날에는 밖에 나가 거한 브런치를 먹었다.

새해맞이 행사들이 다 끝나자 마음은 기쁨으로 차올랐다. 삶에 기어를 넣고 새로운 일을 시작할 때였다. 벌써 십 년쯤 회사에 다닌 기분이었지만 난 아직 신참이었다. 미란다가 돌아와서 함께 일하게 되면 모든 게 나아질 거라는 희망이 가슴 가득했다. 전화로는 누구나 냉혹한 괴물이 될 수 있다. 특히 휴가를 보내느라 일터에서 그토록 멀리 떨어져 있는 경우라면. 나는 첫달에 겪은 불행은 곧 새로운 상황에 자리를 양보할 거라고 확신했고, 앞으로 그 상황이 어떻게 펼쳐질지 기대에 부풀었다.

쌀쌀하고 흐린 1월 3일, 오전 열시가 조금 지난 시각이었다. 일터에 있다는 게 행복했다. 정말 행복했다! 에밀리는 LA에서 열린 새해 파티에서 만난 남자 얘기를 하느라 신이 나 있었다. 그는 '정말 끝내주는 유망 뮤지션'인데, 몇 주 후에 자기를 만나러 뉴욕에 오겠다고 약속했다는 것이다. 나는 복도 건너편에서 일하는 뷰티 팀 에디터 제임스와 수다를 떨고 있었다. 바사 대학을 졸업한 남자로, 꽤 괜찮은 사람이었다. 그가 선택한 대학이나 패션잡지의 뷰티 에디터라는 직업에도 불구하고, 그의 부모님은 아직도 아들이 남자들과 자는 걸 모르고 있었다.

"같이 가자니까. 정말 재미있을 거예요. 내가 아주 괜찮은 애들을 소개해줄게요, 앤디. 아주 멋진 애들이 올 거란 말예요. 게다가 마샬이 주최하는 파티라니까? 정말 굉장할 거야."

이메일을 확인하고 있는 동안에도 제임스는 내 책상에 기대 계속 떠들어댔다. 에밀리는 자기 자리에서 그 긴 머리 가수와 만날 일에 대해 행복한 표정으로 시시콜콜 조잘거렸다.

"나도 정말 가고 싶어요. 그런데 크리스마스 전부터 남자친구랑 오늘 만나기로 약속을 해뒀어요. 몇 주 전부터 아주 멋진 저녁 식사를 할 계획이었는데 매번 마지막 순간에 내가 취소했거든요."

"그럼 나중에 만나면 되겠네! 문명세계에서 가장 뛰어난 염색 전문가를 만나는 날이 날마다 오는 게 아니라구요. 게다가 유명 인사들도 엄청 올 거예요. 모두들 무척 화려한 옷을 입고 오겠죠? 이번 주에 열리는 모든 파티 중에서 가장 매력적인 파티가 될 거예요. 아, 게다가 '해리슨 앤 슈리프트맨'*에서 준비하는 파티라구요. 빨리 말해요, 가겠다고."

그가 강아지 같은 눈빛으로 호들갑을 떨며 나를 바라보았다.

---

* 패션, 연예 분야의 파티 및 행사 대행 회사.

난 웃음이 터져나왔다.

"제임스, 나도 정말정말 가고 싶어요. '플라자'엔 한 번도 가본 적이 없으니까요! 그렇지만 이번 약속을 깰 수는 없어요. 알렉스가 집 근처 조그만 이탈리아 레스토랑에 예약을 해놓았단 말이에요."

약속을 취소할 수도 없었고, 그러고 싶지도 않았다. 알렉스와 단둘이서 밤을 보내며 그가 새로 맡은 방과 후 활동 얘기를 듣고 싶었다. 물론 약속과 파티 날짜가 겹쳐서 안타까운 건 사실이었다. 지난주 신문에서 이 파티에 관한 기사를 읽었다. 맨해튼에 사는 모든 사람들은 일류 염색전문가인 마샬 매든이 해마다 새해 연휴에 뒤이어 여는 이 파티를 열광적으로 기다리는 것 같았다. 기사에 따르면, 마샬이 새 책『나를 염색해줘요, 마샬』을 낸 지 얼마 안 되었으므로 이번 파티는 더욱 성대한 파티가 될 것이었다. 하지만 스타의 파티에 가기 위해 남자친구와의 약속을 취소하고 싶지는 않았다.

"알았어요. 대신 나중에 딴소리 하지 말아요. 내일 '페이지 식스'*에 내가 머라이어 캐리나 제이로**와 같이 나온 걸 보고 징징대기 없기예요."

그는 장난스럽게 화난 표정을 짓고는 휙 가버렸다. 사실 그는 내내 흥분상태라서 반쯤은 농담이었을 것이다.

---

* 뉴욕 포스트 지의 연예 섹션.
** 가수 겸 영화배우인 제니퍼 로페즈.

새해 첫 주인 이번주는 슬렁슬렁 지나갔다. 우리는 여전히 도착한 선물들을 풀어보고 리스트를 작성하는 중이었다. 오늘 아침에 스와로브스키 비즈가 박힌 스틸레토 힐을 풀었을 때는 헉 소리가 절로 났다. 하지만 이제는 더 보내야 할 것도 없었고, 전화도 조용했다. 미란다는 이번 주말에 파리에서 돌아와 다음주 월요일에나 출근할 예정이었다. 에밀리는 이제 내가 미란다를 잘 견뎌낼 수 있을 거라고 확신했고, 나도 잘할 자신이 있었다. 모든 것을 예행연습 해본데다, 거의 모든 것을 노트 한 권 분량으로 빽빽하게 적어두었으니까. 다 머릿속에 남아 있기를 기대하며 나는 노트를 훑어보았다.

커피: 무조건 스타벅스. 라테 톨 사이즈, 설탕 두 조각, 냅킨 두 장, 젓는 스틱 한 개.

아침식사: '만지아'에서 배달시킴. 555-3948. 소프트 치즈 데니시, 베이컨 네 조각, 소시지 두 개.

신문: 로비 신문 판매대. 뉴욕 타임스, 뉴욕 데일리 뉴스, 뉴욕 포스트, 파이낸셜 타임스, 워싱턴 포스트, USA 투데이, 월 스트리트 저널, 위민스 웨어 데일리. 뉴욕 옵저버는 수요일마다.

주간지, 월요일 가능: 타임, 뉴스위크, US 뉴스, 뉴요커(!), 타임아웃 뉴욕, 뉴욕, 이코노미스트.

그 목록에는 그녀가 가장 좋아하는 꽃, 가장 싫어하는 꽃, 의사들의 이름, 주소, 집 전화번호, 가정부, 좋아하는 스낵, 좋아하는 생수 상표, 속옷부터 스키 부츠에 이르기까지 옷에 관련된 모든 것의 치수가 다 적혀 있었다. 나는 그녀가 언제나 기꺼이 대화하고 싶어하는 사람들과 절대로 대화하고 싶어하지 않는 사람들의 목록을 따로 만들어놓았다. 그리고 에밀리가 나와 함께 있는 동안 말해준 것을 하나도 빠뜨리지 않고 적고 또 적었다. 모든 게 끝나자, 미란다 프리스틀리에 관해 내가 모르는 건 하나도 없는 것 같았다. 취향의 호불호를 노트 가득 채워넣을 정도로 그녀가 대단한 사람인가 하는 점만 빼고는. 내가 왜 이렇게까지 해야 하지?

"그렇다니까. 그 남자 정말 끝내줘." 에밀리는 집게손가락으로 전화선을 꼬아대며 한숨을 폭 쉬었다. "이렇게 낭만적인 주말은 보낸 적이 없었던 것 같아."

딩동! 알렉산더 파인맨으로부터 새 메일이 도착했습니다. 클릭하세요. 와우! 엘리아스 클라크는 회사 전체에 인스턴트 메신저를 차단해놓았다. 그런데 이상하게도 내 컴퓨터에는 새 메일이 오면 알림표시가 떴다.

안녕, 꼬맹이. 어떻게 지내? 난 늘 정신이 하나도 없어. 제레미아가 집에서 커터 칼을 가져와서 여자애들을 위협했다는 얘기 전에 했지? 근데 그게 진지하게 한 말이었나봐. 오늘 학교에 또 칼을 가져와서 쉬는 시간에 어떤 여자애 팔을 긋고는 '나쁜 년'이라고 욕을 했거든. 다행히 상처가 깊진 않아. 휴식 시간 지도 교사가 대체 어떻게 그런 생각을 했냐고 물어봤더니, 엄마 남자친구가 엄마한테 그러는 걸 봤다는 거야. 앤디, 개는 겨우 여섯 살짜리야. 말이 되니? 교장이 오늘 밤 긴급 교사회의를 소집했어. 그래서 오늘 저녁 약속을 취소해야 할 것 같아. 정말 미안! 그렇지만 학교에서 내가 바랐던 것 이상으로 이 일에 반응을 보여서 아주 기뻐. 네가 이해해줬으면 좋겠어. 화내지 마, 알았지? 나중에 전화할게. 그리고 다음에 꼭 잘할게. 사랑해. A.

화내지 마, 알았지? 네가 이해해줬으면 좋겠어. 자기 반 아이가 다른 애를 칼로 그어서 할 수 없이 저녁 약속을 취소했으니 이해해달라고 그가 말하고 있다. 나는 리무진을 타고 돌아다니는 일이, 선물을 포장하는 일이 너무 힘들어 출근 첫주에 그와 만날 약속을 취소했는데. 나는 울고 싶었다. 그리고 그에게 전화해서 당연히 괜찮다고, 그런 일을 하고 그런 아이들을 돌보는 그가 자랑스럽다고 말하고 싶었다. '답장'을 클릭하고 막 몇 자 쓰려는데, 내 이름을 부르는 소리가 들렸다.

"앤드리아! 그녀가 오고 있대. 십 분 후면 여기 도착한대."

에밀리가 큰 소리로 알려주었다. 침착하려고 애쓰는 게 눈에 보였다.

"네? 그게 무슨 말이에요?"

"미란다가 지금 사무실로 오고 있다니까? 빨리 준비해야 해."

"사무실로 오다니요? 아직 미국에 돌아오지도 않았잖아요. 토요일이나 돼야……"

"마음이 바뀌었나보지. 자, 빨리! 아래층에 내려가서 신문을 가져와서 내가 말한 대로 펼쳐봐. 그 다음에는 책상을 닦고 왼쪽에 펠레그리노* 한 잔을 따라봐. 얼음이랑 라임 넣고. 그리고 화장실에 필요한 거 다 준비되었는지 확인해. 서둘러! 벌써 차에 탔다니까 십 분도 안 돼서 도착할 거야. 도로 사정에 따라 다르긴 하겠지만."

사무실에서 허둥지둥 나오는데, 에밀리가 내선번호 네 자리를 누르고 외치는 소리가 들렸다.

"지금 온대. 모두에게 알려줘."

삼 초 만에 복도를 돌아 패션팀을 통과하고 있는데, 벌써 여기저기서 공포에 찬 목소리들이 들려왔다. "에밀리가 전화했어. 그녀가 오고 있대" "미란다가 오고 있어!"라고 외치는 소리, 마치 피가 얼어붙는 듯 "그녀가 오고 있어어어어!" 하고 외치는 소리가 들려왔다. 어시스턴트들은 복도를 따라 줄지어 걸려 있는 옷들을 허둥지둥 정리했고, 에디터들은 각자의 자리로 달음박질쳤다. 굽

---

*기능성 미네랄 워터 상표명.

낮은 신발을 10센티미터짜리 스틸레토 힐로 갈아신는 에디터도 있고 립스틱과 마스카라를 바르고 브래지어 끈을 늘어지지 않게 조이는 사람도 보였다. 내가 남자 화장실 앞을 지날 때 마침 사장이 문을 열고 나서는 바람에 화장실 안을 들여다보게 되었다. 제임스가 검정 캐시미어 스웨터에 보푸라기가 있는지 확인하느라 거울 앞에 서서 부들부들 떨면서 알토이드*를 입에 털어넣는 것을 목격했다. 이런 사태를 대비해 남자 화장실에 확성기를 달지 않은 한, 그가 어떻게 이 소식을 들었는지 나는 도무지 알 수가 없었다.

지금 벌어지고 있는 광경을 구경하고 싶어 죽을 지경이었지만, 미란다의 어시스턴트로서 그녀와의 첫 대면을 준비할 시간이 십분도 남지 않은 상황에서 이 만남을 망치고 싶지 않았다. 우왕좌왕하는 것처럼 보이고 싶지는 않았지만, 모두들 평소의 우아함을 완전히 내팽개쳐버리고 있는 이 사태를 지켜보다가 나도 뛰기 시작했다.

"앤드리아! 미란다가 오고 있다는 거 알죠?"

내가 안내 데스크를 지날 때 소피가 외쳤다.

"네, 알아요. 당신은 어떻게 알았어요?"

"나야 다 알죠. 얼른 서둘러요. 꼭 기억해둬요. 미란다 프리스

---

* 영국산 사탕. 소화불량 등의 증상에 효과가 있다고 한다.

틀리는 기다리는 걸 좋아하지 않는다는 걸."

나는 엘리베이터 안으로 뛰어들어가며 고맙다고 외쳤다.

"삼 분 후에 신문 갖고 나타날게요."

엘리베이터 안에 있던 여자 두 명이 경멸 어린 표정으로 쳐다보는 걸 보고나서야 난 내가 소리지르고 있음을 깨달았다.

"죄송합니다." 나는 숨을 고르며 말했다. "저희 편집장님이 사무실로 오고 있다는 소식을 방금 들었거든요. 다들 아직 준비가 안 돼서 소란스러운 거예요."

내가 왜 이 사람들한테 설명을 하고 있지?

"어머나, 당신 미란다를 위해 일하는군요! 미란다의 새 어시스턴트 앤드리아, 맞죠?"

다리가 늘씬한 구릿빛 피부의 여자가 순간적으로 빽빽한 치아를 드러내 보이며 피라니아*처럼 앞으로 나섰다. 그녀의 친구도 표정이 환하게 밝아졌다.

"아, 네, 앤드리아예요." 나는 그게 내 이름인지 긴가민가하는 것처럼 되풀이했다. "맞아요, 제가 미란다의 새 어시스턴트예요."

그 순간 로비에 도착한 엘리베이터의 문이 새하얀 대리석을 향해 열렸다. 문이 다 열리기도 전에 나는 그 여자들을 제치고 쏜살같이 뛰어나갔다. 여자 하나가 외치는 소리가 들렸다.

---

* 이빨이 날카로운 남미산 민물고기.

"앤드리아, 정말 운이 좋군요. 미란다는 정말 끝내주는 여자예요. 당신 일을 하고 싶어하는 여자들이 아마 백만 명쯤 될 거예요!"

나는 비참하기 짝이 없는 표정의 변호사들과 부딪치지 않으려고 조심하며 로비 구석에 있는 신문 판매대까지 단숨에 날아갔다. 번쩍번쩍한 상표를 뽐내는 상품들이 보기 좋게 진열된, 무설탕 사탕과 다이어트 음료들이 드문드문 놓인 판매대에 아흐메드라는 작은 쿠웨이트 남자가 앉아 있었다. 에밀리는 나를 교육시키면서 크리스마스 전에 아흐메드를 소개시켜주었다. 지금 그가 나를 도울 수 있는 사람이기를 간절히 바랄 뿐이었다.

"잠깐만!"

내가 금전등록기 옆의 진열대에서 신문들을 꺼내기 시작하자 그가 외쳤다.

"당신 미란다의 새 어시스턴트 맞지요? 이리 와요."

나는 몸을 돌려 아흐메드가 등록기 밑으로 몸을 숙여 뭔가 찾는 것을 바라보았다. 몸을 쭉 뻗은 탓에 그의 얼굴이 약간 붉어졌다.

"아하!"

그는 두 다리가 부러진 노인처럼 느릿느릿 일어나며 또 외쳤다.

"여기 있어요. 애써 진열해놓은 걸 뒤죽박죽으로 만들까봐 날마다 이걸 따로 준비해놔요. 떨어지기 전에 미리 준비해놓으려는 마음도 있지만."

이 말을 하며 그는 윙크를 했다.

"아흐메드, 고마워요. 어떻게 감사를 드려야 할지 모르겠어요. 잡지도 지금 가져가야 하는 건가요?"

"물론이죠. 오늘이 벌써 수요일인데 잡지들은 월요일에 나오잖아요. 당신 보스는 아마 그게 마음에 들지 않을 걸요."

그는 다 알고 있다는 듯이 말하며 등록기 밑으로 몸을 숙여 잡지를 한아름 꺼냈다. 얼른 살펴보니 딱 내가 가져가야 할 그 잡지들이었다.

ID카드, ID카드, 도대체 그놈의 ID카드는 어디 있지? 나는 풀 먹인 흰 셔츠 속으로 손을 뻗어 하얀 에르메스 스카프를 끈 삼아 묶어놓은 카드를 찾아냈다. 에밀리가 나를 맵시 있게 만들어준다며 매준 스카프였다. 에밀리는 이렇게 말했다.

"그녀가 있을 땐 그 카드를 절대 목에 걸면 안 돼요. 모르고 계속 달고 다닐까봐 이렇게 해주는 거예요. 최소한 플라스틱 끈은 아니니까 미란다가 크게 화내진 않겠죠."

그녀는 '플라스틱 끈'이란 두 마디를 내뱉듯이 말했다.

"여기 있어요, 아흐메드. 도와줘서 정말 고마워요. 저 빨리 가봐야 해요. 지금 미란다가 오고 있거든요."

그는 내 카드를 판독기에 댄 다음, 스카프로 만든 끈을 레이*처럼 내 목에 걸어주었다.

---

* 하와이 제도에서 목이나 머리에 장식하는, 꽃이나 나뭇잎으로 만든 화환.

"자, 빨리 가요! 뛰어요!"

나는 터질 듯한 비닐백을 안고 냅다 뛰기 시작했다. 출입 검사대 앞에서 카드를 찍고 엘리베이터들이 늘어선 곳으로 들어가려 했지만 실패했다. 다시 한번 카드를 댄 다음 회전 바를 밀었다. 또 실패였다.

"어떤 남자들은 키스하고 어떤 남자들은 껴안지, 괜찮아."

경비 데스크 앞에 앉아 있는 뚱뚱한 에두아르도가 땀을 뻘뻘 흘리며 소리 높이 노래하기 시작했다. 젠장. 우리가 뭔가 짠 사이라는 듯 웃고 있는 그의 얼굴을 굳이 보지 않아도, 같이 노래 부르고 싶어한다는 걸 알 수 있었다. 지난 몇 주간 하루도 빠짐없이 그랬던 것처럼. 하나같이 짜증나는 곡조인 그의 애창곡 레퍼토리는 끝이 없는 것 같았다. 그는 내가 함께 노래를 부르지 않으면 회전 바를 통과시켜 주지 않으려 했다. 지난번 노래는 〈난 너무 섹시해 I'm too sexy〉였다. 그가 "난 밀라노엔 너무 섹시해. 밀라노, 뉴욕, 일본엔 너무 섹시해"라고 노래할 때, 나는 로비에 있는 가상의 통로를 걸어내려오는 연기를 해야 했다. 기분만 괜찮다면 그것도 재미있을 것이다. 때로는 그 덕분에 나도 웃으니까. 하지만 오늘은 미란다와 처음 만나는 날이다. 모든 것을 제시간 안에 처리해야 하기 때문에 노래를 따라부를 시간이 없었다. 모두들 내 옆에 있는 회전 바를 통과해 경비 데스크를 우아하게 지나갔다. 날 이렇게 붙잡아놓다니, 한 방 먹이고 싶었다.

"그들이 날 믿지 않으면, 난 그냥 나가버릴래."

나는 마돈나처럼 가사를 쭉쭉 늘이며 웅얼웅얼 노래를 불렀다. 그가 눈썹을 치켜올렸다.

"열정은 다 어디로 갔나, 아가씨?"

한 번만 더 그의 목소리를 들으면 정말로 폭력을 쓰게 될 것 같았다. 나는 데스크에 신문 잡지가 든 백을 내려놓고, 양팔을 번쩍 추켜올렸다. 그러고는 엉덩이는 왼쪽으로 내밀고 입술을 연극적으로 오므렸다.

"돈만 아는! 돈만 아는! 돈만 아는…… 세상!"

난 거의 비명을 질러대다시피 했다. 그는 낄낄거리며 박수를 치더니 휘파람을 불어대며 나를 통과시켜주었다.

기억해둬야 할 사항: 나를 바보로 만들기에 적당한 시간과 장소에 대해 에두아르도와 이야기를 나눠볼 것.

나는 엘리베이터 안으로 뛰어들었다. 친절하게도 소피는 내가 말도 안 했는데 복도 쪽 문을 열어주었다. 소피 앞을 지나 작은 주방에 멈춰 섰다. 전자레인지 위의 특별수납장 속에 미란다 전용으로 마련한 바카라* 와인잔을 꺼내 얼음 몇 조각을 넣는 것도 잊지 않았다. 나는 코너를 돌다가 '매니큐어 걸'이라는 별명을 가진 제시카와 부딪쳤다. 그녀의 표정엔 짜증과 공포가 함께 어려 있

---

* 프랑스 산 고급 테이블 웨어 상표명.

었다.

"앤드리아, 미란다가 오고 있다는 거 알아요?"

그녀는 나를 위아래로 훑어보며 말했다.

"당연하죠. 지금 막 신문을 챙겨오고 마실 것을 가져가는 중이어요. 이제 사무실에 갖다놔야 해요. 그럼……"

"앤드리아!"

뛰어가는데 그녀가 불렀다. 얼음 조각이 잔에서 튀어나와 디자인팀 바닥에 떨어졌다.

"신발 갈아신는 거 잊지 말아요!"

나는 뛰어가다가 순간 멈칫하고 아래쪽을 내려다보았다. 나는 펑키 스타일의 스니커즈를 신고 있었다. 실용성은 하나도 없고 오직 멋있어 보이기만 하는 신발이었다! 미란다가 없을 때는 누가 따로 말하지 않아도 옷에 대한 규칙이 느슨했다. 하나같이 멋있게 생긴 회사 사람들은 미란다 앞에서라면 절대 입지 않을 것들을 걸쳤다. 내 짙은 빨간색 메시 스니커즈가 대표적인 예였다.

나는 땀으로 범벅이 되어 사무실로 돌아왔다.

"신문은 다 가져왔고, 혹시 몰라서 잡지도 다 사왔어요. 한 가지 문제는…… 제가 이걸 신고 있으면 안 된다는 거죠?"

에밀리는 귀에서 헤드셋을 벗더니 책상 위에 휙 던졌다.

"당연히 그런 걸 신고 있으면 안 돼."

그녀는 전화기를 들어 내선번호 네 개를 누르더니 말했다.

"제피, 지미 구두를 갖다줘. 사이즈는······"

그녀는 나를 쳐다봤다.

"9.5요."

나는 벽장에서 작은 펠레그리노 병을 꺼내 잔에 따랐다.

"9.5! 아니, 지금. 아니야, 제피. 심각해. 빨리. 앤드리아가 스니커즈를 신고 있단 말이야. 그것도 빨간색을. 곧 그녀가 들이닥칠 거야. 그래, 고마워."

그제야 나는 내가 아래층까지 갔다 온 단 사 분 동안 에밀리가 물 빠진 청바지를 가죽바지로 바꿔입고, 펑키 스니커즈를 토오픈 스틸레토 힐로 갈아신고, 사무실도 깨끗하게 정리해놓았음을 깨달았다. 책상 위의 물건들은 서랍 속으로 쓸어담고, 미란다의 아파트에 갖다놓지 않은 선물들은 몽땅 벽장 안에 쑤셔넣어버렸다. 립글로스와 볼터치도 벌써 같은 톤으로 바른 뒤였다. 그녀는 내게 빨리 서두르라고 손짓했다.

나는 미란다 사무실로 들어가 신문이 든 비닐백을 뒤집어 라이트박스 위에 쏟았다. 에밀리는 미란다가 그 라이트박스 앞에 몇 시간 내내 서서 촬영해 온 필름을 들여다본다고 했다. 라이트박스는 신문을 보는 장소로도 쓰였다. 신문을 제대로 늘어놓기 위해 나는 노트를 참고했다. 제일 먼저 뉴욕 타임스, 그 다음에 월스트리트 저널, 그리고 워싱턴 포스트. 순서는 내가 아직 파악하지 못한 패턴으로 이어졌고, 신문 위에 다른 신문을 살짝 겹쳐서

부채꼴 형태를 만들어야 했다. 위민스 웨어 데일리만 예외였다. 그 신문은 책상 한가운데에 놓아야 했다.

"온다! 앤드리아, 이리 나와. 올라온다니까!" 밖에서 에밀리가 나직하게 외쳤다. "유리가 전화했어. 방금 그녀가 차에서 내렸대."

나는 위민스 웨어 데일리를 책상 위에 놓고, 펠레그리노를 리넨 냅킨 위에 얹어 구석에 놓았다. 어느 쪽이더라? 생각이 나지 않았다. 모든 게 제대로 되어 있는지 살펴본 뒤 쏜살같이 그 방을 빠져나왔다. 패션팀 어시스턴트인 제피가 고무줄로 묶은 구두상자를 휙 던져주고 재빨리 튀어나갔다. 열어보니 지미 추 힐이 들어 있었다. 낙타털로 만든 끈이 사방으로 늘어지고 가운데에는 버클이 달린 구두였다. 8백 달러는 되어 보였다. 이런, 지금 이걸 신어야 하다니. 나는 스니커즈와 땀이 밴 양말을 벗어 책상 밑으로 던져버렸다. 오른쪽 구두는 비교적 신기 쉬웠지만, 왼쪽의 버클은 내 굵은 손가락으론 열기가 힘들었다. 됐다! 버클을 열고 왼발을 구겨넣자 끈이 제대로 물렸다. 곧바로 버클을 닫고 똑바로 몸을 일으키는 순간 미란다가 들어왔다.

헉! 나는 몸을 일으키는 도중 완전히 얼어버렸다. 지금 내 모습이 얼마나 웃길지 알고도 남았지만, 몸이 따라주지 않았다. 그녀는 예전처럼 에밀리가 앉아 있는 줄 알고 내 책상쪽을 봤다. 그녀는 곧바로 나를 알아보고는 내 쪽으로 걸어와 책상에 붙어 있는 카운터에 기대 서서 나를 훑어보았다. 나는 손끝 하나 까딱 못 하고 의자에 얼어붙은 채 앉아 있었다. 그녀의 밝은 파란색 눈이 위아래로, 양옆으로 왔다갔다하면서 내 흰 셔츠와 빨간색 갭 코르덴 치마와 버클이 채워진 낙타털 지미 추 샌들을 훑어보았다. 그녀의 얼굴은 내게서 불과 3센티미터 떨어져 있었다. 그녀에게서는 살롱 샴푸와 최고급 향수의 기막힌 향기가 났고, 웬만한 거리에서는 보이지 않는 입과 목의 미세한 주름까지 보였다. 그러나 그녀의 얼굴을 오래 쳐다볼 수는 없었다. 그녀가 나를 열심히 관찰하고 있었기 때문이다. 그녀가 다음 세 가지 중 하나라도 알고 있긴 한 건지 도무지 파악이 되지 않았다. a)우리는 사실 딱 한 번본 적이 있다. b)나는 그녀가 새로 채용한 사람이다. c)나는 에밀리가 아니다.

"안녕하세요, 미즈 프리스틀리."

나는 갑자기 끽끽거리며 말했다. 그녀가 아직 한마디도 하지 않았다는 것을 알고 있었지만, 그 긴장을 견딜 수가 없었다. 그렇다면 앞으로 질주할 수밖에.

"당신을 위해 일하게 되어 매우 기쁩니다. 기회를 주셔서 정말 감사드리고⋯⋯"

입 닥쳐. 그 바보 같은 입 닥치라니까! 자존심도 없니?

그녀는 가버렸다. 내가 더듬더듬 말하고 있는데, 카운터를 다시 뒤로 밀고 가버린 것이다. 볼 건 다 봤다는 뜻이었다. 열이 확뻗쳤다. 당황과 고통과 수치심이 범벅되어 얼굴이 달아올랐다.

에밀리가 나를 쏘아보는 게 느껴졌다. 나는 달아오른 얼굴을 위로 들고 에밀리가 진짜로 나를 쏘아보고 있는지 확인했다.

"알림판은 업데이트가 되었겠지?"

미란다가 사무실로 들어가며 물었다. 그녀는 곧장 신문을 올려둔 라이트박스로 갔다. 그걸 보며 난 행복해졌다.

"네, 편집장님. 여기 있습니다."

에밀리는 고분고분하게 말하고, 미란다 앞으로 메시지가 들어올 때마다 업데이트 해 출력해놓은 알림판을 건네주었다.

나는 조용히 앉아 미란다의 사무실 벽에 걸린 액자 유리를 통해 그녀가 사무실을 의도적으로 한 바퀴 도는 모습을 지켜보았다. 에밀리는 재빨리 자리로 돌아왔다. 침묵이 사무실을 지배하고 있었다. 미란다가 사무실에 있을 땐 한 마디도 하면 안 되는 건가? 누구에게도? 궁금했다. 에밀리에게 긴급 이메일로 물어보았다. 에밀리가 바로 읽는 게 보였다. 답장은 즉각 왔다. 그래. 꼭 말해야 할 게 있으면 속삭여. 그 외엔 말하면 안 돼. 그녀가 먼저 말하지 않는 한 절대로 말 걸지 마. 그리고 절대로 미즈 프리스틀리라고 부르지 마. 그냥 편집장님이라고 해. 알았지? 한 대 얻어맞은 것 같았다. 나는 에밀리를 향해 고개를 끄덕였다. 그 순간 코트가 내 눈에 띄었다. 엄청나게 크고 멋진 모피코트가 아무렇게나 던져져 있었다. 한쪽 소매가 책상 끝으로 늘어져 있는 게 보였다. 나는 에밀리를 처다봤다. 그녀는 눈을 굴리더니 옷장 쪽을 향해 손짓하며 입을 뻥긋거리며 '걸어놔!' 라고 했다. 코트는 금방 세탁기에서 꺼낸 푹 젖은 오리털 이불만큼이나 무거웠다. 바닥에 끌리지 않게 하려면 양손으로 들어야 했다. 나는 코트를 실크 옷걸이에 잘 걸어놓고 조심스럽게 문을 닫았다.

내가 미처 자리로 돌아오지도 못했을 때, 미란다가 내 옆에 나타났다. 이번에는 내 온몸을 눈으로 마음껏 훑었다. 그럴 리는 없지만, 그녀의 눈길이 닿는 곳마다 불이 확확 붙는 것 같았다. 난 완전히 굳어서 자리로 돌아갈 수도 없었다. 머리카락에 불이 붙으려는 순간, 그 냉혹한 파란 눈이 마침내 내 눈과 마주쳤다.

"내 코트 줘."

그녀는 나를 똑바로 보며 나직하게 말했다. 나는 이 여자가 내가 누군지 궁금해하긴 하는 건지, 웬 낯선 사람이 어시스턴트 자리에 있는 걸 눈치조차 못 챈 건지, 아니면 그런 것 따윈 상관없어하는 건지 의아해졌다. 불과 몇 주 전에 나를 면접했건만, 그녀는 날 전혀 알아보지 못하는 것 같았다.

"네."

나는 간신히 대답하고 다시 옷장 쪽으로 몸을 움직였다. 그녀가 옷장과 나 사이에 서 있기 때문에 움직이기가 매우 불편했다. 옷장 문을 열기 위해 손을 뻗으면서 그녀와 부딪치지 않으려고 몸을 옆으로 돌려 지나가려 했다. 그녀는 내가 지나갈 수 있도록 몸을 비켜줄 생각은 조금도 하지 않는 듯했다. 그녀가 계속 눈을 움직이는 것이 느껴졌다. 다행히도 모피가 내 손에 닿았다. 난 그것을 조심스럽게 꺼냈다. 모피를 그녀에게 내동댕이치고 싶었지만, 꾹 참고 신사가 숙녀에게 해주듯 펼쳐주었다. 그녀는 우아한 동작으로 한 번에 코트를 입고는 사무실에 갖고 들어갔던 유일한 물건인 휴대폰을 집어들었다.

"오늘 밤 '그 책'이 필요해, 에밀리."

그녀는 당당하게 사무실을 나서며 말했다. 사무실 바깥 복도에서 여자 셋이 자기를 보자마자 가슴까지 고개를 조아리며 물러서는 것은 보지 못한 것 같았다.

"네, 편집장님. 앤드리아에게 말해놓겠습니다."

그뿐이었다. 그녀는 떠났다. 온 사무실을 공포로 몰아넣고, 허둥지둥 준비하게 만들고, 화장품과 옷장까지 정돈하게 한 그 대단한 방문은 고작 사 분도 지속되지 않았다. 내 눈에는 전혀 필요 없는 방문이었다.

08

"지금 돌아보지 말아요." 제임스가 복화술사처럼 입을 움직이지 않고 말했다. "세시 방향에 리즈 위더스푼이 있어요."

내가 곧바로 몸을 돌리자 그는 당황해서 움찔했다. 샴페인을 홀짝이고 머리를 뒤로 젖혀가며 웃는 그녀가 보였다. 나는 지나치게 감동받지 않으려 했지만, 어쩔 수가 없었다. 내가 좋아하는 여배우였기 때문이다.

"제임스, 내 사랑. 이 후진 파티에 와주다니 정말 기뻐." 우리 뒤쪽에 깡마르고 아름다운 남자가 나타나 빈정대듯 말했다. "같이 온 이 아가씨는 누구지?"

그들은 서로 키스했다.

"이쪽은 컬러의 마술사인 마샬 매든, 이쪽은 앤드리아 삭스. 앤드리아는……"

"미란다의 새 어시스턴트!" 마샬이 빙긋 웃으며 마무리를 대신
했다. "당신에 대해 많이 들었어요. 한 가족이 된 걸 환영해요. 내
게 꼭 들러주면 좋겠군요. 당신 머리를 매끄럽게 만져줄게요."

그는 손으로 부드럽게 내 머리칼을 훑더니 머리카락 끝을 뿌리
가 보일 정도로 들어올렸다.

"여기 허니블론드를 약간만 첨가하면 슈퍼모델이 부럽지 않겠
는데? 제임스한테 내 전화번호 챙겨두세요. 시간 되면 언제든 찾
아와요. 시간 내기가 쉽지는 않겠지만."

그러더니 그는 리즈 쪽으로 우아하게 발걸음을 옮겼다. 제임스
는 한숨을 쉬더니 동경하듯 그를 바라보았다.

"저 사람은 대가예요. 최고죠. 저 친구를 뛰어넘을 사람이 없다
니까요. 군계일학이죠. 정말 멋있어요."

군계일학이라고? 웃기는군. 전에 누가 그런 표현을 쓰면 파워
포워드에 맞서 골대를 향해 날아가는 농구선수 샤킬 오닐이 떠올
랐는데. 염색전문가가 아니라.

"정말 멋지게 생기긴 했어요. 그 점에선 당신 말이 맞아요. 저
사람이랑 데이트해본 적 있어요?"

런웨이 뷰티팀의 에디터와 자유세계에서 가장 유명한 염색전
문가가 데이트를 하면 완벽하게 어울릴 것 같았다.

"마음이야 굴뚝같지만, 저 사람은 지금 사 년째 같은 남자랑 사

귀는 걸요. 사 년째라니, 말도 안 돼! 대체 언제부터 멋진 게이가 일부일처제를 따르게 된 거예요? 이럴 수는 없어!"

"그러게 말이에요. 정말 대체 언제부터 멋진 게이가 일부일처제를 따르게 됐죠? 나랑 일부일처제를 한다면 모를까……"

나는 담배를 길게 한 모금 빨고는 거의 완벽한 도넛 연기를 날렸다.

"그럼 인정해요, 앤디. 오늘 여기 오길 잘했다고 말해요. 이 파티가 최고의 파티라고 말하라고요."

그가 빙글거리며 말했다.

알렉스가 약속을 취소하자, 난 마지못해 제임스를 따라가기로 했다. 제임스가 날 가만히 내버려두지 않았기 때문이다. 사실 난 머리 염색에 대한 책 때문에 열리는 파티가 대체 무슨 재미가 있을까 싶었다. 하지만 정말 깜짝 놀라지 않을 수 없었다. 조니 뎁이 제임스에게 반갑다고 인사했을 때, 나는 그가 영어를 능수능란하게 구사할 뿐 아니라 농담까지 몇 마디 던지는 걸 보고 기절할 뻔했다. 그리고 요즘 가장 섹시한 여자로 꼽히는 지젤 번천의 키가 생각보다 작은 걸 보고 매우 흐뭇했다. 물론 지젤이 은근히 땅딸막하다거나, 화사한 화장으로 가리고 있지만 실은 얼굴이 온통 여드름투성이라는 걸 알았다면 기분이 더욱 좋았을 것이다. 하지만 나는 그녀의 키가 작다는 것으로 만족했다. 어쨌든 지금까지 한 시간 반 동안은 과히 나쁘지 않았다.

"글쎄, 거기까진 확신 못 하겠는데요?"

그렇게 말하면서 나는 책이 놓인 테이블 근처에 있는 우울한 표정의 멋진 남자를 보려고 제임스 쪽으로 몸을 기울였다.

"하지만 상상했던 것처럼 괴롭진 않아요. 게다가 오늘 같은 날은 뭔가 스트레스를 풀 일이 필요해요."

미란다가 느닷없이 나타났다가 가버린 후, 에밀리는 오늘 밤 내가 '그 책'을 가지고 미란다의 집으로 가야 한다고 했다. '그 책'이란 전화번호부만 한 책으로, 곧 나올 런웨이 다음호를 실제 크기로 스프링 가제본한 것이었다. 에밀리의 설명에 따르면, 미란다가 퇴근하기 전까지는 사람들이 제대로 일을 할 수가 없었다. 디자인팀과 편집부 모두 하루 종일 미란다가 내놓는 의견들을 접수하느라 정신이 없는데, 그녀의 변덕이 이만저만이 아니라는 것이었다. 미란다가 쌍둥이 딸들과 시간을 보내기 위해 다섯 시경에 퇴근하면, 그때부터 그날의 본격적인 업무가 시작된다. 디자인팀은 새로운 레이아웃을 짜고 새 사진을 넣는다. 그러면 편집부에서 여러 차례에 걸쳐 미란다의 승인을 받은 것을 세심하게 매만진 후 프린트한다. 첫 페이지에는 언제나 미란다 프리스틀리의 이니셜인 'MP'가 둥근 글씨체로 대문짝만 하게 인쇄되어 있었다. 모든 에디터가 그날의 변경사항을 아트 어시스턴트에게 보내면, 그들은 모두 퇴근하고 아무도 없는 사무실에 남아 이미지와 짜놓은 레이아웃을 배열한 후 프린트해 뒷면에 왁스를 입히는 작은 왁싱 기계에 넣은 후 각 페이지에 맞게 끼워넣는다. 과정에 따라 다르겠지만, 작업은 대개 밤 여덟시에서 열한시 사이에 끝났다. 그런데 그 일이 언제 끝나든, '그 책'을 미란다에게 갖다주는 일은 내 몫이었다. 물론 그녀는 거기에 의견을 다시 덧붙일 테고, 다음날 그녀가 그걸 회사로 가지고 오면 모든 과정이 다시 되풀이되는 것이었다.

내가 제임스에게 파티에 갈 수 있게 되었다고 말하는 것을 어깨 너머로 듣고 에밀리가 당장 쫓아왔다.

"'그 책'이 끝나기 전엔 아무 데도 갈 수 없다는 거 알지?"

나는 그녀를 응시했다. 옆에 있던 제임스는 그녀를 공격하기라도 할 태세였다.

에밀리가 덧붙였다.

"이건 당신 업무 중 하나야. 솔직히 말하자면 이제 내가 그 일을 안 하게 돼서 참 좋아. 책이 굉장히 늦게 나올 때도 있거든. 어쨌든 미란다는 하루도 빠짐없이 그걸 봐야 해. 집에서 일하거든. 오늘까지는 내가 기다렸다가 어떻게 하는 건지 보여줄게. 하지만 다음부터는 혼자 해야 해."

"알았어요, 고마워요. 그런데 언제까지 기다려야 하는데요?"

"몰라. 날마다 다르니까. 디자인팀에 물어봐야 할 거야."

'그 책'은 여느 때보다 이른 여덟시 삼십분에 완성되었다. 나는 탈진한 디자이너에게 그걸 받아 에밀리와 함께 59번가로 걸어내려갔다. 에밀리는 막 드라이클리닝해서 비닐로 포장해 옷걸이에 걸어놓은 옷들을 한아름 안고 와서는, 책을 가져갈 때 그 옷들도 같이 가져가라고 말했다. 미란다는 세탁할 옷들을 사무실로 가져왔다. 세탁소에 전화해서 세탁물을 언제쯤 가지러 오라고 알리는 것도 내 임무였다. 세탁소에서는 즉각 엘리아스 클라크 빌딩으로 사람을 보내 옷을 가져갔다가 하루 뒤에 완벽한 상태로 되돌려보냈고, 우리는 사무실 옷장에 그걸 보관했다가 유리 편에 보내거나 그녀의 아파트로 직접 가지고 갔다. 내 업무는 이렇듯 시시각각 내게 지적 자극을 주고 있었다!

"리치!" 에밀리는 일부러 밝은 목소리로 내가 출근 첫날 만난, 파이프를 뻐끔거리는 배차담당자를 불렀다. "이쪽은 앤드리아예요. 앞으로 매일 밤 '그 책'을 가지고 갈 거예요. 그러니까 좋은 차를 지정해주세요, 알았죠?"

"알았수다, 빨강머리 아가씨." 그는 파이프를 입에서 빼고는 내 쪽으로 몸을 돌리며 말했다. "저 금발머리 아가씨한테 잘해주지."

"고마워요. 아파트에 갈 때 차 한 대만 더 보내주실래요? 앤드리아와 난 책을 갖다주고 각자 다른 데로 갈 거거든요."

덩치 큰 타운카 두 대가 곧바로 모습을 드러냈다. 체구가 큰 운전사가 앞의 차에서 헐레벌떡 뛰어나와 뒷좌석 문을 열어주었다. 에밀리가 먼저 타더니 바로 휴대폰을 꺼내며 말했다.

"미란다 프리스틀리의 아파트요."

운전사는 고개를 끄덕이며 차를 출발시켰다.

"운전기사가 항상 같아요?"

나는 그가 길을 어떻게 아는지 궁금해서 물었다.

그녀는 내게 조용히 하라는 시늉을 하더니 자기 룸메이트에게 메시지를 남기고 나서 대답했다.

"아니. 이 회사에서 일하는 운전기사는 아주 많아. 다들 적어도 스무 번씩은 나를 태워다줬기 때문에 길을 잘 알고 있는 거야."

그녀는 다시 전화를 걸었다. 뒤를 돌아보니, 사람을 태우지 않은 타운카 한 대가 따라오면서 우리가 모퉁이를 돌고 멈춰 설 때마다 조심스럽게 따라하고 있었다.

우리는 피프스 애비뉴의 전형적인 건물, 즉 티 하나 없는 인도, 깨끗한 발코니, 화려하고 따스한 조명이 비추는 로비가 있는 건물 앞에 차를 댔다. 턱시도를 입고 모자를 쓴 남자가 바로 다가와 우리를 위해 차 문을 열어주었고, 에밀리가 차에서 내렸다. 왜 책과 옷들을 그냥 그에게 맡겨놓고 가지 않는지 이상했다. 이 낯선 도시에 대해 아는 게 별로 없긴 하지만, 어쨌든 내가 아는 한 그게 바로 도어맨의 존재이유였다. 에밀리는 구찌 로고 무늬의 토트백에서 루이 뷔통 가죽 열쇠고리가 달린 열쇠를 꺼내 내게 건네주었다.

"여기서 기다릴 테니까 이걸 미란다의 집에 갖다줘. 펜트하우스 A야. 문을 열고 들어가서 로비에 있는 테이블에 책을 놓고, 옷들은 옷장 옆의 고리에 걸어놓으면 돼. 옷장 안이 아니고, 옷장 옆이야. 그리고 바로 나와. 문을 두드리거나 초인종을 누르면 안 돼. 미란다는 방해받는 걸 싫어하거든. 그냥 들어갔다가 바로 나오면 돼. 조용히."

그녀는 내게 철사 옷걸이와 비닐이 덮인 옷더미를 건네고 다시 휴대폰을 열었다. 알았어요. 할 수 있다고. 책 한 권이랑 바지 몇 벌 갖다주는 일에 왜 이렇게 수선을 떠는 거야?

엘리베이터 담당자가 친절하게 미소지으며 엘리베이터 문을 열어주더니 아무 말 없이 펜트하우스가 있는 층의 버튼을 눌렀다. 남편에게 두들겨맞아서 슬프고 침울한 아내 같은 남자였다. 더 싸울 힘도 없어서 자신의 불행과 평화협정을 맺은.

"저는 여기서 기다리겠습니다." 그가 바닥을 보며 나직하게 말했다. "일 분 이상 걸리지는 않겠죠."

복도 카펫은 짙은 와인색이었다. 구둣굽이 카펫 올에 걸리는 바람에 하마터면 넘어질 뻔했다. 두꺼운 크림색 천으로 도배한 벽에는 가는 크림색 줄무늬가 있었고, 벽에는 크림색 스웨이드 의자가 바짝 붙어 있었다. 프렌치 도어 앞에는 'PH B'라고 써 있었다. 그런데 몸을 돌려보니 'PH A'라고 쓰인 똑같은 문이 보였다. 나는 에밀리의 경고를 기억하며 초인종을 누르고 싶은 마음을 꾹꾹 누르고 열쇠를 구멍에 넣었다. 곧바로 문이 열렸다. 머리를 매만지거나 안에 뭐가 있을까 궁금해하기도 전에, 나는 넓고

쾌적한 로비에 서서 맛있는 양고기 스테이크 냄새를 맡고 있었다. 그리고 그곳에 그녀가 있었다. 바로 거기, 그녀가 있는 것이었다. 그녀는 막 우아하게 포크를 입으로 가져가는 참이었고, 검은 머리칼의 쌍둥이 여자애들은 식탁 너머로 서로 소리를 질러대고 있었다. 그 옆에서 은발에 넙데데한 주먹코를 가진 큰 키의 못생긴 남자가 신문을 읽고 있었다.

"엄마, 쟤한테 말해줘. 내 방에 함부로 들어와서 내 청바지를 입지 말라고! 내 말은 안 듣는단 말이야!"

쌍둥이 하나가 미란다에게 애원했다. 그녀는 포크를 놓고, 라임을 넣은 게 틀림없는 펠레그리노를 한 모금 마시고 있었다. 물론 펠레그리노는 테이블 왼쪽에 있었을 것이다.

"캐롤라인, 캐시디, 이제 그만 해. 제발 좀 조용히 해라. 토머스, 민트 젤리를 좀더 갖고 와."

그녀가 말했다. 요리사인 듯한 남자가 은쟁반에 은그릇을 받쳐 들고 급히 들어왔다.

나는 내가 삼십 초가량 거기 서서 그들이 식사하는 걸 보고 있다는 사실을 깨달았다. 그들은 아직 나를 보지 못했다. 하지만 내가 테이블 쪽으로 가면 곧 알아볼 터였다. 나는 최대한 조심스럽게 움직였다. 그들이 모두 내 쪽으로 눈길을 돌리는 게 느껴졌다. 인사를 하려는 순간, 오늘 미란다와 만났을 때 바보같이 더듬거리면서 한심하게 군 일이 떠올랐다. 난 입을 다물었다. 테이블, 테

이블, 테이블. 저기 있다. 테이블 위에 책을 놓아야 해. 자, 이번엔 옷!
나는 드라이클리닝한 옷들을 걸 데를 미친 듯이 찾았다. 정신을
집중할 수가 없었다. 저녁식탁은 이미 조용해졌고, 그들이 모두
나를 바라보고 있는 게 느껴졌다. 아무도 인사를 건네지 않았다.
집에 전혀 모르는 사람이 들어왔는데 여자애들 둘 다 아무렇지도
않은 것 같았다. 마침내 나는 문 뒤에 있는 작은 옷장을 발견하고,
서로 꼬여 있는 옷걸이들을 간신히 봉에 걸었다.

"옷장 안이 아니야, 에밀리."

미란다가 느릿느릿 유유하게 말했다.

"그 용도를 위해 마련된 고리에 걸어."

"아, 안녕하세요."

이 바보! 입 다물어! 저 여자는 대답을 원하는 게 아니야. 그냥 시키는
대로 하라고! 하지만 어쩔 수가 없었다. 아무도 인사를 건네지 않
는 것이나, 누군가 자기 집에 들어와서 왔다갔다하는 걸 보면서
도 그 사람이 누군지 궁금해하지 않는 상황이 너무 이상했다. 그
리고 에밀리라니? 저 여자가 날 놀리나? 눈이 멀었나? 내가 지난
일 년 동안 자기를 위해 일한 그 여자가 아니라는 걸 정말 모르는
걸까?

"저는 앤드리아입니다, 편집장님. 새로 온 어시스턴트요."

침묵. 사방으로 깔리는, 참을 수 없고 결코 끝나지 않을 것 같
은, 귀가 터져버릴 듯한 기묘한 침묵.

계속 떠들면 안 된다는 것은 알고 있었다. 지금 내가 무덤을 파고 있다는 것도 알고 있었다. 하지만 말을 멈출 수가 없었다.

"어…… 헷갈려서 죄송해요. 말씀대로 이쪽 고리에 옷을 걸고 나갈게요."

설명 좀 그만 해! 저 여잔 네가 뭘 하는지 관심도 없다고. 그냥 빨리 하고 나가.

"그럼 식사 맛있게 하세요. 모두들 만나서 반가웠어요."

몸을 돌려 나가면서 말하는 것 자체도 우스꽝스럽지만, 내가 한 말도 바보 같았다. 모두들 만나서 반가웠다니? 난 한 명도 소개받지 못했는데?

"에밀리!"

문 손잡이에 손이 닿는 순간 그녀의 목소리가 들렸다.

"에밀리, 내일 밤부턴 이런 일이 없도록 해. 우린 방해받고 싶지 않아."

문 손잡이가 내 손 안에서 저절로 돌아갔고, 마침내 나는 복도로 나왔다. 모든 일이 불과 일 분도 안 되는 동안에 일어났지만, 올림픽 경기장 규모의 수영장을 숨 한번 못 쉬고 완주한 느낌이었다.

나는 복도 의자에 털썩 주저앉아 막혔던 숨을 길게 내쉬었다. 나쁜 년! 처음에 그녀가 날 에밀리라고 부른 건 실수일 수도 있다. 하지만 두번째는 분명히 고의적이었다. 계속 엉뚱한 이름으로 부르는 것보다 사람을 더 무시하는 일이 또 있을까? 그것도 자기 집에 와 있는 사람의 존재를 인정하는 것조차 거부한 후에. 나는 그 잡지사에서 내가 가장 열등한 존재라는 걸 이미 알고 있었다. 그리고 에밀리는 내가 그 사실을 뼈저리게 느낄 기회를 앗아가지 않았다. 그렇다고 이미 알고 있는 사실에 미란다가 굳이 한번 더 도장을 찍어줄 필요가 있었을까?

밤새도록 그곳에 앉아 'PH A' 문에 총알세례를 퍼붓는 상상을 할 수도 있을 것 같았다. 그때 목청을 가다듬는 소리가 들렸다. 고개를 들어보니, 슬픈 표정의 키 작은 엘리베이터 담당자가 바닥을 내려다보며 참을성 있게 나를 기다리는 게 보였다.

"죄송해요."

나는 급히 일어나며 말했다.

"괜찮습니다."

그는 나무 바닥을 열심히 들여다보며 속삭이듯 말했다.

"점점 쉬워질 거예요."

"네? 무슨 말씀이신지 못 들었어요."

"아무것도 아니에요. 그럼 안녕히 가세요."

엘리베이터 문이 열렸다. 에밀리는 휴대폰에 대고 큰 소리로 수다를 떨고 있었다. 그녀는 나를 보자 바로 전화를 끊었다.

"어때? 별일 없었지?"

좀전에 일어난 일을 말해볼까 생각하며, 에밀리가 동정할 줄 아는 동료이기를, 우리가 한 배를 탔기를 간절히 바랐다. 하지만 말이 휘두르는 채찍에 내가 또 상처받을 게 분명했다. 그래, 관두자.

"아무 일도 없었어요. 다들 저녁을 먹고 있었고, 난 시킨 대로 모든 걸 정확하게 놓고 나왔어요."

"잘했어. 앞으로 매일 당신이 이 일을 해야 해. 이제 차를 타고 집에 가면 돼. 그러면 일이 다 끝나는 거야. 자, 그럼 마샬의 파티에서 재미있게 보내. 나도 무척 가고 싶지만, 비키니 제모 예약을 취소할 수가 없어서. 앞으로 두 달간 예약이 꽉 차 있대. 이게 말이 되는 상황이야? 지금은 한겨울인데 말이야. 다들 겨울 휴가라도 가려고 하나? 뉴욕의 모든 여자들이 왜 지금 비키니 제모를 받으려 하는지 알 수가 없어. 진짜 이상해. 하지만 뭐 어쩌겠어?"

그녀의 목소리 템포에 따라 머리가 지끈거렸다. 내가 뭘 하든, 어떻게 반응하든, 그놈의 비키니 제모 얘기를 영원히 들어야 하는 형벌을 받은 것 같았다. 저녁식사를 방해했다는 이유로 미란다가 고함치는 걸 듣는 게 차라리 나을 듯했다.

"그렇군요. 하지만 어쩌겠어요? 아, 전 가봐야 해요. 제임스하고 아홉시에 만나기로 했는데 벌써 열시가 넘었네요. 내일 봐요."

"그래. 그리고 말이야. 그 동안 교육을 잘 받았으니까, 당신은 지금까지 해온 대로 일곱시에 출근해. 난 여덟시까지 출근하면 될 것 같아. 미란다도 알고 있어. 선임 어시스턴트는 일을 더 많이 하니까 출근은 조금 늦게 해도 되거든."

나는 그녀의 목을 콱 찔러버리고 싶었다.

"그러니까 내가 알려준 대로 아침에 할 일을 다 해놓으면 돼. 꼭 전화해야 할 경우엔 그렇게 하고. 할 수 있겠지? 그럼 안녕!"

그녀는 건물 앞에서 기다리고 있던 두번째 차에 올라탔다.

"안녕!"

나는 떨리는 목소리로 인사하며 억지로 환하게 웃었다. 운전기사가 내게 문을 열어주려고 몸을 움직였다. 난 알아서 뒷자리에 타겠다고 했다.

"플라자로 가주세요."

제임스가 바깥 계단에서 나를 기다리고 있었다. 집에 가서 검정색 스웨이드 바지와 흰색 탱크톱으로 갈아입고 와서 그런지 굉장히 말라보였다. 한겨울에 태닝 제품을 바른 결과가 탱크톱 밖으로 자랑스럽게 드러나 있었다. 난 아마추어답게 여전히 갭 미니스커트 차림이었다.

"안녕, 앤디. 책 갖다놓는 일 어떻게 됐어요?"

코트를 맡기려고 줄을 서 있는데, 얼핏 브래드 피트가 보였다.

"세상에! 브래드 피트가 와 있네?"

"그럼요. 마샬이 제니퍼의 머리도 하거든요. 그러니까 분명 그녀도 여기 와 있을 거예요. 이따 내 옆에 바짝 붙으라고 말하면 그대로 해요. 이제 한잔 할까요?"

리즈와 조니도 계속 보였다. 나는 새벽 한시까지 술을 넉 잔 마셨고, 보그의 패션 에디터와 즐겁게 수다를 떨었다. 우리는 비키니 제모에 대해 떠들었다. 그것도 열정적으로. 이번엔 그 얘기가 그다지 괴롭지 않았다. 맙소사! 나는 사람들 틈을 뚫고 제임스를 찾다가 제니퍼 애니스턴 옆을 지나가면서 생각했다. 이 파티, 그렇게 나쁘지 않은데. 알딸딸하게 취한 지금, 회사에 나가려면 이제 여섯 시간도 안 남았다. 게다가 집을 나온 지 거의 스물네 시간이 다 돼간다. 제임스가 마샬의 살롱에서 온 염색전문가 한 명과 애무하고 있는 것을 보고 나가려는 순간, 등에 손길이 느껴졌다.

"이봐요."

아까 구석에 있던 멋진 남자였다. 나는 그가 사람을 잘못 봤다고, 내 뒷모습을 보고 여자친구와 헷갈렸다고 말하길 기다렸다. 하지만 그는 더 환하게 웃었다.

"말하는 거 별로 좋아하지 않나봐요?"

"'이봐요'라고 말하는 당신은 사교적인가보죠?"

앤디, 입 다물어! 나는 속으로 자신을 꾸짖었다. 유명인사들로 가득한 파티에서 뻘쭘하니 혼자 있는 네게 완전 킹카가 다가오는데 꺼지라고 말하는 거야? 그는 별로 마음 상한 것 같지 않았다. 그럴 만한 일도 없건만 그의 얼굴 가득 미소가 퍼졌다.

"미안해요." 나는 거의 비어가는 잔을 들여다보며 웅얼거렸다. "내 이름은 앤드리아예요. 이렇게 시작하는 게 훨씬 나을 것 같군요."

나는 손을 내밀었다. 그가 뭘 원하는지 궁금했다.

"당신 말투가 맘에 들어요. 난 크리스천입니다. 만나서 반가워요, 앤디."

그는 왼쪽 눈 위로 흘러내린 갈색 머리카락을 쓸어올리고는 버드와이저를 마셨다. 어디서 본 것 같은데 누구지?

"버드네요?" 나는 그의 손을 가리키며 말했다. "이런 파티에 이렇게 급수가 낮은 걸 갖다놓다니 몰랐네요."

그는 웃음을 터뜨렸다. 내가 기대했던 키득거리는 웃음이 아니라, 깊고 진심이 담긴 웃음이었다.

"생각하는 걸 바로 말해버리는 스타일이군요, 그렇죠?"

내가 창피해하는 것 같아 보였는지 그가 웃으며 이렇게 덧붙였다.

"아니에요, 아닙니다. 괜찮아요. 그런 소리를 듣는 일은 좀처럼 없죠. 이쪽 동네에선요. 작은 병에 빨대를 꽂고 샴페인을 마시긴 싫었어요. 너무 무기력해 보이잖아요. 바텐더가 주방 어딘가에서 요놈을 하나 찾아다주더군요."

그는 또 머리를 쓸어올렸다. 하지만 머리카락은 그가 손을 떼자마자 다시 눈앞으로 흘러내렸다. 그는 검정 스포츠 코트 주머니에서 담뱃갑을 꺼내 내게 건넸다. 나는 한 개비 꺼내다가 바로 떨어뜨리고는, 담배를 집으려고 몸을 숙이면서 그를 관찰할 기회를 잡았다.

담배는 앞코가 뭉툭한 반짝이는 로퍼 바로 앞에 떨어져 있었다. 거기에 너무도 확실한 구찌 로고가 달려 있었다. 위쪽으로 시선을 옮기니 디젤 청바지가 보였다. 군데군데 바랜 매우 멋진 청바지였는데, 구두 뒤로 약간 끌릴 정도로 길고 통이 넓었다. 바닥에 자주 끌려서인지 끝단은 해져 있었다. 구찌인 듯하지만 확실히는 알 수 없는 검정색 벨트는 허리에 느슨하게 매달려 청바지를 고정해주고 있었다. 허리춤에 넣어 입은 흰 면 티셔츠는 언뜻 보면 헤인즈 같지만, 아르마니나 휴고 보스가 분명했다. 그는 아름다운 피부색을 숨기느라 일부러 그 티셔츠를 입은 것 같았다. 맵시 있는 검은색 블레이저 역시 비싸 보였다. 평균 정도의 몸매지만 유난히 섹시해 보이는 그의 몸에 딱 맞게 만들어진 맞춤옷 같은 느낌마저 들었다. 가장 시선을 끄는 것은 녹색 눈이었다. 해포석 같군. 고등학교 때 우리가 사랑해 마지않던 제이크루 색깔이 떠올랐다. 아니, 정확히 말하면 암록색이 감도는 푸른 눈인가? 키와 체격은 알렉스와 비슷한 것 같기도 했다. 그렇지만 전체적으로 훨씬 유로 스타일이고 애버크롬비와는 거리가 멀었다.* 좀더 근사하고 아주 약간 더 잘생긴 정도? 물론 나이는 약간 들어 보였

---

* 모두 의류 브랜드 이름. 제이크루는 미국 대학생들이 좋아하는 편안한 스타일의 중저가 브랜드. 유로는 약간 점잖은 스타일, 애버크롬비는 백인 중심의 섹시한 스타일.

다. 한 서른쯤? 훨씬 더 품위 있고.

그는 재빨리 라이터를 꺼내더니 내 담배에 불이 붙었는지 확인하기 위해 몸을 더 가까이 숙였다.

"앤드리아, 이런 파티엔 어떻게 온 거죠? 마살 매든은 내 거라고 말할 수 있는 운 좋은 사람 중 한 명인가요?"

"아뇨, 아니라서 유감이군요. 적어도 아직은 아니에요. 하지만 그가 나한테 그렇게 될 거라고 말하더군요."

나는 웃으면서, 그 짧은 순간 내가 이 낯선 남자에게 깊은 인상을 심어주려고 필사적이라는 걸 깨달았다.

"난 런웨이에서 일해요. 뷰티팀의 남자 직원 하나가 절 여기 데려왔죠."

"오, 런웨이라고요? 만약 당신이 SM* 같은 데 빠져 있다면 일하긴 좋은 데죠. 그걸 좋아해요?"

그것이 SM 자체를 뜻하는 건지, 일을 뜻하는 건지 알 수 없었다. 나는 그가 내 일이 바깥세계에 드러나는 것과 전혀 다르다는 것을 알고 있을 정도로 내부사정에 정통한 사람일 가능성에 대해 생각해보았다. 아까 '그 책'을 가지고 갔을 때의 끔찍한 얘기로 그를 유혹해볼까? 아니, 안 돼. 이 남자가 누군지도 모르는데…… 어쩌면 이 사람도 런웨이 직원일지도 몰라. 나와 멀리 떨어진 부

---

* 사도마조히즘. 가학 피학적 변태성욕.

서에 있어서 내가 아직 얼굴을 모를 수도 있잖아. 엘리아스 클라크에서 발행하는 다른 잡지의 직원일 수도 있고, 그 비열한 페이지 식스의 기자일 수도 있어. 에밀리가 정말 조심해야 한다고 구구절절 얘기했잖아.

"그들은 아무 때나 나타나."

그녀는 불길한 목소리로 말했다.

"느닷없이 나타나 사람을 속여서 미란다나 런웨이에 대한 기삿거리가 될 만한 걸 흘리게 해. 조심해야 된다고."

그 신문과 우리를 추적하는 ID카드를 떠올리며, 나는 런웨이의 감시가 사람들에게 모욕을 준다고 확신했다. '피해망상으로 인한 런웨이 식 말 바꾸기'가 돌아왔도다.

"네." 나는 아무렇지도 않다는 듯 애매하게 말했다. "특이한 곳이죠. 하지만 전 패션에는 관심 없어요. 사실 글쓰기에 훨씬 관심이 많죠. 뭐, 이렇게 시작하는 것도 나쁘지 않다고 생각해요. 당신 직업은 뭔데요?"

"전 작가예요."

"그래요? 좋겠네요."

나는 주눅들어 보이지 않길 바랐다. 뉴욕에 산답시고 작가나 배우, 시인이나 예술가라고 자처하는 인간들은 상당히 짜증스러웠다. 나도 대학 다닐 때 신문에 글 좀 썼단다. 고등학교 때는 월간지에 에세이가 실린 적도 있고. 그렇다고 그걸 작가라고 할 수는 없지 않겠니?

"뭘 쓰는데요?"

"그 동안은 소설을 썼어요. 지금은 첫 역사소설을 준비하는 중이고요."

그는 맥주를 들이켜더니 그 귀찮은, 하지만 귀여운 머리카락을 뒤로 쓸어넘겼다.

'첫 역사소설'이라는 말은 그 동안은 역사소설이 아닌 다른 걸 썼다는 걸 암시했다. 재미있군.

"무슨 내용인데요?"

그는 잠깐 생각하더니 입을 열었다.

"젊은 여성의 시각에서 풀어나가는 얘기예요. 2차 대전 때 이 나라에서 살았다는 건 어떤 것인가에 대한 글이죠. 아직 취재가 덜 끝났어요. 인터뷰 같은 걸 글로 옮기는 중이죠. 조금 써놓긴 했는데, 괜찮아요. 내 생각엔⋯⋯"

그가 계속 말을 이어나갔지만, 난 이미 그가 누구인지 알아챘다. 이런! 그 책에 대해 쓴 뉴요커의 최근 기사가 생각났다. 책과 관련된 매체에서라면 모두 그의 다음 작품을 열렬히 기대하고 있었고, 그가 여주인공을 사실적으로 묘사하는 것에 대해 찬탄 일색인 것 같았다. 나는 지금 파티에서 크리스천 콜린스워스와 아무렇지도 않게 잡담을 나누고 있는 것이었다. 예일 대학교 도서관 열람실에서 약관의 나이에 첫 책을 써낸 어린 천재와 말이다.

비평가들은 그의 첫 책이 20세기 문학사상 가장 뛰어난 업적 중 하나라고 열광적으로 환호했다. 이후 그는 두 권을 더 냈다. 새 작품이 출간되면 이전의 작품보다 더 오랫동안 베스트셀러에 머무는 식이었다. 어떤 작가는 뉴요커와 가진 인터뷰에서 크리스천에 대해 "출판계에서 앞으로 수십 년 동안 큰 영향력"을 갖게 될 뿐 아니라, "여자들의 혼을 빼놓는 강렬한 외모를 갖추었고, 문학적으로도 분명 성공할 것이며, 여성들과의 관계에서도 평생 성공을 보장받은 자연스런 매력의 소유자"라고 말한 바 있다.

"와, 굉장하네요."

그렇게 말하는데, 갑자기 피곤이 몰려왔다. 그에게 재기발랄하거나 재미있거나 귀엽게 보이고 싶은 마음이 멀리 달아나버렸다. 이 남자는 최고의 작가야. 대체 내게 뭘 원하는 거지? 여자친구가 하루에 1만 달러짜리 모델 일을 끝내고 달려올 때까지 시간이나 때우려나보지. 앤드리아, 어쨌든 그게 너랑 무슨 상관이야? 나는 스스로에게 가혹하게 물었다. 지금 잊고 있나본데, 네겐 정말 상냥하고 너를 아끼는 매력적인 남자친구가 있잖아. 그걸로 충분하지 않아? 난 집에 빨리 가봐야 한다며 서둘러 이유를 하나 만들어냈다. 크리스천은 즐거워 보였다.

"나를 무서워하고 있군요."

그는 사실대로 말하며 놀리듯이 빙글거렸다.

"당신을 무서워한다고요? 도대체 내가 왜 당신을 무서워해야 하죠? 그럴 만한 이유가 있다면 모를까······"

나는 또다시 시시덕거릴 수밖에 없었다. 그가 다시 분위기를 편하게 만들어버렸기 때문이다.

그는 내 팔꿈치로 손을 뻗더니 능숙하게 내 몸을 돌려세웠다.

"내가 택시를 잡아주죠."

집까지 가는 길은 잘 안다고, 만나서 반가웠다고, 나랑 집에 가려고 했다면 다시 생각해보는 게 좋을 거라고 말하려고 했건만, 어느새 나는 그와 함께 빨간 카펫이 깔린 계단 위에 서 있었다.

"택시 타실 겁니까?"

우리가 밖으로 나오자 도어맨이 물었다.

"네. 숙녀분을 위해 한 대가 필요해요."

크리스천이 대답했다.

"아니, 괜찮아요. 차 있어요. 저기요."

나는 타운카들이 줄지어 서 있는 파리 극장 앞 58번가를 가리키며 말했다.

그를 쳐다보지는 않았지만, 나는 크리스천이 빙긋 웃고 있다는 걸 느낄 수 있었다. 아까와 같은 미소였다. 그는 나를 차까지 데려다주곤 차 문을 열더니 뒷좌석을 향해 손을 정중하게 내밀었다.

"고마워요, 만나서 반가웠어요."

나 역시 전혀 당황하지 않고 정중하게 말하며 손을 내밀었다.

"나도 마찬가지입니다, 앤드리아."

손을 잡고 악수할 거라고 생각했는데, 그는 내 손을 자기 입술에 가져다댔다. 그러고는 예의상 그러는 것보다 아주 조금 더 길게 대고 있었다.

"곧 다시 만나기를 바랍니다."

　난 어디 걸려 넘어지는 것 같은 일로 창피당하지 않고 무사히 뒷좌석에 앉았다. 얼굴이 빨개지지 않으려고 무진 애를 썼다. 물론 너무 늦었다는 느낌은 들었지만. 그는 문을 닫아주고, 차가 움직이는 것을 지켜보았다.

　두 달 전만 해도 타운카 내부를 이렇게 자세히 본 적이 없었다. 하지만 나는 지난 여섯 시간 동안 전용 운전기사를 두고 있었다. 예전엔 유명인의 사돈의 팔촌도 만난 적이 없었지만, 방금 전에는 할리우드의 유명인사들과 함께 있었다. 게다가 뉴욕에서 가장 기품 있는 독신남 중 하나가 내 손을 쓰다듬고 입맞춤까지―그래, 입맞춤했다구―했다. 아니야, 다 나와는 전혀 상관없는 일이야. 난 자꾸만 나 자신을 다잡았다. 이건 그쪽 세상의 일부일 뿐이야. 그리고 그쪽 세상은 네가 원하는 곳이 아니야. 그냥 재미있어 보일 뿐이지. 거긴 네 머리로는 이해하기가 너무 어려운 세상이야. 그러나 나는 손을 내려다보며 그가 키스했을 때의 온갖 세세한 것들까지 마음에 담아두려고 애썼다. 그런 다음 마음을 불편하게 하는 그 손을 가방에 넣어 휴대폰을 꺼냈다. 알렉스의 번호를 누르면서 난 그에게 무슨 말을 해야 할지 알 수 없었다.

The Devil wears Prada

09

열두 주가 지나서야 비로소 나는 무한대로 공급되는 디자이너 브랜드 옷들로 치장하게 되었다. 런웨이가 내게 제공해주겠다고 사정하는 옷들이었다. 일 주일에 마흔여덟 시간을 일하고 한 번에 다섯 시간 이상은 자지 못하는, 너무도 긴 한 주가 열두 번 지났다. 사람들이 날마다 머리끝부터 발끝까지 날 훑어보고, 칭찬 한마디 얻어듣기는커녕 간신히 해냈다는 느낌도 갖지 못하는 비참하고 기나긴 열두 주였다. 내가 한심하고 무능력한데다 바보 같다는 느낌만 든, 끔찍하게도 긴 열두 주였다. 런웨이에서 일한 지 넉 달째 들어섰을 때(아홉 달만 더 다니면 된다!), 나는 새로운 여성으로 변신하고 거기에 걸맞은 옷을 입겠다고 마음먹었다.

엘리어스 클라크 빌딩에 내가 현현(顯顯)한 지 열두 주째 되는 날에는 겨우 일어나 옷을 입고 문 밖으로 나가는 것만으로도 진이 빠졌다. '적절한' 옷들이 옷장 가득 쌓여 있다면 훨씬 쉬웠을 것이다. 안 그래도 정신없는 아침 일과 중 옷 입는 일이 가장 큰 스트레스였다. 내가 자명종을 몇 시에 맞춰놓고 자는지, 정확히 몇 시에 일어나는지 누군가에게 이야기하는 것조차 견딜 수가 없었다. 그 시간을 말하는 것만으로도 고통스러웠다. 아침 일곱시까지 회사에 가는 게 너무 힘들어 실소가 나올 지경이었다. 물론 예전에도 일곱시까지 어딜 가야 했던 적은 있었다. 새벽 비행기를 타러 공항에 가거나, 시험 때문에 공부를 마저 해야 한다거나 하는 경우 말이다. 하지만 내가 그 시간에 바깥 공기를 마신 것은 밤을 새는 바람에 아직 침대로 가지 못했기 때문이었고, 하루 종일 잠만 자도 괜찮은 경우였다. 지금은 달랐다. 냉혹하고 무자비하게, 끊임없이 잠을 착취당하는 상황이었다. 자정 전에는 침대로 들어가려고 아무리 애써봐도 소용없었다. 지난 두 주는 특히 더 힘들었다. 봄호를 마감하는 기간이라, 밤 열한시까지 회사에서 책이 나오기를 기다리기도 했다. 미란다에게 책을 갖다주고 집으로 돌아오면 벌써 자정이었다. 입에 아무거나 쑤셔넣고 간신히 옷을 벗고 나면 픽 쓰러져 잤다.

정확히 새벽 다섯시 삼십분에 요란한 소리(내가 무시할 수 없는 바로 그 소리)가 정적을 깨며 울리기 시작하면, 나는 이불 속에서 간신히 맨발을 내밀어 알람이 있을 만한 방향으로 쭉 뻗었다.

그러고는 알람이 비명을 멈출 때까지 알람을 발로 마구 차댔다. 이런 행동은 여섯시 사분까지 칠 분 간격으로 계속되었다. 그 시간이 되면 어쩔 수 없이 허둥대며 일어나 샤워를 하러 갔다.

다음은 옷장 앞에서 난리를 쳐야 했다. 대개 여섯시 삼십일분에서 여섯시 삼십칠분 사이였다. 패션이라고는 쥐뿔도 모르는 릴리는 자기도 대학원생 교복인 청바지에 초라한 L. L. 빈* 스웨터를 입고 삼으로 꼰 목걸이를 하는 주제에 나를 볼 때마다 이렇게 말했다.

"네가 회사에 왜 그렇게 입고 가는지 도무지 이해가 안 돼. 거긴 런웨이잖아. 네 옷은 귀엽긴 하지만 런웨이하곤 안 어울려."

처음 한두 달 동안은 나도 바나나 리퍼블릭 옷으로 가득한 옷장에서 런웨이에 어울릴 만한 옷을 고르느라 엄청나게 일찍 일어났다는 말까지는 릴리에게 하지 않았다. 아침마다 전자레인지에 데운 커피를 들고 부츠와 혁대와 모직과 마이크로 파이버** 앞에 서서 거의 삼십 분 동안 고민을 했다. 마음에 드는 색깔을 발견할 때까지 스타킹을 다섯 번이나 갈아신은 적도 있었다. 그러나 어떤 스타일, 어떤 색상이든 스타킹은 별로라는 것만 실감했을 뿐이다. 구둣굽은 너무 낮거나 너무 통굽이거나 너무 두꺼웠다. 캐시미어로 된 옷은 한 벌도 없었다. T팬티라는 말은 들어본 적도 없

---

* 미국의 대중적인 캐주얼 의류 브랜드.
** 지름 몇 미크론 굵기의 초미세 합성섬유.

었다. 그래서 커피타임이면 화제의 초점이 되는, 어떻게 하면 팬티선을 감출 수 있는지에 대해 광적으로 집착했다. 튜브 톱*은 여러 번 걸쳐봤지만 그걸 입고 회사에 갈 마음은 들지 않았다.

석 달이 지나자 나는 항복했다. 너무 진이 빠졌던 것이다. 날마다 옷장을 뒤지는 괴로움이 내 모든 에너지를 앗아갔다. 감정적으로, 육체적으로, 그리고 정신적으로! 출근한 지 딱 삼 개월 되던 날, 내 성질은 좀 수그러들었다. 여느 때처럼 그날도 한 손에 'I ♥ Providence'라고 씌어진 노란 머그잔을 들고, 다른 한 손으로는 내가 좋아하는 애버크롬비 옷을 마구 헤집고 있었다. 대체 왜 이런 전쟁을 하고 있니? 나는 스스로에게 물었다. 입고 싶은 옷을 입는다고 해서 배신자가 되는 건 아니잖아? 사람들이 점점 내 의상을 혹평하고 있어서, 이러다 일자리가 위험해지는 건 아닐까 하는 두려움마저 들었다. 나는 전신거울을 들여다보면서 웃을 수밖에 없었다. 메이든폼 브라(헉!)와 자키 면팬티(헉×2!)를 입은 여자가 런웨이 직원으로 보이려 하다니. 하하, 어쩌 이런 일이! 넌 지금 런웨이에서 일하고 있잖아. 찢어졌든 해졌든 얼룩이 졌든 너무 작지만 않으면 아무거나 입던 시절은 이젠 끝났어.

나는 교복이나 다름없는 버튼다운 셔츠를 옆으로 밀쳐두고, 프라다 트위드 스커트와 역시 프라다 검정 터틀넥 그리고 종아리 가

---

*소매와 어깨끈 없이 몸통만 있는 상의.

운데까지 오는 프라다 부츠를 찾아냈다. '그 책'을 기다리고 있던 어느 날 밤 제피가 내게 가져다준 것들이었다.

"이게 뭐예요?"

나는 옷가방을 열면서 물었다.

"앤디, 이걸 입어요. 해고되지 않으려면."

그는 미소지었지만 내 눈길을 피했다.

"뭐라고요?"

"있잖아요. 음, 그러니까 당신 옷차림이 이곳과 전혀 어울리지 않다는 걸 알아야 해요. 물론 이 옷들은 값이 비싸요. 하지만 길은 있어요. 클로짓에 이런 옷이 아주 많으니까 당신이 가끔 몇 벌 빌린다 해도 아무도 눈치 못 챌 거예요."

그는 '빌린다'는 말을 할 때 손가락으로 따옴표를 만들었다.

"그리고 PR 사람들에게 전화해서 디자이너 브랜드의 할인카드를 구해달라고 하세요. 나는 삼십 퍼센트 할인밖에 못 받지만, 당신은 미란다를 위해 일하니까 공짜로 옷을 줄지도 몰라요. 이런 갭 같은 걸 계속 입고 다닐 필요가 전혀 없다고요."

나는 내가 마놀로 대신 나인 웨스트를 신거나 바니의 8층 여성복 매장에는 없고 메이시*의 주니어 매장에서 파는 청바지를 입는 것이 런웨이의 모든 것에 전혀 유혹을 느끼지 않는다는 것을

---

*바니(Barney's), 메이시(Macy's) 모두 뉴욕의 유명 백화점.

보여주려는 나만의 시도라는 걸 구태여 설명하지 않았다. 대신 나는 고개를 끄덕였다. 제피는 내가 날마다 나 자신을 비참하게 만들고 있다고 말하면서 무척 불편해했다. 대체 누가 시킨 걸까? 에밀리? 미란다? 그게 누구든 사실 별 상관 없었다. 난 이미 석 달을 견뎠다. 어번 아웃피터스 대신 프라다 터틀넥을 입어서 아홉 달 더 살아남을 수만 있다면 기꺼이 그렇게 하리라. 나는 내 의상을 당장 새롭게 바꾸리라 마음먹었다.

아침 여섯시 오십분에 집을 나서면서 난 내 모습에 무척 만족했다. 아파트 근처에 있는 아침식사 카트의 남자는 나를 보며 휘파람까지 불었다. 어떤 여자는 내가 열 걸음도 걷기 전에 나를 불러세우더니, 자기가 그 부츠에 눈도장을 찍은 지 벌써 석 달째라고 말했다. 이제 이런 일에도 익숙해지겠군. 어차피 날마다 뭔가 입긴 해야 한다. 그리고 이 옷을 입으면 다른 옷을 입은 것보다 기분이 훨씬 좋아진다. 이제는 택시 타는 일도 버릇이 됐다. 나는 서드 애비뉴 모퉁이에서 택시를 잡아타고 따뜻한 뒷좌석에 고꾸라졌다. 너무 피곤한 나머지 사람들과 함께 부대껴가며 지하철을 타지 않아도 된다는 것에 감사할 힘도 없었다. 나는 잔뜩 잠긴 목소리로 말했다.

"매디슨 애비뉴 640번지요. 빨리 가주세요."

택시기사는 룸미러로 가여운 듯 나를 바라보며 말했다.

"예. 엘리아스 클라크 빌딩 말이죠."

우리는 좌회전해서 97번가로 가다가 렉스 쪽으로 다시 좌회전을 했다. 59번가까지 신호등을 휙휙 지나쳐가고, 59번가에서 다시 서쪽으로 꺾어 매디슨 애비뉴를 향했다. 길이 한산한 덕분에 정확히 육 분 후에 그 길고 높고 단아하고 매끈한 석조건물 앞에 설 수 있었다. 안에서 일하는 수많은 사람들에게 좋은 몸매란 이런 것이라는 좋은 본보기가 되고 있는 건물이었다. 택시비는 여느 날과 마찬가지로 6달러 40센트였고, 나는 언제나처럼 택시기사에게 10달러짜리 지폐를 건네주었다.

"거스름돈은 안 받을게요."

기사들이 놀라며 행복해하는 모습을 볼 때마다 느끼는 똑같은 즐거움을 느끼며 나는 말했다.

"런웨이가 내는 거예요."

아무 문제 없다. 확실하다. 엘리아스에서는 회계 문제에 그다지 신경을 곤두세우지 않는다는 사실을 아는 데는 일 주일이면 충분했다. 매일 10달러짜리 택시요금 청구서를 올리는 건 일도 아니었다. 다른 회사 같으면 누구 마음대로 날마다 택시를 타느냐고 나무랄지도 모른다. 하지만 엘리아스 클라크의 경우엔 회사의 차량 서비스를 받을 수 있는데 왜 굳이 택시를 타는지 의아해한다. 회사가 날마다 10달러를 추가로 지불한다는 생각에 기분은 한결 좋아졌다. 내가 회사 경비를 좀 많이 쓴다고 해서 당장 누가 고통을 겪는 것도 아니다. 그리고 그 덕분에 내 기분이 한결 좋아진다. 사람들은 이런 내 행동이 '수동적이고 공격적인 반항'이라고 할지도 모른다. 하지만 난 그것을 '앙갚음'이라고 불렀다.

나는 택시에서 내려 매디슨 애비뉴 640번지로 걸어갔다. 오늘 하루 누군가를 즐겁게 해준 덕택에 행복한 기분이 들었다. 건물의 이름은 엘리아스 클라크였지만, 절반은 뉴욕 최고 은행 중 하나인 JS 버그만이 임대해쓰고 있었다. 그러나 우리는 그 은행과 공유하는 게 전혀 없었다. 엘리베이터마저 따로 사용했다. 하지만 부유한 은행가들과 패션잡지사의 미인들이 로비에서 서로 힐끔거리는 건 막을 수 없었다.

"어어, 앤디, 웬일이야? 오랜만이군."

뒤에서 수줍어하며 쭈뼛거리는 목소리가 들린 순간, 날 방해하는 게 누군지 궁금해졌다.

나는 에두아르도와 아침 의식을 시작할 마음의 준비를 하고 있었다. 몸을 돌려보니 벤자민이 건물 밖 입구에 구부정한 자세로 앉아 있었다. 릴리가 대학시절 사귀었던 수많은 남자친구 중 하나였던 남자다. 그는 자기가 길 한가운데에 앉아 있다는 것조차 모르는 것 같았다. 벤자민은 릴리의 수많은 남자친구 가운데 하나이긴 했지만, 릴리가 정말 순수하게 좋아했던 첫 남자였다. 릴리가 그의 아파트에 갔다가 그가 릴리의 아카펠라 그룹 멤버인 여자애 두 명과 섹스를 즐기고 있는 걸 목격한 이후, 나는 '늙은 착한 벤지'(벤자민은 이 별명을 지긋지긋하게 싫어했지만)와 얘기를 나눠본 적이 없었다. 릴리는 캠퍼스 밖에 있는 그의 아파트에 들어갔다가, 거실에서 소프라노 여자애, 그리고 겁 많은 콘트랄토 여자애와 꼴사납게 몸을 뒤섞고 있는 벤자민을 보았다. 그후 그 쥐새끼 같은 여자애들은 다시는 릴리의 얼굴을 똑바로 볼 수 없게 되었다. 나는 대학생들이 흔히 하는 짓궂은 장난에 불과하다고 릴리를 설득하려 했지만 그녀는 받아들이지 않았다. 릴리는 몇 날 며칠을 울고 난 뒤 자기가 본 걸 남들에게 얘기하지 말라고 신신당부했다. 난 아무에게도 말할 필요가 없었다. 벤자민이 다 떠벌리고 다녔으니까. 그는 '세번째 여자가 지켜보는' 가운데 어떻게 '노래하는 두 변태를 완전히 녹초가 되게 만들었는지' 자랑삼아 떠들고 다녔다. 그는 릴리가 소파에 자리잡고 앉아 애인이 다른 여자들과 그 짓을 하는 걸 처음부터 끝까지 즐겁게 구경한 것처럼 교묘하게 꾸며서 얘기했다. 그 사건으로 인해 릴리는 앞으로 다시는 남자를 사랑하지 않겠다고 맹세했다. 적어도 지금까지는 그 약속을 지키는 것 같다. 릴리는 꽤 많은 남자들과 잤지만, 혹시나 좋아할 만한 구석이 생길까봐 그들이 자기 주변에서 맴도는 것을 극히 경계했다.

나는 그 남자를 다시 한번 바라보며 그의 얼굴에서 벤지의 옛모습을 찾으려 했다. 그는 건강하고 귀여운, 그냥 보통 남자였다. 하지만 JS 버그만 은행이 그를 유령처럼 만들어놓았다. 헐렁하고 꾸깃꾸깃한 양복을 입은 그는 말보로 담배에서 크랙 코카인이라

도 빨고 싶어하는 듯 보였다. 겨우 아침 일곱시인데 이미 과로로
지쳐 보였다. 그 모습을 보니 기분이 좋아졌다. 릴리에게 그 따위
짓을 한 대가였다. 이렇게 이른 시간에 몸을 질질 끌며 일하러 나
온 사람이 나 혼자만은 아니라는 것도 기분이 좋았다. 이렇게 비
참해지는 대가로 그는 일 년에 1만 5천 달러를 받겠지. 아무튼 적
어도 나만 이런 건 아니야.

벤지는 어두운 겨울 아침에 기괴하게 불빛을 발하는 담배를 들
고 내게 가까이 오라는 손짓을 했다. 출근이 늦을까봐 불안했지
만, 에두아르도가 "걱정 말아요. 그녀는 아직 안 왔으니 괜찮아
요"라는 신호를 보내줘서 벤지에게 다가갈 수 있었다. 그의 눈동
자는 멍했고 희망도 어디론가 증발한 것 같았다. 너만 독재자 같
은 상사를 만났다고 생각하는 것 같은데 모르는 소리. 난 큰 소리
로 웃어주고 싶었다.

"매일 이렇게 일찍 오는 사람은 너밖에 없더라. 왜 그러는 거
야?"

엘리베이터에 타기 전에 립스틱을 찾느라 가방을 뒤지고 있는
데 그가 웅얼거리며 물었다.

조금 전엔 그가 너무 피곤한 나머지 쓰러질 것만 같아서 잠시
동정심이 들기도 했는데, 그 말을 듣는 순간 다리에 힘이 빠지며
후들거렸다. 갑자기 벤지의 멍청한 친구 하나가 릴리에게 그때
그 광경을 보면서 즐거웠냐, 너도 같이 하고 싶었냐고 물었던 일

이 떠올랐다. 그때 릴리가 지었던 표정이 떠올라서 난 이성을 잃고 말았다.

"왜냐고? 아주 까다로운 사람 밑에서 일하거든. 그 망할 놈의 잡지사 직원들이 출근하기 두 시간 반 전에 미리 와서 그 여자를 맞을 준비를 해야 해."

나는 대답했다. 분노와 빈정거림이 말투에 뚝뚝 묻어났다.

"호오, 그래? 난 그냥 물어본 거야. 미안. 근데 꽤 힘든가봐? 상사가 누군데?"

"미란다 프리스틀리야."

나는 말하면서 그가 어떤 반응도 보이지 않길 기도했다. 겉보기에 교육을 잘 받고 성공한 것처럼 보이는 전문가가 그녀를 모른다면, 너무 행복해 환희마저 느낄 것 같았다. 다행히 그는 나를 실망시키지 않았다. 그는 어깨를 으쓱하고는 숨을 들이마시더니 설명을 기대하는 눈으로 나를 바라보았다.

"런웨이의 편집장이야." 나는 목소리를 낮추고 기쁨에 몸을 떨기 시작했다. "내가 지금까지 만난 사람 중에 가장 사악한 인간이지. 솔직히 그런 인간은 본 적이 없어. 정말 사람도 아니야."

벤지에게 쏟아내고 싶은 불평거리는 끝도 없었다. 하지만 곧 '피해망상으로 인한 런웨이 식 말 바꾸기'가 거세게 밀려왔다. 순간 거의 피해망상적인 불안에 휩싸이며, 이 생각 없는 인간이 옵저버나 페이지 식스에서 나를 염탐하라고 보낸 미란다의 추종자 중 하나일 거라는 확신이 들었다. 물론 말도 안 되는 생각이었다. 어쨌든 개인적으로 벤지와 몇 년간 알고 지냈고, 그의 능력으로 보건대 그가 미란다를 위해 일하지 않는 건 확실했다. 백 퍼센트 확신할 수는 없지만. 아니, 어떻게 백 퍼센트 확신할 수 있겠어? 이 순간 누가 등뒤에서 방금 내가 험악하게 내뱉은 말을 들을 수도 있지 않을까? 손해 볼 일은 하지 말자.

"물론 그녀는 지금 패션계와 잡지계에서 가장 힘있는 여자야. 하루 종일 꿀 바른 말이나 하면서 뉴욕에서 가장 큰 두 기업의 꼭대기 자리에 오를 수는 없지. 일할 때 그녀가 좀 힘들게 하는 게 이해가 가긴 해. 나라도 그럴 거야. 이제 그만 가봐야겠어. 만나서 반가웠어."

지난 몇 주 동안 릴리나 알렉스나 우리 부모님 이외의 사람들과 얘기할 때마다 그랬듯, 그 여자를 욕하고 싶어 미칠 지경이 되면 자리를 피하는 방법을 택했다.

"있잖아, 너무 힘들어하지 마!"

내가 엘리베이터 쪽으로 가는데 그가 뒤에서 외쳤다.

"난 목요일 아침부터 지금까지 집에 못 들어갔으니까."

그는 그렇게 말한 뒤 연기 나는 담배꽁초를 시멘트 바닥에 버리고 무심히 비벼 껐다.

"안녕, 에두아르도?"

나는 지치고 애처로운 눈빛으로 그를 보았다.

"이놈의 월요일이 제일 싫어요."

"이봐요, 친구. 걱정 말아요. 그래도 오늘 아침엔 당신이 그녀보다 먼저 왔으니까."

그는 싱글거리며 말했다. 출입카드를 지니고 다니길 거부하는 미란다가 새벽 다섯시부터 나타나는 바람에 할 수 없이 위층까지 데려다줘야 했던 그 끔찍한 아침을 빗대어 한 말이었다. 한번은 그녀가 새벽부터 사무실에 나와 국가적 위기라도 발생한 것처럼 나와 에밀리에게 끊임없이 전화를 걸어대는 통에 꼭두새벽에 출근한 적도 있었다. 나는 이번 월요일만큼은 에두아르도가 선심을 써서 아침 의식을 거치지 않고 나를 통과시켜주기를 빌며 회전 바를 밀었다. 물론 헛수고였다.

"그대여, 원하는 것을, 정말, 정말, 정말 원하는 것을 내게 말해주세요."

그가 이를 드러내고 웃으며 스페인어 억양으로 노래했다. 택시 기사를 행복하게 해주고, 미란다보다 먼저 출근했다는 사실에 기뻤던 마음은 어느새 스르르 사라져버렸다. 경비 데스크로 돌진해 에두아르도의 얼굴을 할퀴고 싶은 마음뿐이었다. 하지만 난 원래 너무 착한데다, 에두아르도는 그 건물에서 사귄 친구 중 한 사람이었다. 나는 슬며시 장단을 맞추기 시작했다.

"내가 정말정말정말 원하는 것을 그대에게 말하리— 내가 정말정말
정말 원하는 것을. 지가지가아아아아."

나는 1990년대에 유행했던 '스파이스 걸스'의 히트곡에 미약
하나마 찬사를 보내며 노래를 불렀다. 에두아르도는 벙글거리며
나를 통과시켜주었다.

"이봐요, 잊지 말아요. 7월 16일!"

그가 내 뒤에서 외쳤다.

"알아요. 7월 16일."

나도 소리 질렀다. 그가 왜, 어떻게, 내 생일을 알아냈는지는 기
억나지 않지만, 그는 우리 둘의 생일이 같다는 사실에 환호하다
시피 했다. 그리고 몇 가지 설명할 수 없는 이유로 그것은 아침 의
식의 일부가 되었다. 망할, 하루도 빠짐없이.

엘리아스 클라크에서 사용하는 엘리베이터는 모두 여덟 대이
다. 절반은 1층부터 17층까지 운행하고, 나머지 절반은 17층 이
상만 운행한다. 그중 한쪽의 버튼만 중요했다. 거물들 대부분이 1
층에서 17층 사이를 차지하고 있기 때문이다. 그들은 엘리베이터
문에 붙은 번쩍이는 패널로 자신들의 존재를 과시했다. 2층에는
직원들을 위한 최신식 무료 피트니스센터가 있는데, 완벽한 노틸
러스 서킷과 최소한 백 개는 되는 스테어마스터와 러닝머신, 일
립티컬 머신 등이 고루 갖춰져 있었다. 라커룸에는 사우나와 핫

터브*, 증기탕이 있고, 제복을 갖춰입은 직원들이 네일 케어와 메이크업을 해주는 살롱이 있었다. 타월도 무료로 제공된다고 했다. 난 한 번도 가보지 못했지만, 그곳은 아침 여섯시부터 밤 열시까지 발 디딜 틈 없이 붐빈다는 말을 들었다. 작가와 에디터와 영업사원들이 요가나 킥복싱 강좌를 들으려면 적어도 사흘 전에는 예약을 해야 했다. 십오 분 전까지 출석하지 않으면 자리가 사라지기도 했다. 하지만 직원들의 복지를 위해 설치된 엘리아스 클라크의 다른 모든 것들처럼 그건 내 스트레스만 가중시킬 뿐이었다.

지하에 보육시설이 있다는 소문도 들렸다. 그러나 아는 사람 중에 아이가 있는 사람이 하나도 없어서 그것이 사실인지는 알 수 없었다. 실질적인 업무 공간은 레스토랑이 있는 3층에서부터였다. 하지만 직원들과 함께 식사하기 싫어하는 미란다는 그곳에 가지 않았다. 직원들과의 유대를 과시하느라 그곳에서 즐겨 식사하는 엘리아스의 CEO 어브 라비츠와 점심을 먹을 때 외에는.

위로, 위로, 위로! 우리는 다른 유명 회사들의 이름을 지나 위로 올라갔다. 회사들은 대개 한 층을 다른 회사와 함께 써야 했다. 그들은 각기 한쪽에 안내 데스크를 두었는데, 안내 데스크 두 개가 유리문을 사이에 두고 서로 마주 보고 있었다.

나는 17층에서 내리면서 엘리베이터 문에 비친 내 엉덩이를 바

---

* 뜨거운 물을 넣은 욕조. 와인을 마시거나 잡담을 하는 일종의 사교장 역할을 함.

라보았다. 건축가는 친절하게도 천재적인 솜씨를 발휘해, 매디슨 애비뉴 640번지의 엘리베이터 안에 거울을 설치하지 않았다. ID 카드를(건물 안에서의 모든 동선과 구매와 부재를 추적하는 바로 그 카드를) 깜박 잊고 안 가져와서 회사에 슬쩍 들어가야 할 판이었다. 소피는 아홉시까지는 나오지 않는다. 나는 소피의 책상 밑으로 몸을 숙여 유리문을 여는 버튼을 찾았다. 안내 데스크에서 유리문까지 전속력으로 뛰어가 문이 다시 닫히기 전에 재빨리 들어가야 했다. 서너 번을 시도해야 성공할 때도 있었지만, 오늘은 단 두 번 만에 성공했다.

내가 출근할 때 사무실 안은 늘 깜깜했다. 아침마다 나는 똑같은 길을 거쳐 내 책상까지 갔다. 왼쪽에는 광고영업팀이 있는데, 거기 여직원들은 자신을 가꾸는 데 가장 열심이었다. 그들은 클로에 티셔츠와 스파이크 힐 부츠를 신고 "런웨이"라고 외치는 듯한 명함을 뿌리고 다녔다. 그들은 편집부 쪽 업무와는 완전히 분리되어 있었다. 유행하는 옷을 고르고, 좋은 필자를 섭외하고, 의상에 어울리는 액세서리를 고르고, 모델을 뽑고, 책을 편집하고, 레이아웃을 짜고, 사진작가를 채용하는 곳은 편집부였다. 편집부는 사진 촬영을 위해 전 세계의 명소를 여행하고, 수많은 디자이너에게서 선물과 할인 혜택을 받고, 트렌드를 찾아다니고, '파스티스'와 '플로트'*에서 열리는 파티에 참석했다. '사람들이 무엇을 입고 있는지 꼭 확인해야 하기 때문'이었다.

광고영업팀은 광고란을 파는 일을 담당했다. 그들 역시 때때로 프로모션을 위해 파티를 열었다. 하지만 그 파티엔 명사들이 전혀 참석하지 않기 때문에 트렌드를 좇는 뉴요커에게는 지루한 파티였다(에밀리가 비웃으며 말해준 바에 따르면 그랬다). 런웨이 광고 프로모션 파티가 열리는 날엔 전화통에 불이 났다. 누군지도 알 수 없는 수많은 사람이 그 파티에 초대받고 싶어했다. "오늘 밤에 런웨이에서 파티가 있다고 들었어요. 왜 나는 초대받지 못한 거죠?" 나는 파티가 있다는 것을 항상 외부 사람들을 통해 알게 되었다. 편집부 사람들은 참석을 안 하기 때문에 초대받는 일조차 없기 때문이다. 런웨이 여자들은 자기 무리에 속하지 않은 사람들을 비웃고, 협박하고, 배척하는 것만으로 충분하지 않은지, 내부에도 계급을 만들었다.

광고영업팀 뒤에는 길고 좁은 복도가 있다. 복도는 끝도 없이 이어질 것 같지만 사실은 왼편에 있는 작은 주방에서 막혀 있다. 그곳에는 커피와 차가 골고루 갖춰져 있고 도시락을 넣어두는 냉장고도 있다. 사실 이 모든 건 필요가 없었다. 직원들의 일용할 양식인 카페인은 스타벅스가 독점하고 있고 3층에 있는 레스토랑에서 온갖 메뉴를 고를 수 있는데다, 미드타운의 수많은 테이크아웃 레스토랑에서 마음대로 주문할 수 있기 때문이다. 주방은 이

＊고급 레스토랑과 나이트클럽 이름.

렇게 말하는 것 같았다. "이봐, 여길 봐. 립톤 티와 스위트앤로가 있고, 어젯밤에 먹다 남은 음식을 데워먹을지 몰라서 전자레인지까지 갖춰놨어. 여기도 다른 곳과 똑같은 회사라니까!"

일곱시 오분에 나는 마침내 미란다의 영토에 도착했다. 너무 피곤해서 몸을 움직이기도 힘들었다. 모든 것이, 내가 의문을 던지거나 감히 바꿀 생각도 못 하는 또다른 일상이 나를 기다리고 있었다. 나는 기운을 내서 일을 시작했다. 우선 그녀의 사무실 문을 열고, 모든 조명을 켜야 했다. 밖은 여전히 어두웠다. 나는 권력 장사꾼의 어두운 사무실에 홀로 서 있는 이 드라마틱한 상황을 사랑했다. 쉼없이 불빛이 번쩍이는 뉴욕 시를 응시하면서 지금 최정상에 서 있다는 기분을 만끽하며 영화의 한 장면 속에 있는 나를 상상하면서 말이다. 하나 골라볼까? 강이 내려다보이는 6백만 달러짜리 아파트의 넓은 테라스에서 연인과 포옹하고 있는 영화는 어떨까? 하지만 사무실의 불이 켜지면 내 환상은 끝난다. 모든 게 가능할 것 같이 느껴지던 뉴욕의 새벽이 밝아오면, 사진 속의 캐롤라인과 캐시디의 웃는 얼굴이 내 눈에 들어왔다.

다음에 할 일은 사무실 밖에 있는 옷장을 여는 것이었다. 그 속에 미란다의 코트와 다른 많은 것들, 즉 입지 않는 헌 코트와 수만 달러는 나갈 듯한 옷들을 걸었다. 그녀가 모피를 입고 오지 않은 날에는 내 코트도 걸어두었다. 미란다는 에밀리나 나의 평범한 모직코트가 그녀의 밍크코트 옆에 걸려 있는 것을 싫어했다. 그

중에는 아직 미란다의 아파트에 갖다놓지 않은 새로 드라이클리닝한 옷도 있었다. 최소한 2백 장이 넘는 그 악명 높은 하얀 에르메스 스카프도 있었다. 들리는 얘기로 에르메스는 작년부터 그녀가 좋아하는 그 심플하고 우아한 흰 실크 스카프의 생산을 중단하기로 결정했다고 한다. 그 회사 사람 하나가 미란다에게 전화를 걸어 자초지종을 설명하고 사과했다. 그녀는 매우 실망했다고 냉랭하게 말하고는 남은 제품을 몽땅 주문했다. 약 5백여 장의 스카프가 내가 이 회사에 들어오기 전에 사무실로 배달되었다는데, 지금은 절반도 채 안 남아 있었다. 미란다는 스카프를 레스토랑, 영화관, 패션쇼장, 주간 회의장, 택시 안 등 아무 데나 놓고 다녔다. 비행기 안과 딸들의 학교, 테니스 코트에도 흘리고 다녔다. 물론 늘 하나는 맵시 있게 옷에 매고 있고. 난 밖에서 스카프를 하지 않은 그녀의 모습을 단 한 번도 본 적이 없다. 그런데 다른 스카프들은 어디 흘리고 다녔는지 알 길이 없었다. 그녀는 그것을 손수건쯤으로 생각하는 걸까? 종이 대신 실크에 메모하는 걸 좋아하는지도 모르겠다. 아무튼 그녀는 진짜로 그 스카프를 일회용으로 여기는 것 같았다. 하지만 그녀에게 그건 일회용이 아니라고 말할 도리가 없었다. 엘리아스 클라크에서는 그 스카프 한 장당 몇백 달러를 지불했지만, 아무 상관 없었다. 우리는 그걸 클리넥스 티슈처럼 그녀에게 건넸으니까. 이 속도라면 이 년도 못 돼 다 없어질 것 같았다.

나는 항시 대기 품목만 놓는 옷장 선반에 스카프가 들어 있는 빳빳한 주황색 상자들을 올려놓았다. 상자들은 그곳에 오래 머무르지 못했다. 그녀가 사나흘에 한 번씩은 점심을 먹으러 나가면서 한숨을 쉬며 이렇게 말했기 때문이다.

"앤-드리-아, 스카프 한 장 줘."

나는 스카프가 다 떨어질 즈음엔 내가 이미 이곳을 떠났을 거라고 생각하면서 스스로를 위로했다. 누군지는 모르지만 그 흰색 에르메스 스카프가 다 떨어졌다고, 이제는 제작되거나 운송되거나 디자인되지 않는다고, 우편으로 배달시키거나 주문할 수 없고, 만들어내라고 강요할 수도 없다고 말해야 하는 지지리도 운없는 사람이 이 세상 어딘가에 있겠지 싶었다. 생각만 해도 소름 끼치는 일이었다.

내가 사무실과 옷장 문을 열자마자 유리가 전화를 걸어왔다.

"여보세요? 앤드리아? 유리입니다. 아래층으로 내려와주겠어요? 58번가에 있어요. 파크 애비뉴에 가까운 쪽, 뉴욕 스포츠 클럽 바로 앞이요. 건네줄 것이 있어요."

미란다가 곧 도착할 거라고 알려주는 전화치곤 완벽하지 않았지만, 어쨌든 고마웠다. 보통 그녀는 드라이클리닝을 맡겨야 할 옷들, 집으로 가져갔던 책과 잡지들, 수선할 구두와 가방 그리고 '그 책' 같은 것을 먼저 유리 편에 사무실로 보냈다. 그렇게 해야 내가 그 세속적인 것들을 먼저 챙겨서, 그녀가 사무실에 들어서

기 전에 처리할 수 있기 때문이었다. 그녀는 대개 소지품을 보낸 후 삼십 분쯤 있다가 왔다. 유리가 나에게 물건을 건네준 뒤 다시 그녀의 펜트하우스로 그녀를 데리러 가기 때문이다.

그녀는 언제, 어디에나 있었다. 에밀리의 말에 따르면 미란다는 절대 잠을 자지 않는다는 것이었다. 나는 에밀리보다 먼저 사무실에 나오게 된 후, 음성 메시지를 듣고서야 그 말을 믿게 되었다. 미란다는 매일같이 새벽 한시에서 여섯시 사이에 모호한 메시지를 여덟 개에서 열 개쯤 남겼다. "캐시디가 다른 여자애들이 다 들고 다니는 나일론 가방을 갖고 싶어해, 중간 크기로. 그애가 좋아할 만한 색깔로 하나 주문하도록 해." "70번대 가의 그 골동품점 전화번호와 주소가 필요해. 지난번에 내가 빈티지 서랍장을 본 곳 말이야." 메시지는 대개 이랬다. 열 살짜리들 사이에서 유행하는 나일론 가방이 어떤 것인지 우리가 당연히 알고 있어야 한다는 투였다. 또 70번대 가에 있는(동쪽이야, 서쪽이야?) 넉넉 잡아 사백여 개는 될 골동품점 중 한 곳에서 지난 십오 년 동안의 어느 순간에 자기가 마음에 들어했던 뭔가를 우리가 잘 알고 있어야 한다는 투였다. 미란다에게 더 자세한 내용은 묻지 못했다. 혼자 실마리를 찾아 해석해보고 그녀의 억양을 이해하려고 노력하면서 아침마다 '재생' 단추를 거듭 눌러가며 성실하게 그 메시지를 듣고 받아적었다.

한번은 좀더 자세한 사항을 미란다에게 물어보는 게 어떠냐고 에밀리에게 말한 적이 있다. 실수였다. 에밀리는 나를 노려봤고, 덕분에 난 기만 죽었다. 미란다에게 질문을 하는 것은 절대 금기였다. 시간과 돈을 낭비하더라도, 일의 결과가 처음 의도를 얼마나 벗어났는지 나중에 듣게 되더라도, 그 편이 차라리 나았다. 미란다의 눈에 든 빈티지 서랍장을 찾아내기 위해, 나는 리무진을 타고 이틀 하고도 반나절 동안 온 맨해튼을 돌아다니며 센트럴 파크 양쪽에 있는 70번대 가를 샅샅이 뒤졌다. 요크 애비뉴는 너무 주택가라 일단 제쳐놓았다. 71번가와 72번가 아래쪽, 73번가 위쪽 그리고 렉스 아래쪽을 훑었다. 주택가만 있는 파크 애비뉴는 건너뛰고, 매디슨 애비뉴 위쪽으로 쭉 올라갔다. 웨스트사이드에서도 비슷한 과정을 반복했다. 전화번호부를 무릎에 펼쳐놓고 손에 펜을 쥔 채 하나도 놓치지 않으려고 노력하면서, 골동품점이 눈에 띄면 바로 뛰어내릴 준비를 했다. 골동품점뿐만 아니라 꽤 많은 일반 가구점에도 들렀다. 네번째로 간 가게에서 나는 예술적으로 보이는 가구를 발견했다.

"안녕하세요, 혹시 빈티지 서랍장 있나요?"

판매원이 나를 안으로 안내하는 순간, 나는 그야말로 비명을 지르듯 물었다. 여섯번째 상점에서는 구태여 안으로 들어갈 생각도 하지 않았다. 어느 버릇없는 판매원은 나를 위아래로 훑어보며 응대할 가치가 있는지 없는지 가늠하기도 했다. 꼼짝없이 당하는 수밖에! 대부분의 상점에서는 타운카가 밖에서 나를 기다리고 있다는 것을 눈치채고 마지못해 "네" 또는 "아니오" 정도의 대답만 해주었다. 내가 어떻게 생긴 서랍장을 찾고 있는지 자세히 물어보는 곳도 물론 있긴 했지만.

그런 서랍장이 있다고 하면, 나는 무뚝뚝하게 이 말부터 했다. "최근에 미란다 프리스틀리가 여기 들른 적 있나요?" 사태가 이쯤 되면 그들은 내가 미쳤다고 생각하거나 경비를 부를 자세를 취했다. 그녀의 이름을 모르는 사람들도 꽤 있었는데, 그건 그쪽이나 내쪽 모두에게 환상적인 상황이었다. 삶이 그녀에 의해 좌우되지 않는 정상적인 인간이 아직 남아 있다는 것을 의미할 뿐 아니라, 내 입장에서는 한마디도 더 보탤 필요 없이 곧바로 나오면 되기 때문이었다. 하지만 많은 사람이 그 이름을 알아들었고, 듣는 즉시 호기심을 보였다. 어떤 이들은 내가 가십 칼럼을 쓰는 게 아닌지 궁금해하기도 했다. 내가 어떤 이야기를 꾸며대도, 자기네 상점에 그녀가 왔다고 말하는 사람은 아무도 없었다. 세 군데만 빼고. 그들은 지난 몇 달 동안 '미즈 프리스틀리'를 본 적은 없지만 정말 그분을 뵙고 싶다고, 제가(프랭크/샬로트/사라베스) 안부 전해드린다고 꼭 말씀드려달라고 했다.

사흘째 정오까지도 그 상점을 찾지 못했다. 마침내 에밀리는 사무실로 들어와 미란다에게 자세한 내용을 물어보라고 했다. 차가 회사 건물 앞에 서자, 식은땀이 흐르기 시작했다. 나는 에두아르도에게 노래하는 의식 없이 나를 들여보내주지 않는다면 회전 바를 뛰어넘어가버리겠다고 협박했다. 사무실이 있는 층으로 올라왔을 때 내 셔츠는 이미 땀으로 흠뻑 젖어 있었다. 사무실로 들어가는 순간, 손이 부들부들 떨리기 시작했다. 안녕하세요, 편집장님. 어떻게 지내세요. 저는 덕분에 잘 지냅니다. 지난번에 편집장님이 말씀하신 골동품점 위치를 찾는데 그게 상당히 어렵습니다. 열심히 찾아봤지만 운이 없었어요. 그 상점이 맨해튼의 동쪽에 있는지 서쪽에 있는지 말씀해주실 수 있나요? 아니면 혹시 그곳 이름을 기억하실 수 있는지요? 완벽하게 준비해놓은 대사는 신경이 곤두선 뇌 안에서 기억 저 너머로 사라져버렸다. 나는 알림판에 질문을 올리지 않고 바로 그녀의 책상 앞으로 가도 되느냐고 물었다. 그녀는 허락했다. 말하라고 하지 않았는데도 대담하게 먼저 입을 여는 것에 놀라서 그랬으리라. 미란다는 한숨을 쉬고, 선심을 쓰는 척하고, 친절한 척도 했다. 아무튼 온갖 모욕적인 방법으로 그 상황을 즐기면서 검은 가죽으로 장정한 에르메스 다이어리를 열었다. 다이어리는 흰색 에르메스 스카프로 묶여 있었다. 그녀는 다이어리에서 그것을 꺼냈다. 바로 그 상점의 명함을.

"지난번에 메시지를 남길 때 할말은 다 했는데, 앤-드리-아. 그걸 받아적으면 큰 문제라도 생기나보지?"

그 명함을 오려 종이공예품으로 만들어 그녀의 얼굴에 뒤집어 씌우고 싶은 마음이 불끈 치솟았다. 하지만 난 그녀의 말이 맞다고 고개를 끄덕였다. 명함에 적혀 있는 주소를 확인해보니 68번가 동쪽 244번지였다. 동쪽이든 서쪽이든, 2번가든 암스테르담 애비뉴든, 상점을 찾을 수 없었던 것이 너무나 당연했다. 내가 근무시간 중 서른세 시간을 할애해서 그토록 찾아다닌 그 상점은 70번대 가에는 아예 존재하지도 않았던 것이다.

나는 이 사건을 떠올리며 미란다가 간밤에 응답기에 남긴 메시지를 받아적었다. 그런 다음 유리를 만나러 아래층까지 잽싸게 내려갔다. 그는 아침마다 내가 찾아갈 수 있도록 자기가 어디에 주차했는지 자세히 설명해주었다. 하지만 내가 아무리 서둘러 아래층으로 내려가도 그는 내가 길거리에서 헤매지 않아도 되게끔 벌써 짐을 한가득 안고 와 있었다. 오늘도 마찬가지로 난 매우 기뻤다. 그는 자애롭고 너그러운 할아버지처럼 가방과 옷과 책을 한아름 안고 로비의 회전 바에 기대어 있었다.

"날 만날 땐 뛰어오지 말아요, 알았어요?"

그는 강한 러시아 억양으로 말했다. "당신은 하루 종일 뛰어다니기만 하는군요. 그녀는 일을 너무 많이 시켜요. 그래서 내가 건물까지 이걸 갖다주는 거예요."

그는 내가 가방과 상자를 잘 들 수 있도록 도와주며 말했다.

"정말 친절하세요. 좋은 하루 보내세요."

나는 그에게 고맙다는 인사를 하고, 에두아르도에게는 '지금 날 괴롭힐 생각은 하지 말아요. 그러면 죽여버리겠어'라는 뜻이 담긴 반농담조의 눈빛을 쏘아보냈다. 그는 아무 말 없이 회전 바를 통과시켜주었다. 마음이 조금 누그러졌다. 그런데 기적적으로 로비의 신문 판매대에 들러야 한다는 게 기억났다. 아흐메드는 미란다가 요구한 조간신문들을 내 팔 안에 쌓아올려줬다. 우편담당 부서에서 매일 아침 아홉시까지 미란다의 책상 앞에 신문을 배달해줬지만, 나는 그녀가 신문이 없는 사무실에 일 초라도 머물위험을 최소화하기 위해 아침마다 따로 한 부씩 사두었다. 주간지도 마찬가지였다. 오직 가십과 패션란만 읽는 누군가를 위해 아홉 종의 신문과 일곱 종의 잡지를 사들인 비용을 청구해도 회사에선 아무도 신경쓰지 않았다.

나는 그녀의 물건을 내 책상 밑 바닥에 몽땅 던졌다. 첫 주문을 할 시간이었다. 늘 외우고 있는 미드타운의 테이크아웃 레스토랑 만지아의 번호를 눌렀다. 여느 때처럼 조르그가 받았다.

"안녕? 저예요."

나는 핫메일에 로그인하기 위해 전화기를 어깨와 턱 사이에 끼우고 말했다.

"자, 시작해볼까요?"

나는 조르그와 친했다. 아침마다 네댓 번씩 이야기하다보니 우습게도 꽤 빨리 친해졌다.

"안녕, 베이비. 배달원을 얼른 보낼게요. 그녀가 벌써 왔어요?"

'그녀'가 내 미치광이 상사이며 런웨이에서 일한다는 것은 알지만, 지금 내가 주문한 아침을 정확히 누가 먹는지는 모르는 그가 물었다. 조르그는 내 '아침 남자들' 중 하나였다. 나는 그들을 그렇게 부르는 것을 좋아했다. 에두아르도, 유리, 조르그 그리고 아흐메드는 내가 인간답게 하루를 시작할 수 있도록 도와주는 이들이었다. 다행히 그들은 런웨이와 아무 관련이 없었다. 내 삶에서 그들 모두는 이 잡지의 편집장의 삶을 좀더 완벽하게 만드는 도구일 뿐이었다. 그들 중 어느 누구도 미란다의 힘과 명성을 진정으로 알지 못했다.

1차 아침식사는 곧 매디슨 애비뉴 640번지로 배달될 것이다. 내가 그걸 버리게 될 확률은 매우 높았다. 아침마다 미란다는 기름이 뚝뚝 떨어지는 베이컨 네 조각과 소시지 두 개, 소프트 치즈 데니시를 먹고, 스타벅스의 톨 사이즈 라테(기억하라, 설탕 두 조각을 넣어서!)로 입가심했다. 사무실 사람들은 꾸준히 앳킨스 다이어트*를 하는 그룹과 환상적인 유전자 덕택에 초인간적인 신진대사가 가능한 운 좋은 그룹으로 나뉘었다. 후자에 속하는 그녀는 아무 부담 없이 가장 기름지고 건강에 해로운 음식들을 게걸스럽게 먹었다. 나머지 사람들은 그녀와 같은 호사를 누릴 여유가 전혀 없었다. 음식이 도착하고 십 분 이상이 지나면 식어버리는 것은 너무나 당연했다. 그래서 나는 그녀가 나타날 때까지 새로 주문했다가 버리는 일을 반복해야 했다. 한 번 정도는 전자레인

---

* 단백질과 지방 섭취량을 늘리고 탄수화물을 극도로 제한하는 다이어트. '황제 다이어트'라고도 한다.

지에 데울 수 있지만, 그래봤자 온기는 오 분 정도 지속될 뿐이었고, 그녀의 입에서 이런 말이 나올 확률이 매우 높았다. "앤-드리-아, 대체 이게 뭐야. 당장 새로 가져와." 나는 이십 분마다 주문을 반복하거나, 그녀가 휴대폰으로 전화해서 다음과 같은 말을 할 때까지 기다렸다. "앤-드리-아, 곧 사무실에 들어갈 거야. 내 아침식사를 주문해놔." 예고라고 해봤자 이삼 분의 여유밖에 없었다. 그 짧은 예고를 받거나 아예 전화조차 하지 않는 일상적인 상황에서는 식사를 미리 주문해놓는 수밖에 없었다. 따라서 그녀가 아침식사 때문에 전화를 했다면 그때는 이미 두세번째 주문이 배달되는 중일 터였다.

전화벨이 울렸다. 누가 이렇게 이른 시간에 전화하리? 분명 그녀겠지.

"미란다 프리스틀리의 사무실입니다."

나는 미란다의 냉기에 대한 마음의 준비를 하며 말했다.

"에밀리, 십 분 안에 도착할 거야. 아침식사를 준비하도록 해."

그녀는 에밀리와 나를 둘 다 '에밀리'라고 불렀다. 그건 그녀가 우리 둘을 구분하지 못하며, 바뀌어도 아무 상관 없다는 것을 암시했다. 마음속 깊은 곳에서 반발심이 솟구쳤지만, 어쨌든 지금은 많이 익숙해졌다. 사실 너무나 피곤해서 이름 따윈 어떻게 부르든 신경이 쓰이지도 않았다.

"네, 편집장님. 바로 준비하겠습니다."

그녀는 벌써 전화를 끊은 뒤였다. 진짜 에밀리가 사무실로 들어왔다.

"미란다 왔어?"

에밀리는 자신의 상사처럼 '안녕'이나 '좋은 아침이야' 같은 말은 뚝 잘라먹고 미란다의 사무실을 살그머니 보며 속삭였다.

"아뇨. 하지만 십 분 안에 온다고 전화가 왔어요. 저 나갔다 올게요."

나는 코트 주머니에 휴대폰과 담배를 넣고 재빨리 뛰어나갔다. 아래층까지 내려가 매디슨 애비뉴를 건너 스타벅스의 긴 줄에 합류하는 데, 그리고 소중한 첫 담배 맛을 보는 데는 단 몇 분만 할당되었다. 나는 담뱃불을 비벼끄고, 비틀거리며 57번가와 렉스 애비뉴가 만나는 교차로에 있는 스타벅스로 들어가 줄을 살폈다. 줄을 선 사람이 여덟 명 이하인 경우에는 다른 사람들처럼 기다리는 편을 택했다. 하지만 대개 그렇듯 스무 명 남짓한 회사원들이 그 비싼 카페인 마약을 위해 지루하게 차례를 기다리고 있었다. 곧바로 건너뛰어야 했다. 나야 구태여 그런 즐거움을 누리고 싶지 않았다. 하지만 미란다는 내가 아침마다 갖다주는 라테가 배달이 되지 않고, 가장 붐비는 이 시간에는 사는 데만 삼십 분이 걸린다는 것을 도무지 이해하려 들지 않았다. "앤-드리-아, 어떻게 된 거야? 내가 곧 들어갈 테니 준비해놓으라고 했을 텐데. 내 아침식사는 어디 있지? 도무지 용납이 안 되는군." 두 주쯤 전에 그녀가 휴대폰에 대고 이렇게 소리를 지르는 바람에 스타벅스의 매니저에게 사정사정해야 했다.

"안녕하세요. 이렇게 시간을 내주셔서 고맙습니다." 나는 매장 매니저인 작은 몸집의 흑인 여성에게 말했다. "정말 어이없는 소리로 들리겠지만, 줄 서는 문제를 좀 해결해주십사 하고요."

나는 내 상사가 아주 중요한 인물인데, 좀 비합리적인 데가 있어서 모닝 커피 때문에 기다리는 걸 좋아하지 않는다고 정성껏 설명했다. 그런 다음 혹시 내가 줄을 서지 않고 커피를 빨리 사갈 수 있는지 물어보았다. 웬 눈먼 행운인지, 매니저인 마리온은 패션 판매 분야의 학위를 받기 위해 FIT*에서 야간수업을 듣고 있었다.

"어머, 정말이에요? 당신이 미란다 프리스틀리를 위해 일한다고요? 그분이 우리 라테를 마신다고요? 톨 사이즈로 아침마다? 세상에, 이럴 수가! 당연하죠. 당신이 오면 바로 도와드리라고 우리 직원들에게 말해놓을게요. 걱정할 거 전혀 없어요. 그분은 패션 분야에서 가장 막강한 분인 걸요."

마리온이 한없이 주절거리는 동안 나는 마지못해 고개를 열심히 끄덕였다. 그렇게 해서 나는 공격적이고 자기만 아는 잘난 뉴요커들이 서 있는 긴 줄을 뛰어넘어 먼저 주문할 수 있게 된 것이

---

* Fashion Institute of Technology.

었다. 그렇다고 으쓱한 기분이 들거나 혼자 잘났다는 느낌이 드는 건 아니었다. 오히려 이런 일을 해야 하는 날이면 늘 두려웠다. 오늘처럼 엄청나게 긴 줄이 카운터 주변을 구불거리며 늘어진 날에는 더 비참해졌다. 마음이 잔뜩 무거워져서 나오게 되리라는 것도 알고 있었다. 이쯤 되면 머리가 지끈거리고 눈은 무겁고 건조해졌다. 나는 이게 내 삶이라는 것을, 시를 외우고 작문 시험을 보고 학점을 잘 받고 많은 애정을 기울이며 기나긴 사 년을 보낸 이유가 이런 삶을 위해서라는 것을 잊으려고 애썼다. 바리스타에게 미란다를 위한 톨 사이즈 라테를 주문하고, 내 것도 몇 잔 추가했다. 미란다의 라테와 그란데 아마레토 카푸치노, 모카 프라푸치노 그리고 캐러멜 마키아토가 컵 네 개짜리 틀에 들어갔고, 머핀 여섯 개와 크루아상도 나왔다. 모두 28달러 83센트였다. 나는 영수증을 지갑 속에 따로 마련한 영수증 칸에 넣었다. 거긴 이미 불룩했다. 모든 비용은 신용도 백 퍼센트인 엘리아스 클라크에 청구하면 된다.

이제 서둘러야 했다. 미란다가 전화한 지 벌써 십이 분이 지났다. 그녀는 내가 아침마다 대체 어디로 사라지는지 의아해하며 자기 자리에서 부글부글 끓고 있을 것이다. 컵 옆면의 스타벅스 로고는 그녀에게 아무런 실마리도 주지 못했다. 주문한 것들이 카운터에 다 나오기도 전에 휴대폰이 울렸다. 여느 때처럼 심장이 덜컥 내려앉았다. 틀림없이 그녀야. 알고 있었지만 그래도 무서웠다. 발신자를 보니 그녀였지만, 전화를 받아보니 에밀리가 미란다의 전화로 건 것이었다.

"그녀가 와 있어. 잔뜩 화났어." 에밀리가 속삭였다. "빨리 와."

"빨리 하려고 정말 애쓰고 있어요."

나는 커피와 빵이 든 봉투를 한 손에 간신히 들고, 다른 손으로는 전화기를 든 채 투덜거렸다.

에밀리와 나 사이에는 뿌리 깊은 증오가 있었다. 그녀는 '선임' 어시스턴트였고, 나는 커피와 식사 담당에 미란다 아이들의 숙제를 도와주고 미란다가 디너파티에 쓸 최고급 접시를 사러 온 도시를 헤매는 일종의 개인 비서였다. 에밀리는 미란다가 쓴 비용을 처리하고, 출장 계획을 짜고, 몇 달에 한 번씩 그녀가 개인적으로 입을 옷을 주문하는(물론 이게 가장 중요한 일이었지만) 일을 했다. 아침마다 내가 먹을 것을 사러 나간 동안 에밀리는 혼자서 모든 전화를 받고, 이른 아침부터 바쁘게 움직이는 미란다를 수발하고, 그녀의 요구를 전부 처리해야 했다. 나는 에밀리가 민소매 차림으로 하루 종일 사무실에 앉아 있을 수 있다는 이유로 그녀를 증오했다. 그녀는 하루에도 몇 번씩 따뜻한 사무실을 나와 뭔가 가지러 가고, 찾으러 다니고, 모아오느라 온 뉴욕을 동동거리며 돌아다닐 필요가 없으니까. 반면 에밀리는 틈만 나면 사무실 밖으로 나갈 이유만 찾는다고 나를 미워했다. 내가 밖에 나갔다 하면 휴대폰으로 수다를 떨고 담배를 피우느라 필요 이상으로 오래

지체한다는 걸 그녀는 알고 있었다.

회사로 돌아갈 때는 스타벅스에 올 때보다 시간이 더 오래 걸렸다. 커피와 스낵을 홈리스들에게 나누어줘야 했기 때문이다. 나는 그것을 즐겼다. 자기들을 '청소해버리려는' 뉴욕 시를 무시하며 57번가 현관에서 잠을 자며 계단을 점령하고 있는 단골 홈리스들 몇 명이 바로 그들이었다. 경찰은 차량이 붐비기 전에 그들을 몰아내려 했지만, 그들은 내가 첫 커피 심부름을 할 때 여전히 그곳을 점령하고 있었다. 엘리아스가 값을 지불하는 커피가 뉴욕이 가장 원하지 않는 사람들의 손에 넘어가는 모습을 보는 것은 굉장히 흐뭇한 일이었다. 아니, 상당한 활력소가 되었다.

체이스 은행 밖에서 잠을 자는, 오줌에 절어 있는 남자가 모카 프라푸치노를 받았다. 그가 그걸 받기 위해 일어난 적은 한 번도 없지만, 나는 아침마다 커피에 빨대까지 꽂아 그의 왼쪽 팔꿈치 옆에 내려놓았다. 몇 시간 뒤 또 커피 심부름을 하러 갈 때 보면 커피는 물론 남자도 보이지 않았다.

손수레에 몸을 기대고 '집 없음, 청소 가능, 먹을 것 원함'이라고 쓴 종이 박스를 세워놓은 할머니는 캐러멜 마키아토를 받았다. 얼마 지나지 않아 나는 할머니의 이름이 테레사라는 것을 알게 되었다. 나는 종종 그녀에게 미란다가 좋아하는 톨 사이즈 라테를 사다주었다. 할머니는 늘 고맙다고 하면서도, 그 자리에서 곧바로 그걸 마시려고 하지 않았다. 내가 커피를 그만 갖다드릴까요 하고 묻자, 할머니는 고개를 마구 저었다. 그러고는 까다롭게 굴고 싶진 않지만, 사실은 더 단 걸 좋아한다면서 그 커피는 너무 쓰다고 했다. 다음날 나는 그녀에게 휘핑크림을 얹은 바닐라향 커피를 사다주었다. 반가워했냐고? 물론 반응이 훨씬 좋았다. 그런데 이번에는 너무 단 것 같았다. 나는 하루 더 실험해보고 마침내 답을 찾았다. 테레사는 휘핑크림과 캐러멜 시럽을 조금 넣은 향 없는 커피를 좋아했다. 내가 그 커피를 건네주면, 그녀는 드문드문 있는 이를 드러내며 빙그레 웃고는 곧바로 마셨다.

세번째 커피는 리오에게 갔다. 그는 담요 위에 CD를 늘어놓고 파는 나이지리아인이었다. 홈리스 같지는 않았다. 어느 날 아침 내가 테레사에게 일용할 양식을 주는데 그가 다가와 노래하듯 말을 걸었다.

"요, 요, 요, 당신은 스타벅스 천사인가요? 내 것은 어디 있나요?"

다음날 나는 그에게 그란데 아마레토 카푸치노를 건넸고, 우리는 곧장 친해졌다.

내가 회사에 수동적인 동시에 공격적인 반항을 하느라고 24달러어치 커피를 더 산 것은(미란다 몫의 톨 사이즈 라테는 겨우 4달러였다) 미란다가 멋대로 행동하도록 놔두는 회사에 대한 개인적인 응징이었다. 나는 그 커피를 더럽고 냄새나는 괴짜들에게 주었다. 그래야 엘리아스를 제대로 엿먹일 수 있을 것 같았다.

로비에 들어가니, 멕시코 억양이 심한 만지아의 배달 소년 페트로가 엘리베이터 근처에서 스페인어로 에두아르도와 잡담을 나누고 있었다.

"야, 이제 오시네요."

페트로가 말하는 순간 딱딱이 몇 명이 우리 쪽을 응시했다.

"다른 때랑 똑같이 갖고 왔어요. 베이컨, 소시지 그리고 구역질나게 생긴 치즈가 든 걸로요. 그런데 오늘은 주문을 한 번밖에 안 하셨네요! 이렇게 끔찍한 것을 먹으면서 어쩌면 그렇게 마를 수가 있어요?"

소년이 헤벌쭉 웃었다. 진짜로 마른 게 뭔지 모르는구나, 하고 면박을 주려다 참았다. 페트로는 자기가 배달하는 아침식사를 내가 먹지 않는다는 건 잘 알고 있었지만, 아침 여덟시 이전에 나와 대화하는 다른 사람들과 마찬가지로 속사정까지는 모르고 있었다. 나는 소년에게 아침식사 값인 3달러 99센트 대신 10달러를 건네주고 위층으로 향했다.

사무실로 들어섰을 때, 그녀는 통화중이었다. 그녀의 구찌 뱀피 트렌치코트가 내 책상 위에 늘어져 있었다. 혈압이 열 배로 상승했다. 두 걸음 더 걸어가 옷장 문을 열고 코트를 걸어놓는 게 그렇게 어려운 일인가? 대체 왜 저걸 꼭 내 책상 위에 던져놓는 거야? 나는 라테를 내려놓고, 전화 세 통을 동시에 받느라 정신없는 에밀리를 쳐다봤다. 그녀는 내가 들어온 것도 모르고 있었다. 나는 뱀피 코트를 걸어놓고 내 코트는 책상 밑에 던져놓았다. 옷장 속에 같이 넣었다가 미란다 코트에 병균이라도 옮기면 어쩌라고?

나는 책상 속에서 설탕 두 조각과 스틱을 꺼내 냅킨으로 한데 쌌다. 커피에 침을 뱉을까 하는 생각이 스쳤지만 참았다. 그 다음 엔 머리 위쪽에 있는 서랍에서 작은 도자기 접시를 꺼내 기름이 뚝뚝 떨어지는 고기와 찐득찐득한 데니시를 쏟았다. 그리고 아직 도 드라이클리닝을 안 맡겼냐고 채근할까봐 책상 밑에 숨겨놓은 그녀의 옷에 손을 닦았다. 원래는 주방 싱크대에서 접시를 닦아 서 써야 했지만 귀찮아 그렇게 하지 않았다. 남들이 보는 데서 설 거지를 하는 수모 대신 티슈로 접시를 닦고 손톱으로 치즈 찌꺼기 를 긁어내는 쪽이 나았다. 너무 더럽거나 오랫동안 사용하지 않 은 접시가 걸리면, 박스째 갖다놓는 펠레그리노 병을 따고 내용 물을 조금 따라서 닦아냈다. 책상 닦는 세제로 닦지 않은 것만으 로도 그녀는 감사해야 했다. 나는 최소한의 도덕적 선만은 넘지 않았다고 이성적으로 확신했다. 다만 너무도 자연스럽게 그 새로 운 도덕적 기준에 나 자신이 함몰된 건 아닐까 걱정스러울 뿐이 었다.

"명심해. 애들 웃게 만들어."

그녀가 전화에 대고 말했다. 말투로 미루어보아, 패션 디렉터 인 루시아에게 모델들이 어떤 표정을 지어야 하는지 이야기하는 것 같았다. 루시아는 곧 있을 브라질 촬영을 맡고 있었다.

"행복한 표정. 이는 다 드러내고, 깨끗하고 건강해 보이게. 시무룩하거나 화난 표정, 찡그리거나 진한 화장은 안 돼. 반짝반짝 빛이 나야 해. 루시아, 내 말 알아듣지? 다른 건 절대 용납 못 해."

나는 책상 가장자리에 접시를 놓고 라테와 냅킨을 그 옆에 놓았다. 그녀는 내게 눈길도 주지 않았다. 나는 혹시 그녀가 팩스를 보내거나 찾아야 하거나 정리해야 할 서류를 산더미처럼 내게 건넬까 싶어서 잠시 그대로 서 있었다. 그러나 그녀는 본 척도 안 했고, 난 그냥 나와버렸다. 아침 여덟시 삼십분이었다. 일어난 지 세 시간밖에 안 되었는데 벌써 열두 시간쯤 일한 것 같은 기분이었다. 이제야 비로소 오늘 처음으로 내 자리에 앉을 수 있게 되었다. 혹시 회사 밖 사람들에게서 즐거운 메일이라도 와 있지 않을까 싶어 핫메일에 로그인 하고 있는데, 그녀가 내 앞에 서 있었다. 벨트를 맨 재킷은 안 그래도 가는 허리를 더욱 꽉 조이고 있었고, 그 밑에 입고 있는 착 달라붙는 펜슬 스커트는 그녀를 더욱 날렵해 보이게 했다. 그녀는 당장이라도 폭발할 것 같은 표정이었다.

"앤-드리-아. 이 라테는 왜 이렇게 차갑지? 밖에 오래 있었던 거지? 다시 사가지고 와."

나는 숨을 깊이 들이마시며 내 얼굴에 나타난 증오의 표정을 황망히 지웠다. 미란다는 그 망할 놈의 라테를 내 책상 위에 올려놓더니, 그녀를 위해 테이블 위에 갖다놓은 이번 호 배니티 페어를 휙휙 넘겼다. 에밀리의 시선이 느껴졌다. 분명 동정과 분노가 섞인 시선일 거야. 에밀리는 그 지옥 같은 의식을 또 한번 치러야 하는 내가 가엽다고 느끼는 동시에, 감히 화를 내고 있다는 이유로 나를 미워하고 있는 것이다. 어쨌든 백만 명쯤 되는 여자들이 내 일자리를 갖고 싶어 죽을 지경이라잖아!

나는 누구에게나 다 들릴 정도로 크게 한숨을 쉬었다. 최근에 생긴 버릇이었다. 미란다 귀에 들릴 수도 있지만, 그렇다고 뭐라고 할 정도는 아닌 그런 수준이었다. 나는 코트를 다시 걸치고 엘리베이터 쪽으로 다리를 질질 끌며 갔다. 오늘 하루도 고달프겠구나.

이십 분 만에 간 두번째 커피 심부름은 한결 수월했다. 스타벅스의 줄이 훨씬 짧아진데다 마리온이 근무중이었다. 내가 들어가자마자 그녀는 직접 라테를 만들어주었다. 너무 지쳐서 빨리 돌아가 자리에 앉고 싶은 마음이 굴뚝같았다. 그래서 이번엔 다른 음료까지 주문하는 수고는 하지 않았다. 하지만 에밀리와 나를 위한 벤티 카푸치노는 주문했다. 막 계산을 하고 있는데 휴대폰이 울렸다. 망할! 이 여자는 도대체 왜 이러는 걸까? 도무지 만족할 줄 모르는데다 참을성도 꽝인, 정말 말이 안 통하는 사람이야. 나온 지 사 분도 안 됐는데 그 새를 못 참아 화를 내다니. 나는 한 손으로 커피를 들고 코트 주머니에서 전화기를 꺼냈다. 그녀가 이럴 때면 난 반드시 담배를 한 대 더 피워물었다. 그런데 릴리가 집에서 건 전화였다.

"안녕, 전화받기 힘들어?"

그녀는 즐거운 목소리로 물었다. 시계를 보니 릴리가 수업중일 시간이었다.

"좀 그래. 두번째 커피 심부름을 하고 있거든. 아주 행복해. 네가 물어볼까봐 미리 말하는데, 너무너무 즐거워 죽을 지경이야. 근데 무슨 일이야? 지금 수업 시간 아니니?"

"응. 간밤에 핑크 셔츠 보이랑 또 데이트했는데, 마르가리타를 너무 많이 마셨나 봐. 여덟 잔이면 너무 많지? 그 친구가 아직 여기 뻗어 있어서 혼자 두고 나갈 수가 없어. 아, 그것 때문에 전화 한 건 아니고……"

"뭔데?"

한 손으로 담배를 꺼내 불을 붙이느라 전화기를 턱과 어깨 사이에 끼운데다 카푸치노 하나가 새는 바람에 나는 통화에 집중할 수가 없었다.

"세상에, 집주인이 오늘 아침 여덟시에 문을 두드리더니 나보고 나가달래."

이제 그녀의 목소리는 조금도 즐겁게 들리지 않았다.

"나가달라고? 왜? 그럼 이제 어떻게 해?"

"내가 샌드라 저스가 아니라는 것, 그리고 그 여자가 여섯 달 동안 여기 산 적이 없다는 걸 그쪽에서 눈치챘나봐. 그 여자는 내 가족도 아니고, 임차료 규제 아파트는 남에게 빌려주면 안 되는 거니까. 물론 나도 알아. 그래서 내가 그 여자인 척했거든. 그런데 어떻게 알았을까? 좌우간 그건 상관없어. 이제 너랑 나랑 같이 살 수 있어. 너 지금 월세 맞지? 살 곳이 없어서 전전세 든 거잖아, 그렇지?"

"맞아."

"그럼 됐다. 함께 다른 집을 얻자. 어디든 우리 마음에 드는 데로!"

"좋은 생각이야."

매우 신나서 하는 말인데도 목소리는 공허하게 울렸다.

"찬성인 거지?"

그녀가 물었다. 흥분이 조금 수그러든 것 같았다.

"물론이야, 릴리. 정말 좋은 생각이야. 근데 나 지금 밖에 있고, 진눈깨비까지 내려. 게다가 왼쪽 팔에 뜨거운 커피가 흘러서 델 것 같아."

삐삐. 다른 곳에서 전화가 왔다. 전화기를 귀에서 떼다가 담뱃불 때문에 목을 델 뻔 했지만, 전화한 사람이 에밀리라는 건 알 수 있었다.

"릴리, 미란다한테 전화 왔어. 나 빨리 가봐야 해. 어쨌든 쫓겨나게 된 거, 축하해. 우리한텐 신나는 일이지 뭐. 나중에 전화할게. 괜찮지?"

"응. 나중에……"

나는 이미 전화를 끊고 마음속으로 집중포화에 대한 대비를 하는 중이었다.

"나예요." 에밀리가 짤막하게 말했다. "대체 뭘 하고 있는 거야? 겨우 커피 심부름 하는 거잖아. 나도 해본 일이라는 거 잊었어? 그렇게 오래 걸릴 필요가 없다는 건 나도 알고⋯⋯"

"뭐라고요?"

나는 전화기의 마이크 부분을 손가락으로 막으며 큰 소리로 말했다.

"뭐라고 하셨어요? 잘 안 들려요. 그쪽에선 들려요? 곧 갈 거예요!"

난 전화기를 탁 닫고 주머니 속 깊이 넣어버렸다. 피우다 만 말보로가 반이나 남아 있었지만 인도에 버리고 급히 회사로 달려갔다.

황송하게도 미란다 님은 미약한 온기가 남은 라테를 받아주셨다. 게다가 열시에서 열한시 사이에 우리에게 평화로운 시간을 하사하기까지 하셨다. 그 동안 그녀는 방문을 닫고 B-DAD에게 아양을 떨었다. 나는 공식적으로는 지난주에 처음 그를 만났다. 수요일 밤 아홉시 경, '그 책'을 갖다주러 갔을 때였다. 그는 현관 옷장에서 코트를 꺼내는 중이었는데 자신을 3인칭으로 설정해놓고는 십 분 동안이나 떠들었다. 그후 그는 내가 갈 때마다 지나친 관심을 보이며 하루를 어떻게 지냈는지 몇 분 동안이나 물어보거나, 맡은 일을 잘한다며 칭찬 따위를 했다. 물론 그런 섬세함은 그의 아내에게서는 찾아볼 수 없는 것이었다. 최소한 그는 주변 사람들을 즐겁게 해주는 사람이었다.

PR 사람들에게 전화를 걸어 회사에서 입을 만한 좀더 우아한 옷을 얻을 수 있는지 알아보려는데, 미란다의 목소리가 들렸다.

"에밀리, 나 점심 먹어야겠어."

사무실에서 그렇게 부른 건 딱히 누구를 지칭하는 게 아니었다. 에밀리는 우리 둘 중 아무나 의미했기 때문이다. 진짜 에밀리가 날 쳐다보며 고개를 끄덕였다. 시키는 걸 하라는 신호였다. '스미스 앤 올렌스카이' 레스토랑의 번호는 내 책상 위 전화에 이미 등록되어 있었다. 난 전화기 너머의 목소리가 새로 온 여자 것이라는 걸 알아채고 말했다.

"안녕, 킴. 미란다 프리스틀리 사무실의 앤드리아예요. 세바스찬 있나요?"

"아, 안녕하세요? 성함을 다시 한번 말씀해주시겠어요?"

일 주일에 두 번, 정확히 같은 시간에 전화를 해서 내가 누군지 말해도, 그 여자는 언제나 우리가 한 번도 통화한 적이 없는 것처럼 굴었다.

"미란다 프리스틀리 사무실이에요. 런웨이요. 무례하게 굴 생각은 없지만(사실 지금 무례하게 굴고 있지) 좀 급하거든요. 세바스찬 좀 바꿔주세요."

다른 사람이 받았다면 나는 미란다가 늘 먹는 것을 주문한다고 말하면 되었을 것이다. 하지만 이 여자는 별로 신뢰가 가지 않았다. 매니저를 바꾸라고 말할 수밖에 없었다.

"알았어요. 계신지 볼게요."

으이구, 킴. 매니저는 거기 있어. 미란다 프리스틀리는 그의 삶이나 마찬가지라고.

"앤디, 안녕하세요?" 세바스찬이 전화기에 가쁜 숨을 뿜어댔다. "경애하는 패션 편집장님께서 오늘 저희의 점심을 드시고 싶어하는군요. 맞죠?"

그 점심이 미란다가 원하는 게 아니라 내가 원하는 거라고 말하면 그가 어떤 반응을 보일지 궁금했다. 엄밀히 말하면 그곳은 테이크아웃 레스토랑이 아니었다. 하지만 여왕 폐하는 특별 케이스였다.

"예, 맞아요. 편집장님은 그곳의 맛있는 음식을 무척 좋아해요. 늘 고마워하고 있다고 전하라고 했어요."

죽여버리겠다거나 팔다리를 잘라버리겠다고 위협해도 미란다가 자기 점심을 만들어주는 이곳의 이름이 무엇인지 아는 건 불가능할 것이다. 그녀는 이 매니저의 이름이 뭐든 상관도 안 하겠지. 그렇지만 내가 이렇게 말하면 세바스찬은 무척 기뻐했다. 오늘은 너무 좋은 나머지 킬킬거리기까지 했다.

"오오, 정말 환상적이에요! 얼른 오세요. 바로 준비해놓을게요."

그의 목소리가 다시 생기를 찾았다. "꼭 전해주세요. 저도 그분께 안부 전한다고요."

"물론이죠. 그럼 곧 갈게요."

그의 자부심을 이토록 불타게 하느라 진이 다 빠졌지만, 덕분에 내 일은 한층 수월해졌다. 그럴 만한 가치는 충분했다. 미란다가 외식을 하지 않을 때면 나는 늘 그녀의 책상에 똑같은 식사를 대령했고, 그녀는 문을 닫고 여유롭게 그걸 먹었다. 이 일을 위해 나는 내 책상 위 수납장에 도자기 접시를 준비해놓았다. 레스토랑에서 가져온 것도 있지만, 대개는 디자이너들이 '홈 라인'에서 갓 출시한 제품 샘플을 보내준 것이었다. 하지만 그레이비 트레이나 스테이크 나이프, 리넨 냅킨 같은 것들을 비축해두는 건 너무 귀찮았다. 그런 사정을 아는 세바스찬은 식사를 보낼 때 그런 것도 챙겨주었다.

나는 검은 모직코트 속으로 몸을 웅크렸다가 담배와 휴대폰을 주머니에 쑤셔넣고 밖으로 나갔다. 2월 말, 밝은 시간이 지날수록 점점 잿빛으로 변하는 듯했다. 49번가와 서드 애비뉴 사이에 있는 레스토랑까지는 걸어서 십오 분밖에 안 되었지만, 차를 부르고 싶은 마음이 잠깐 들었다. 그러나 폐에 맑은 공기가 느껴지자 걷는 게 낫겠다고 생각했다. 나는 담뱃불을 붙이고 연기를 빨아들였다. 그걸 다시 내뿜었을 때, 그게 담배연기인지 차가운 공기인지 짜증이 섞인 한숨인지는 알 수 없었지만, 어쨌든 너무 좋았다.

무작정 이리저리 흘러다니는 관광객을 피해 걸어다니는 것도 이젠 익숙해졌다. 전에는 사람들이 걸어가면서 통화하는 걸 역겹게 바라보았는데, 정신없이 살다보니 나도 똑같이 변했다. 나는 휴대폰을 꺼내 알렉스의 학교로 전화했다. 흐릿한 기억이나마 끄집어내보니, 지금쯤 교사 휴게실에서 점심을 먹고 있을 시간이었다.

전화벨이 두 번 울리자 어떤 여자가 꼬집어뜯는 듯 높은 목소리로 대답했다.

"안녕하세요. PS 277 게릿슨 비치 학교의 미세스 위트모어입니다. 무엇을 도와드릴까요?"

"알렉스 파인맨과 통화하고 싶은데요."

"누구라고 전해드릴까요?"

"여자친구인 앤드리아 삭스예요."

"오, 앤드리아! 얘기 많이 들었어요."

딱딱 끊어지는 말투라 숨이 막힐 것만 같았다.

"그러세요? 반갑습니다. 저도 얘기 많이 들었어요. 알렉스는 학교에 계신 분들이 다 좋다고 말해요."

"그 말을 들으니 정말 반갑네요. 그런데 앤드리아, 당신은 아주 좋은 직업을 가지고 있다던데요. 그렇게 유능한 여성을 위해 일하다니, 정말 재미있을 것 같아요. 참 운이 좋은 사람이군요."

오, 그래요, 미세스 위트모어. 난 정말 운이 좋아요. 얼마나 운이 좋은

지 당신은 상상도 못 할 거예요. 어제 오후에 상사의 심부름으로 탐폰을 사러 갔는데, 나중에 잘못 사왔다며 대체 왜 제대로 하는 일이 하나도 없느냐는 잔소리를 들었을 정도로 운이 좋답니다. 또 있어요. 난 아침마다 여덟시가 되기도 전에 땀과 음식으로 얼룩진 남의 옷을 드라이클리닝 맡겨야 해요. 오, 잠깐만요. 난 진짜 운이 좋아요. 징글징글하게 버릇없고 퉁명스러운 여자애 둘에게 애완동물을 한 마리씩 안겨주기 위해, 예쁜 프랑스 불독 강아지를 찾으러 삼 주 내내 세 개 주* 접경지역을 온통 헤매면서 개 사육자들을 찾아다녀야 했거든요. 진짜예요!

"네, 정말 환상적인 기회예요. 백만 명의 여자들이 갖고 싶어 몸부림치는 기회죠."

나는 기계적으로 말했다.

"저도 그렇게 생각해요! 아, 알렉스가 들어오네요. 바꿔드릴게요."

"안녕, 앤디. 무슨 일이야? 잘 있었어?"

"묻지 마. 지금 여왕 폐하의 점심을 사러 가는 중이야. 오늘은 어때?"

"아직까지는 괜찮아. 우리 반은 점심 먹고 음악 시간이라, 앞으로 한 시간 반 동안 자유거든. 그 다음엔 철자 읽는 연습을 좀더 시켜야 해." 그가 약간 지친 목소리로 말했다. "아이들이 제대로 읽

---

* 뉴저지, 뉴욕, 코네티컷 주를 말함.

을 수 있을 것 같진 않지만."

"오늘 힘들었어?"

"아니."

"뭐야. 별로 힘들지도 않았고, 피 터질 일도 없었다는 얘기잖아. 그냥 즐기면 되겠네, 읽기 수업은 내일로 미루고. 참, 오늘 아침에 릴리한테 전화 왔어. 할렘의 그 집에서 쫓겨나게 됐대. 그래서 우리 둘이 같이 살려고 해. 재미있겠지?"

"와, 축하해! 지금이 네게 딱 맞는 때인 것 같아. 둘이 함께 살면 정말 좋을 거야. 잠깐, 생각해보니 좀 으스스한데? 릴리와 하루 종일 같이 지내고…… 게다가 릴리의 남자친구들하고까지…… 그렇게 되면 우리 집에도 자주 와서 지내야 해, 알았지?"

"물론이지. 하지만 자기도 편해질 거야. 다시 4학년 때로 돌아가는 거나 마찬가지잖아."

"그나저나 그 아파트 참 싼데, 아깝다. 그것만 빼면 좋은 소식이야."

"그래. 나도 말이 나왔으니 말인데, 정서적으로 안정이 안 되는 것 같아. 샨티와 켄드라는 좋은 애들이지만, 이제 낯선 사람들과 사는 게 지겨워."

인도 음식이 좋긴 했지만, 내 모든 물건에 카레 냄새가 배어드는 건 반갑지 않았다.

"오늘 밤에 릴리와 축하주 한잔 할까? 릴리에겐 내가 물어볼게.

자긴 괜찮아? 이스트 빌리지에서 만나자. 거기면 오기 괜찮지?"

"좋은 생각인데? 난 오늘 밤에 헐레벌떡 라치몬트로 가서 조이를 돌봐야 해. 하지만 여덟시까지는 뉴욕으로 돌아올 수 있어. 물론 그 시간엔 네 일이 아직 끝나지 않았겠지만. 남는 시간 동안 나는 맥스를 만나고 있을게. 그 다음에 너희가 합류해. 근데 요즘 릴리는 누굴 만나? 맥스는 필요한 것 같던데. 그러니까……"

"무슨 말이야?" 나는 웃음을 터뜨렸다. "계속해. 자기 혹시 내 친구를 몸 파는 애로 생각하는 거 아냐? 걘 그냥 자유로운 영혼을 가진 거야. 릴리가 요즘 누굴 만나냐고? 무슨 질문이 그래? '핑크 셔츠 보이'라는 남자가 어젯밤에 그애 집에서 잤다더라. 진짜 이름은 몰라."

"알았어. 어쨌든 상관없어. 지금 수업종 울렸어. '그 책' 갖다 준 다음에 전화해줘."

"응, 안녕."

전화를 막 끊으려는데 또 전화가 왔다. 낯선 번호였다. 미란다나 에밀리의 번호가 아니라서 나는 안도의 한숨을 내쉬며 전화를 받았다.

"미란…… 여보세요?"

요즘엔 휴대폰이나 집 전화를 받을 때마다 입에서 자동으로 "미란다 프리스틀리의 사무실입니다"라는 소리가 나오는 바람에, 상대방이 부모님이나 릴리가 아닌 경우엔 너무 창피했다. 어떻게 좀 고쳐야 할 텐데.

"사랑스러운 앤드리아 삭스 양 되시죠? 마샬의 파티에서 뜻하지 않게 내 정신을 쏙 빼놓았던."

전화기 너머에서 약간 쉰 듯한 섹시한 목소리가 물었다. 크리스천! 입술로 내 손을 애무한 후 그가 나타나지 않아 거의 안도하고 있었는데. 위트와 매력으로 그에게 좋은 인상을 주려고 노력했던 그때의 감정이 되살아났지만, 나는 냉정하고 태연하게 대하기로 마음먹었다.

"맞습니다만, 그런데 누구신가요? 그날 밤에 여러 가지로 저를 놀라게 한 분이 무척 많아서요."

좋아. 지금까지는 괜찮아. 심호흡하고, 침착하게.

"경쟁자가 그렇게 많은 줄은 몰랐군요." 그는 부드럽게 말했다. "하지만 별로 놀랄 일도 아니죠. 어떻게 지냈어요, 앤드리아?"

"잘 지냈죠, 물론."

나는 대부분의 '보통' 남자들은 칼 같은 냉소에는 제대로 반응을 보이지 않으므로 새로운 남자를 만나면 '쾌활하고 경쾌하고 기분 좋게' 말하라고 했던 코스모폴리탄 지의 기사를 떠올렸다.

"아주 잘 지내고 있어요. 제 일을 정말 좋아하거든요. 요즘 아주 재미있어요. 배울 것도 많고 진행되는 일도 무척 많아요. 당신은 어때요?"

당신 자신에 대해 너무 많이 말하지 마라. 대화를 지배하려고 하지 마

라. 그가 자기가 좋아하는 것과 가장 익숙한 주제, 즉 자신에 대해 잡담할
수 있을 정도로 편안한 분위기를 만들어라.

"당신 참 재치 있는 거짓말쟁이군요, 앤드리아. 잘 모르는 사람
이라면 진짜인 줄 알겠어요. 근데 이런 말이 있다는 건 알고 있겠
죠? 능란한 거짓말쟁이를 속일 수는 없다. 하지만 걱정 말아요.
이번만큼은 마음대로 하게 해주죠."

나는 그의 공격을 맞받아치려고 입을 열었다가 그냥 웃고 말았
다. 이 남자, 남의 속을 꽤 잘 들여다보잖아.

"바로 본론으로 들어가죠. 내가 지금 워싱턴 디시 행 비행기
를 탈 예정이어서요. 통화하면서 금속 탐지기를 지나가니 보안
검색 요원의 눈길이 곱지 않군요. 자, 이번 토요일 밤에 무슨 계획
있어요?"

나는 사람들이 마음속에 담고 있는 것을 얘기하기 전에 무슨 계
획 있냐는 식으로 질문하는 것을 싫어했다. 이 남자, 자기 여자친
구에게 심부름해줄 사람으로 나를 고른 건가? 아니면 뉴욕 타임
스와 여덟 시간짜리 긴 인터뷰를 하는 동안 자기 개를 산책시켜줄
사람이 필요한 건가? 어떻게 대답해야 이 질문을 빠져나갈 수 있
을까 생각하는데, 그가 말했다.

"내가 이번 토요일 아홉시에 '바보(Babbo)'에 예약해놓았거
든요. 친구들 여럿이 모일 거예요. 대개 잡지사 에디터들인데, 재
미있는 사람들이 많아요. 버즈 기자도 있고, 뉴요커 필자도 두 명

있어요. 괜찮은 모임이죠. 올 생각 있어요?"

그 순간 구급차가 요란하게 사이렌을 울리며 내 옆을 지나갔다. 차로 꽉 찬 길을 뚫고 지나가기엔 역부족이었다. 여느 때처럼 운전자들은 구급차를 무시했고, 구급차는 다른 차들처럼 빨간불 앞에서 멈춰 서야 했다.

방금 이 남자가 내게 데이트 신청을 한 거야? 맞아, 그런 거야. 그가 데이트 신청을 하고 있는 거라고! 그가 날 초대하다니. 크리스천 콜린스워스가 내게 데이트 신청을 하다니. 토요일 밤에, 그것도 바보에서! 자기처럼 멋지고 재미있는 사람들이 모이는 황금 시간대에 예약해놓고 말이야. 뉴요커 필자들 얘긴 귀에 들어오지도 않았다! 나는 기억을 더듬었다. 내가 그에게 뉴욕의 레스토랑 중에서 바보에 가장 가고 싶다고 말했던가. 이탈리안 레스토랑을 좋아하는데, 미란다가 열광하는 그 바보라는 레스토랑에 한번 가보고 싶다고 말한 적이 있었던가? 나는 일 주일치 급료를 그곳의 한 끼 식사로 날릴 생각도 해봤고, 알렉스와 함께 가려고 실제로 예약하려 한 적도 있었다. 하지만 그곳은 다섯 달치 예약이 꽉 차 있었다. 나는 지난 삼 년 동안 알렉스 외엔 아무에게도 데이트 신청을 받아본 적이 없었다.

"어머나, 크리스천. 정말 가고 싶어요."

입을 열자마자 나는 방금 '어머나'라고 한 것을 잊고 싶었다. 어머나! 누가 그런 말을 했더라? 영화 〈더티 댄싱〉에서 베이비가 자니에게 수박을 가져왔다며 큰 소리로 자랑스럽게 말하는 장면이 스쳐 지나갔다. 그 생각은 일단 제쳐두고, 창피하지만 얘기를 계속하기로 마음먹었다.

"정말 가고 싶어요."

어휴, 이 멍청아, 방금 말했잖아! 이 시점에선 좀 진도를 나가야지!

"하지만 그럴 수가 없어요. 벌써 다른 약속이 있거든요."

전체적으로 괜찮은 대답이군, 나는 생각했다. 사이렌 소리 때문에 전화에 대고 소리를 질러대고 있었지만, 난 내가 여전히 기품 있게 말한다고 착각하고 있었다. 데이트를 하자면서 겨우 이틀 전에 전화를 했는데 시간 있다고 말할 필요는 없어. 남자친구의 존재를 드러낼 필요는 더욱 없고. 그건 이 남자랑 전혀 상관없는 일이잖아?

"정말 선약이 있는 거예요, 앤드리아? 아니면 남자친구가 당신이 다른 남자와 데이트 하는 걸 싫어할까봐 그래요?"

정보를 얻으려고 하는군.

"어느 쪽이든 상관없잖아요."

나는 신경질적으로 말했다. 사실 난 추파를 던지듯 혼자서 눈까지 깜박이고 있었다. 그 바람에 신호등을 제대로 보지도 않고 서드 애비뉴를 건너다가 미니밴에 깔릴 뻔했다.

"아, 알았어요. 이번엔 눠주죠. 하지만 또 신청할 거예요. 다음번엔 응할 거라고 생각해요."

"정말요? 왜 그렇게 생각하죠?"

전에는 섹시하게 보였던 그의 자신만만함이 이제는 아주 오만하게 느껴지기 시작했다. 하지만 문제는 그런 그가 더욱 섹시하게 다가온다는 것이었다.

"그냥 그런 예감이 들어서요, 앤드리아. 그냥 예감입니다. 그저 맛있는 식사를 즐기고 좋은 친구들을 만나보라는 우정 어린 초대일 뿐이니까 그 예쁜 머리로 너무 고민할 필요는 없어요. 그 친구와 함께 와도 좋아요. 남자친구 말이에요. 아주 멋진 사람일 것 같군요. 정말 만나보고 싶어요."

"안 돼요!"

나는 고함을 칠 뻔했다. 두 사람이 마주 보고 식탁에 앉아 있다는 생각만으로도 끔찍했다. 둘은 너무 달랐다. 크리스천이 알렉스의 건전함과 사회개혁가 같은 생각을 접하게 되면 내가 너무 창피할 것 같았다. 마찬가지로 내게 매력적으로 느껴지는 크리스천의 스타일, 도도함 그리고 바위처럼 단단한 자신감 때문에 그를 거부하기가 어렵다는 것을 알렉스가 직접 알게 되면, 나는 더 창피해질 것 같았다.

"안 돼요." 웃음이 나왔다. 아니, 아무렇지도 않게 들리도록 억지로 웃었다. "별로 좋은 생각 같지 않아요. 물론 내 남자친구는 당신을 만나보고 싶어하겠지만."

그는 나를 따라 웃었지만, 조롱조의 오만한 웃음이었다.

"앤드리아, 그냥 농담을 한 겁니다. 당신의 남자친구는 분명 매우 멋진 친구일 것 같군요. 그렇지만 딱히 그를 만나고 싶은 건 아니에요."

"그렇겠죠. 제 말은…… 그러니까……"

"난 서둘러야 해요. 마음이 바뀌거나 계획이 바뀌면 전화해줘요, 알았죠? 초대는 아직 유효하니까요. 그럼 좋은 하루 보내요."

내가 미처 대꾸도 하기 전에 전화는 끊겼다.

대체 무슨 일이 일어난 거야? 나는 되짚어보았다. 멋진 작가가 어찌어찌 내 휴대폰 번호를 알아내서 전화를 했다. 그러곤 요즘 인기 상종가인 레스토랑에서 토요일에 만나자고 데이트를 신청했다. 내게 남자친구가 있다는 걸 그가 사전에 알고 있었는지는 잘 모르겠지만, 그 정보 때문에 그의 기세가 그다지 꺾인 것 같지는 않다. 한 가지 확실한 건, 시계를 보니 그와 꽤 오래 수다를 떨었다는 점이었다. 회사에서 나온 지 벌써 삼십이 분이 지났다. 보통 때 점심식사를 가지러 갔다오는 시간을 훨씬 초과했다.

전화기를 주머니에 넣고 보니 벌써 레스토랑이었다. 나는 나무문을 열고 어두운 레스토랑 안으로 급히 들어갔다. 레스토랑 안은 좋아하는 스테이크를 뜯어먹고 있는 미드타운의 은행가와 변호사들로 꽉 차 있었지만, 소리는 거의 들리지 않았다. 플러시 천으로 만든 카펫과 고상한 색조의 인테리어가 모든 소리를 흡수해버린 듯했다.

"앤드리아!"

계산대에서 세바스찬이 부르는 소리가 들렸다. 내가 최후의 구급약 한 알을 갖고 나타난 것처럼 그는 일직선으로 내게 달려왔다.

"와주셔서 정말 기뻐요."

갓 다림질한 회색 스커트 정장을 입은 여자 둘이 그의 뒤에서 진지하게 고개를 끄덕였다.

"정말요? 왜 그러시는데요?"

나는 세바스찬을 놀리고 싶은 마음을 참을 수가 없었다. 그는 정말 대단한 아첨꾼이었다.

그는 자기가 얼마나 흥분했는지 바로 알아볼 수 있게끔 의도적으로 몸을 내 쪽으로 구부렸다.

"저희 스미스 앤 올렌스카이 레스토랑의 전 직원이 미즈 프리스틀리를 어떻게 생각하는지 잘 알고 계시겠죠? 런웨이는 참으로 아름다운 이미지와 놀랄 만한 스타일, 지적이고 매력적인 기사가 담긴 정말 훌륭한 잡지입니다. 저희 모두 그 잡지를 정말 좋아한답니다!"

"네, 정말이지 교양 넘치는 기사들이죠?"

나는 웃음이 새어나오는 걸 억지로 참으며 물었다. 그는 자랑스럽게 고개를 끄덕였다. 그때 정장 차림의 직원 중 하나가 토트백을 건네주려고 그의 어깨를 톡톡 쳤고, 그는 몸을 돌렸다. 그는 기쁨에 겨워 울부짖다시피 했다.

"아하! 여기 있습니다. 여기 나왔군요. 단 한 분뿐인 완벽한 편집장님을 위한 완벽한 점심입니다. 물론 어시스턴트도 완벽하시고요."

그는 덧붙이면서 내게 윙크까지 날렸다.

"고마워요, 세바스찬. 우리 둘 다 감사하게 생각하고 있어요."

나는 천연 면으로 만든 토트백을 열었다. 뉴욕대 학생이면 누구나 어깨에 메고 다니는, 스트랜드 서점에서 파는 그 멋진 가방과 똑같이 생긴 가방이었다. 로고가 없을 뿐, 다른 건 다 똑같았다. 너무 날것이라 조금도 익히지 않은 것 같은, 피가 뚝뚝 떨어지는 1과 1/4파운드짜리 립아이 스테이크. 됐고. 김이 날 정도로 뜨거운, 작은 고양이 새끼만 한 구운 감자 두 개. 됐고. 작은 용기에 담긴 고지방 크림과 버터를 듬뿍 넣은 부드러운 스매시드포테이토. 됐고. 위쪽은 통통하고 즙이 많아 보이고 아래쪽은 깨끗하고 하얗게 마무리된 아스파라거스 여덟 쪽. 됐고. 긴 금속용기에 담긴 부드러운 버터, 굵은 알갱이의 소금이 넘칠 정도로 담긴 소금통, 나무 손잡이가 달린 스테이크 나이프, 깔끔한 흰색 리넨 냅킨. 모두 있었다. 특히 오늘은 냅킨이 주름치마 모양으로 접혀 있었다. 어쩌면 이렇게 예쁜지. 세바스찬은 내가 그걸 보고 좋아해주기를 기다렸다.

"정말 잘했어요, 세바스찬." 나는 밖에서 변을 본 강아지를 칭

찬하듯 말했다. "평소보다 훨씬 좋네요."

그의 얼굴이 환해지더니 그는 미리 연습한 겸손을 떨며 눈을 내리깔았다.

"아, 감사합니다. 당신은 제가 미즈 프리스틀리를 어떻게 생각하는지 잘 아시죠? 저희는 정말 영광스러울 따름입니다. 당신도 아시겠지만……"

"그녀의 점심을 준비하시는 거요?"

내가 도와주듯 말을 건넸다.

"아, 예, 물론입니다. 제 마음을 잘 아시는군요."

"물론이죠, 세바스찬. 그녀가 좋아할 거예요, 분명히."

나는 그가 애써 접어놓은 것을 내가 곧 펴버릴 거라고 말할 용기가 없었다. 그가 경애해 마지않는 미즈 프리스틀리 님은 냅킨이 냅킨 아닌 다른 모양으로 접혀 있는 걸 보면 바르르 떨면서 집어던져버릴 테니까. 가방을 들고 돌아서서 나가려는데, 휴대폰이 울렸다.

세바스찬은 내 휴대폰 너머의 목소리가 혹시나 그의 사랑, 그가 살아가는 이유인 그분일까 고대하면서 기대에 찬 눈빛으로 나를 보았다. 다행히도 그를 실망시키는 일은 일어나지 않았다.

"에밀리? 에밀리인가? 잘 안 들려!"

날카롭게 딱딱 끊어지는 미란다의 목소리가 전화선을 타고 넘어왔다.

"예, 편집장님. 접니다. 앤드리아예요."

나는 차분하게 대답했다. 그녀의 이름을 들은 세바스찬은 눈에 띄게 황홀해 보였다.

"앤드리아, 점심은 어떻게 된 거지? 시간을 확인해보니 삼십오 분 전에 말했는데, 왜 점심이 아직도 책상에 놓여 있지 않은 거지? 일은 제대로 하고 있는 건가? 이유를 알 수가 없군. 안 그래?"

그녀가 내 이름을 제대로 불렀다! 작은 성공이다. 하지만 축배를 들 시간이 없었다.

"음, 너무 오래 걸려서 죄송합니다. 약간 문제가 생겨서……"

"내가 시시콜콜한 얘길 듣기 싫어하다는 거 잘 알고 있지?"

"네, 물론 알고 있습니다. 그다지 오래 걸리지 않을……"

"점심을 갖고 오라는 말을 하려고 전화한 거야. 당장! 다른 말 은 필요 없어, 에밀리. 갖고 와, 내 점심을. 당장!"

그녀는 전화를 끊었다. 내 손은 부들부들 떨리다가 휴대폰을 떨어뜨렸다. 휴대폰 표면에 비소*가 불타고 있는 것 같았다.

세바스찬은 내 행동 때문에 거의 기절할 것처럼 보였다. 그는 날렵하게 몸을 숙여 휴대폰을 집어서 내게 건넸다.

"저희 때문에 화나신 건가요, 앤드리아? 저희 때문에 실망하신 게 아니면 좋겠는데. 혹시 그런 거예요?"

---

* 비금속 원소의 한 종류로서, 그 화합물은 독성이 강하고 농약·의약품 등에 쓰 인다.

그의 입이 타원형으로 꽉 오므라들었고, 이마에는 핏줄이 불뚝 튀어나왔다. 나는 그녀를 증오하는 만큼 그도 증오하고 싶었다. 하지만 순간 그가 가여워졌다. 이 사람은, 특출나지 못하고 딱 이만큼만 뛰어난 이 사람은 왜 미란다 프리스틀리를 그토록 경모하는 걸까? 왜 그녀를 기쁘게 하고, 그녀에게 좋은 인상을 주고, 그녀를 위해 베풀려고 이토록 애를 쓸까? 아무래도 이 사람이 내 일을 대신 떠맡는 게 낫겠어. 나는 당장 그만둬버릴 테니까. 그래, 그거야. 회사로 당당하게 돌아가서 그만두겠다고 말하자. 이런 행동을 누가 참아내? 무슨 권리로 사람들에게 이 따위로 말하는 거야? 지위? 권력? 아니면 명성 때문에? 그 거지 같은 프라다 때문에? 이런 행동이 용납되는 곳이 대체 이 세상 어디에 또 있어?

95달러짜리 영수증이 계산대 위에 놓여 있었다. 식사 비용을 엘리아스 클라크에 청구하기 위해 내가 날마다 서명하게 되어 있는 영수증이었다. 나는 되는대로 서명을 휘갈겼다. 지금 이 순간은 그게 내 이름이든, 미란다나 에밀리 또는 마하트마 간디의 이름이든 아무 상관 없었다. 중요하지도 않았다. 나는 '점심 스테이크'라는 말로 재정의가 내려진 그 음식이 든 가방을 들고 쿵쿵거리며 밖으로 나왔다. 차도로 내려서자마자 바로 택시에 몸을 실었다. 하마터면 지나가던 노인을 넘어뜨릴 뻔했다. 이젠 생각할 필요도 없었다. 일을 그만둘 거니까. 한낮의 러시아워인데도 몇 블록을 지나는 데 십 분밖에 안 걸렸다. 나는 택시기사에게 20달러짜리 지폐를 던졌다. 50달러짜리가 있었다면 그걸 주고 엘리아스에서 다시 받아낼 방법을 궁리했을 것이다. 하지만 지갑 속에 그만 한 돈이 없었다. 기사가 바로 거스름돈을 세기 시작했지만, 나는 택시 문을 쾅 닫고 뛰어나갔다. 그 20달러로 어딘가에서 작은 여자애를 돌보든, 온수 히터를 고치든 하겠지. 그가 차고에서 교대를 한 후 맥주를 몇 잔 하든, 아니면 다른 걸 하든, 내가 스타벅스 커피를 또 한 잔 사는 것 보다는 훨씬 고결한 일일 것 같았다.

나는 정의로운 분노에 가득 찬 채 쿵쿵거리며 회사 건물로 들어갔다. 모퉁이에 서 있던 딱딱이 몇 명이 불만스런 시선을 보냈지만 무시했다. 벤지가 버그만 쪽 엘리베이터에서 나오는 게 보였다. 난 더는 시간낭비를 하고 싶지 않아 몸을 홱 돌려 보안카드를 찍었다. 그런 다음 회전 바로 직행했다. 이런 젠장! 그놈의 금속 막대기에 골반뼈를 부딪쳤다. 곧 보라색 피멍이 들겠지. 고개를 들어보니 허옇게 번득이는 이빨과 그 주위로 연신 땀을 흘리고 있는 푸짐한 얼굴이 보였다. 에두아르도였다. 그는 지금 장난을 치고 있었다. 미칠 노릇이었다.

나는 사나운 표정을 지으며 그를 노려보았다. 죽어버려! 하는 눈빛으로 쏘아봤지만 전혀 먹히지 않았다. 나는 계속 그를 노려보며 회전 바를 돌렸다. 번개처럼 잽싸게 카드를 대고 곧바로 돌진했다. 하지만 그는 내가 통과하기 전에 회전 바를 정지시켜버렸다. 나는 그 자리에 멈춰 서서, 내가 들어가려 했던 회전 바로 딱딱이들이 차례차례 통과하는 것을 지켜보았다. 여섯 명이 통과했는데, 나는 아직도 그 자리에 서 있었다. 너무 진이 빠져 눈물이 날 것 같았다. 하지만 에두아르도는 동정하지 않았다.

"이봐요, 아가씨, 그렇게 짜증내지 말아요. 이건 고문이 아니야. 재미있잖아? 자, 잘 들어요. 이제 우리뿐이야. 주위엔 아무도 없는 것 같아. 우리는 외로운 사람들. 심장 뛰는 소리만 들릴 뿐이야."

"에두아르도! 대체 내가 왜 이런 짓을 해야 하죠? 난 이 따위 짓을 할 시간이 없단 말이에요!"

"알았어요, 알았어. 연기는 하지 말고 노래만 해요. 내가 먼저할 테니 당신이 마무리해요. 얘들아, 제대로 해! 우리가 함께 있을 때그들이 하는 소리. 노는 걸 좀 봐! 그들은 이해 못 해. 그래서 우리……"

내가 위층으로 올라가기만 한다면 일을 그만둘 필요도 없으리라. 올라가보면 이미 해고되어 있을 테니까. 이 사람이라도 기분좋게 해주지 뭐.

"있는 힘껏 빨리 달려요." 나는 박자를 놓치지 않고 노래를 이어불렀다. "손을 꼭 잡고 밤으로 멀리 도망가요. 나를 안아줘요. 우리 함께쓰러져요. 그리고 말해……"

나는 출근 첫날 만났던 미키가 노래를 들으려 하는 것을 알아채고 에두아르도 쪽으로 몸을 더 기울였다. 에두아르도가 마무리했다.

"이제 우리뿐이야. 주위엔 아무도 없는 것 같아. 우리는 외로운 사람들. 심장 뛰는 소리만 들릴 뿐이야!"

그는 큰 소리로 웃더니 손을 공중으로 번쩍 쳐들었다. 나는 그와 하이파이브를 했다. 그제야 회전 바가 찰칵, 하고 열렸다.

"점심 맛있게 먹어요, 앤디!"

호탕하게 웃으며 그가 외쳤다.

"당신도요, 에두아르도."

엘리베이터는 행복하다는 듯 아무 일 없이 위로 올라갔다. 사무실 문 앞에 서는 순간, 그만둘 수 없다는 생각이 들었다. 분명한 것은 무작정 그런 행동을 하려니 겁이 난다는 것과, 그녀가 나를 물끄러미 바라보며 "아니. 당신은 그만둘 수 없어"라고 말하면 내가 할말이 없다는 것이었다. 그건 제쳐놓더라도, 딱 일 년만 이 일을 하면 된다는 걸 생각하지 않을 수 없었다. 진정 하고 싶은 일을 하기 위해 일 년, 열두 달, 오십이 주, 삼백육십오 일만 이 쓰레기 같은 곳에서 견디면 된다. 그렇게 무리한 요구는 아니었다. 게다가 난 지금 너무 진이 빠져서 다른 일자리를 알아볼 기운도 없었다. 정말로 너무 지쳐 있었다.

내가 들어가자 에밀리가 쳐다봤다.

"그녀는 곧 올 거야. 방금 전화받고 라비츠 씨 사무실로 올라갔어. 앤드리아, 정말 진지하게 묻겠는데, 대체 왜 이렇게 오래 걸리는 거야? 당신이 늦으면 내가 괴롭다는 거 알지? 내가 대체 뭐라고 말해줘야 해? 커피를 사러 가는 대신 담배를 피우고 있다고 해? 아님 점심을 가지러 가는 대신 남자친구랑 수다 떨고 있다고 해? 이건 말도 안 돼, 정말."

에밀리는 컴퓨터 모니터로 시선을 돌렸다. 체념한 표정이었다.

그녀 말이 옳았다. 이 상황은 분명 말이 안 됐다. 내게도, 그녀에게도, 아니, 상식이 있는 사람이라면 그 누구에게라도. 나는 내가 밖에 나갈 때마다 긴장을 풀고 머리를 식히느라 항상 몇 분을 더 쓰는 바람에 그녀가 힘들어했다는 것에 미안함을 느꼈다. 내가 밖에 나가 있는 일 초 일 초는 미란다가 에밀리에게 가차 없이 관심을 쏟아붓는 시간이었던 것이다. 나는 좀더 열심히 일하겠다고 마음먹었다.

"당신 말이 맞아요, 에밀리. 미안해요. 더 열심히 할게요."

에밀리는 매우 놀라는 것 같았고, 약간 만족스러워 보였다.

"그렇게 말해줘서 고마워, 앤드리아. 내 말은, 나도 그 일을 해봤다는 거야. 그 일이 얼마나 진 빠지는지 나도 알고 있다고. 정말이야. 하루에 대여섯 번, 아니 일곱 번씩이나 커피를 사러 눈과 진창과 빗속을 뚫고 다니던 때가 나에게도 있었어. 너무 지쳐서 움직이기 힘들 때도 있었고. 그게 어떤 건지 나도 안단 말이야. 미란다는 내가 건물에서 나가기도 전에 라테, 점심식사, 민감성 치아용 치약 같은 걸 당장 갖고 오라고 전화를 했어. 난 아직 밖에 나가지도 못했는데 말이야! 그 여자의 치아가 민감하다는 걸 알게 돼서 위안이 되긴 했지. 그녀는 그래, 앤디. 늘 그래. 그러니까 더는 문제를 일으키지 마. 계속 그러면 당신은 살아남을 수 없어. 미란 다가 일부러 그렇게 못되게 구는 건 아니야. 원래 그런 것뿐이 야."

나는 고개를 끄덕였다. 에밀리의 말을 이해했다. 하지만 받아들일 수는 없었다. 다른 곳에서 일해본 적은 없지만, 다른 상사들이 모두 이렇게 행동할 리는 없지 않은가. 설마 혹시 그들도……?

나는 점심이 든 가방을 책상 위에 놓고 차릴 준비를 했다. 보온 처리된 용기에서 맨손으로 음식을 꺼내, 머리 위 수납장에 있던 도자기 접시에 담았다(바라건대, 최대한 우아하게). 아직 세탁소에 보내지 않은 미란다의 더러운 베르사체 바지에 기름이 잔뜩 묻은 손을 천천히 닦고, 접시를 책상 밑에 있던 티크와 타일로 만든 쟁반에 올려놓았다. 옆에는 버터가 잔뜩 든 그레이비 소스를 담은 긴 접시와 소금 그리고 이제는 주름치마 모양이 아닌 리넨 냅킨과 식기를 놓았다. 나의 예술적 감각으로 얼른 감상해보니 펠레그리노가 빠져 있었다. 서둘러. 그녀가 금방 들이닥칠 거야! 나는 주방으로 달려가 얼음을 한 움큼 꺼냈다. 얼지 않도록 손을 호호 불었다. 그러고 나니 불쑥 얼음을 핥고 싶은 욕구가 치밀어올랐다. 할까 말까? 안 돼! 그 따위 짓은 하지 마. 하지 말라고. 그녀의 음식이나 얼음조각에 침을 뱉지 마. 그런 짓을 하기엔 넌 너무 고상한 인간이야!

미란다의 사무실은 아직 비어 있었다. 이제 물을 따르고 모든 것이 완벽하게 차려진 쟁반을 그녀의 책상에 갖다놓기만 하면 되었다. 그녀는 돌아와서 어마어마하게 큰 책상 앞에 앉아 자기 방문을 닫으라고 시키겠지. 그러면 난 행복하게, 아주 열심히 달려갈 것이다. 그건 그녀가 문 뒤에서 적어도 삼십 분은 조용히 앉아 B-DAD와 전화를 한다는 뜻이니까. 그건 우리에게 뭔가 먹을 수 있는 시간이 주어졌다는 뜻이기도 했다. 에밀리와 나, 둘 중 한 명이 레스토랑으로 뛰어내려가 첫눈에 띄는 것을 집어들고 재빨리 되돌아와 교대할 수 있는 시간이다. 우리는 그녀가 예고 없이 나타날 때를 대비해 책상 밑이나 컴퓨터 모니터 뒤에 음식을 숨겨놓았다. 암묵적이지만 그 누구도 거역할 수 없는 규칙이 하나 있었다. 런웨이 직원들은 미란다 프리스틀리 앞에서는 음식을 먹을 수 없었다. 절대로!

시계를 보니 두시 십오분이었고, 위장은 점심시간이 한참 지났음을 알리고 있었다. 스타벅스에서 사무실로 걸어올 때 초콜릿 스콘을 입에 쑤셔넣었는데, 그러고 나서 벌써 일곱 시간이 지나 있었다. 배가 너무 고픈 나머지 그녀의 립아이 스테이크를 뜯어 먹고 싶은 생각마저 들었다.

"에밀리, 나 쓰러질 것 같아요. 배고파 죽겠어요. 빨리 뛰어가서 뭘 좀 사올 게요. 뭐 사다줄까요?"

"미쳤어? 아직 점심 시중을 들지 않았잖아. 미란다가 곧 들이

닥칠 거야."

"정말 힘들어서 그래요. 못 참겠어요."

잠은 부족하지, 혈당치는 낮지, 어지러워 죽을 것 같았다. 그녀가 지금 돌아온다 해도 스테이크 쟁반을 그녀의 사무실까지 나를 기력도 없었다.

"앤드리아, 이성적으로 생각해. 엘리베이터나 안내 데스크에서 그녀와 마주치면 어떻게 해? 당신이 사무실에서 나왔다는 걸 들키잖아. 미란다는 변덕스러운 사람이야. 뭐 하러 위험을 감수해? 기다려. 내가 뭘 좀 갖다줄게."

에밀리는 동전 지갑을 챙겨 밖으로 나갔다. 사 초도 안 돼 복도 저쪽에서 걸어오는 미란다가 보였다. 그녀의 딱딱하게 찌푸린 인상을 보는 순간 어지러워, 배고파, 지쳤어 따위의 생각은 순식간에 가셨다. 나는 점심식사를 갖다놓기 위해 벌떡 일어났다.

그녀의 지미 추 구두가 문턱을 넘기 바로 직전에 나는 자리로 돌아왔다. 머리는 빙빙 돌고, 입 안은 말라붙고, 어디가 어딘지 정신이 하나도 없었다. 다행히 그녀는 내 쪽을 오래 보지 않았다. 에밀리가 자리에 없는 것도 눈치채지 못한 것 같았다. 조금 아까 라비츠 씨와 만난 일이 잘 안 된 건가. 다른 사람을 만나기 위해 자기 사무실을 비운 일로 화가 난 게 좀 오래 가는 것일 수도 있다. 이 건물 안에서 미란다가 얼른 쫓아가야 하는 사람은 오직 라비츠 씨뿐이었다.

"앤-드리-아! 이게 뭐야? 대체 이게 뭔지 말해봐!"

나는 쏜살같이 그녀 사무실로 들어가 책상 앞에 섰다. 그녀와 나는 거기 놓인 점심을 내려다보았다. 외식할 때를 제외하고 그녀가 늘 먹는, 겉보기에는 분명 똑같은 점심이었다. 빠진 게 없나 재빨리 눈으로 확인했다. 전혀 없었다. 모두 제자리에 잘 놓여 있었다. 좌우가 바뀐 것도 없었고, 요리가 잘못되지도 않았다. 대체 뭐가 문제지?

"음…… 이건 편집장님 점심인데요."

나는 비꼬는 것처럼 들리게 하지 않으려고 애쓰며 조용히 말했다. 너무 당연한 말이라, 그렇게 말하기도 힘이 들었다.

"뭐가 잘못되었나요?"

그녀는 입술을 벌렸다. 어지러워서 비틀거리는 내 눈에는 그녀가 마치 뾰족한 송곳니를 드러내고 있는 것처럼 보였다.

"뭐가 잘못되었나요?"

그녀는 내 목소리와 너무나 다른, 도저히 사람의 목소리로 들리지 않는 새된 소리로 흉내를 냈다. 그러더니 날 째려보면서 몸을 가까이 숙였다. 물론 절대 목소리는 높이지 않았다.

"그래. 뭐가 잘못되었지. 대단히, 대단히 잘못됐어. 내가 왜 방에 돌아와서 이게 책상 위에 있는 걸 봐야 하지?"

비비 꼬인 수수께끼를 풀려고 애를 쓰는 것과 같았다. 왜 이게 책상 위에 있는 걸 봐야 하냐고? 나는 머리를 갸우뚱했다. 한 시간 전에 그녀가 점심을 가져오라고 했다는 말은 분명 정답이 아니다. 하지만 그것밖에는 내밀 답이 없었다. 점심식사가 놓인 쟁반이 마음에 안 드나? 아니, 그럴 리가 없다. 지금까지 자기 눈으로 백만 번쯤 봤고, 한 번도 불평한 적이 없었다. 레스토랑에서 고기 부위를 다른 데로 줬나? 그것도 아니다. 전에 그 레스토랑에서 정말 맛있게 보이는 허릿살을 보낸 적이 있었다. 질긴 립아이보다 그걸 좋아할 거라고 생각한 게 틀림없었다. 하지만 그녀는 거의 심장발작을 일으킬 뻔했다. 그때 그녀는 나를 시켜 요리사에게 전화하게 했다. 그러더니 소리를 질러대며 내 편에 할말을 전했다.

"정말 죄송합니다, 미스. 정말 죄송합니다."

요리사는 어찌나 사근사근하던지 이 세상에서 가장 부드러운 남자 같았다.

"미즈 프리스틀리는 참으로 귀한 손님이라, 저희 레스토랑의 최고급 음식을 권해드리면 더 좋아하실 거라고 생각했습니다. 추가비용을 청구하지는 않았습니다. 염려하지 마십시오. 앞으로는 이런 일이 절대 없을 겁니다. 약속드립니다."

미란다는 내게, 당신은 2급 레스토랑 외에 어디에서도 요리사 노릇을 제대로 할 수 없을 거라고 전하라고 명령했다. 나는 그 말을 그대로 전할 수밖에 없었다. 요리사는 그 말을 인정하며 사과했다. 그날 이후 미란다는 언제나 피가 흐르는 립아이만 먹었다. 그러니 스테이크의 문제도 아니다. 나는 무슨 말을 해야 할지, 어떻게 해야 할지 알 수 없었다.

"앤-드리-아. 라비츠 씨와 내가 방금 그 형편없는 레스토랑에서 함께 점심을 먹었다는 말을 그의 비서한테 듣지 못했어?"

그녀는 자제력을 잃지 않기 위해 애쓰는 것처럼 느릿느릿 물었다.

뭘 어쨌다고? 그렇게 뛰어다니고, 세바스찬의 우스꽝스러운 태도와 그 지랄 같은 전화와 95달러짜리 식사와 티파니의 노래와 음식 차리는 일과 어지럼증을 참아내며 이 여자가 들어올 때까지 아무것도 못 먹고 기다렸는데, 벌써 먹고 들어왔단 말이지?

"아니요. 전화를 못 받았습니다. 그러면 이 식사는 필요 없다는 말씀이신가요?"

나는 쟁반을 가리키며 말했다.

그녀는 마치 쌍둥이 딸 중 하나를 먹으라는 말을 들은 것처럼 나를 쳐다보았다.

"그럼 그게 무슨 뜻인 것 같아, 에밀리?"

망할! 내 이름 갖고 여러 가지 하는군!

"제 생각엔 이걸 원하시지 않는 것 같아서요."

"매우 지각이 있군, 에밀리. 이렇게 학습능력이 뛰어난 사람을 부하직원으로 뒀다니 난 참 운이 좋아. 자, 이제 그만 치워. 그리고 다시는 이런 일이 일어나지 않도록 해. 이상."

내가 팔로 책상을 쓸어버려 쟁반이 방 저편으로 날아가는 영화

같은 장면이 머릿속을 획획 지나갔다. 경악하며 그 광경을 바라보다가 자기 죄를 뉘우치고, 내게 진심으로 사과하는 그녀의 모습도. 그녀의 손톱이 책상에 톡 부딪히는 소리가 났다. 나는 현실로 돌아와 쟁반을 집어들고 조심스럽게 그 방을 나왔다.

"앤-드리-아, 문 닫아. 난 쉬어야겠어!"

먹고 싶지 않을 때 책상 위에 놓여 있는 음식을 보는 게 꽤나 큰 스트레스인가보군.

에밀리가 날 위해 다이어트 코크와 건포도 한 상자를 들고 돌아왔다. 이게 내가 점심 대신 먹을 음식이었다. 물론 그 음식엔 칼로리고 지방이고 설탕이고 하나도 들어 있지 않았다. 에밀리는 그걸 책상 위에 내려놓다가 미란다의 소리를 듣고, 즉시 프렌치 도어를 닫아주러 뛰어갔다.

"무슨 일 있었어?"

내가 들고 있던 손댄 흔적이 안 보이는 쟁반을 슬쩍 보며 에밀리가 속삭였다. 나는 책상 근처에서 굳어 있었다.

"매력적인 저 상사께서 이미 점심을 드신 것 같아요." 나는 이를 갈며 이죽거렸다. "게다가 내가 그 사실을 미리 알지 못했다고, 자기의 위장 속을 들여다보지 못했다고, 배가 고프지 않은 것도 모르고 있다고 나를 한참 야단쳤어요."

"말도 안 돼. 자기가 요구해서 점심을 사러 갔다왔는데 소리를 질렀다고? 점심 먹은 걸 몰랐다고 소리를 질렀단 말이야? 나쁜 년!"

나는 고개를 끄덕였다. 에밀리가 '왜 당신이 그렇게 일처리를 하는지 정말 이해할 수 없어' 하는 식으로 설교를 늘어놓지 않고 내 편을 들어준 것은 경이로운 변화였다. 하지만 잠깐! 어쩐지 좀 이상하더라. 마치 조금 전까지 환하게 빛나고 있던 태양이 분홍빛과 푸른빛 광선을 남기며 스러지듯, 에밀리의 얼굴빛이 분노에서 후회로 확 변했다. '피해망상으로 인한 런웨이 식 말 바꾸기'가 도래하였도다.

"우리가 전에 이야기한 걸 기억해, 앤드리아."

오, 물론이지. 드디어 말 바꾸기가 시작되는군. 열두시 정각, 땡!

"미란다가 일부러 당신 마음을 상하게 한 건 아니야. 그런 말을 했다고 별다르게 생각하진 마. 그녀는 너무 중요한 사람이라 사소한 데까지 신경을 못 쓰잖아. 그러니 그런 걸로 힘들어하지 말고, 음식 갖다버리고 할 일을 하도록 해."

에밀리는 단호한 표정으로 돌아가 자기 컴퓨터 앞에 앉았다. 그녀는 혹시나 미란다가 우리 애기를 엿들었을까봐 걱정하고 있었다. 에밀리는 잠시 자제심을 잃고 얼굴이 벌게진 것을 매우 속상해하고 있는 듯했다. 그녀가 어떻게 이토록 오래 살아남을 수 있었는지 알 수가 없었다.

스테이크를 먹어버릴까 했지만, 그게 조금 전에 미란다의 책상에 있었다고 생각하니 속이 울렁거렸다. 나는 주방으로 가 그걸 몽땅 쓰레기통에 부어버렸다. 전문가가 요리한 음식, 도자기 접시, 금속 버터 용기, 소금병, 리넨 냅킨, 포크와 나이프 세트, 바카라 잔이 다 사라졌다. 모두 사라졌다. 하지만 그게 무슨 소용이람? 내일이면, 아니, 미란다가 배고프다고 하면 난 언제든 또다시 그 일을 해야 할 텐데.

'드링크랜드'에 가보니 알렉스는 짜증난 표정이었고, 릴리는 취해서 인사불성이었다. 내가 오늘 나보다 나이 많은 유명인사에게, 게다가 완전 마초인 남자에게 데이트 신청을 받았다는 걸 알렉스는 알고 있을까? 갑자기 궁금증이 일었다. 눈치챘을까? 내 입으로 얘기해야 하나? 아니야, 별일도 아닌데 뭐. 내가 다른 남자에게 관심이 있다는 것도 아니고. 물론 내가 그럴 리도 없지만…… 그러니 그런 대화를 해봤자 얻을 게 하나도 없었다.

"이봐, 패션 걸."

릴리가 토닉을 흔들면서 싱글싱글 웅얼거렸다. 자기 카디건에 술이 튀었지만 알아차리지 못한 것 같았다.

"아니, 미래의 룸메이트라고 부를까? 한잔 하자. 건배해야지!"

'건배'가 아니라 마치 '건비이'처럼 들렸다.

나는 알렉스에게 키스하고 그의 옆에 앉았다.

"와, 오늘 끝내준다!" 그는 내가 입은 프라다를 힐끗 감상하며 말했다. "언제부터 바뀐 거야?"

"오늘. 외모를 바꾸지 않으면 일자리가 날아갈 것 같더라고. 꽝장히 모욕적인 옷이긴 한데, 날마다 뭔가 입고 나가긴 해야 하니까. 이 옷도 별로 나쁘진 않아. 근데 늦어서 진짜 미안해. 오늘은 그놈의 책이 나오는 데 오래 걸렸어. 게다가 미란다에게 갖다주러 갔더니, 나한테 모퉁이의 델리에 가서 바질을 사오라는 거야."

"그 여자, 요리사도 있다고 하지 않았어? 요리사한테 시켜야 하는 일 아니야?"

알렉스가 지적했다.

"내 말이! 요리사는 물론이고 가정부랑 보모도 있고, 애들도 둘이나 있지. 왜 나에게 저녁식사용 향신료를 사오라는 건지 알다가도 모르겠어. 더 짜증나는 건, 피프스 애비뉴 모퉁이엔 델리라곤 눈 씻고 찾아봐도 없다는 거야. 매디슨이나 파크도 마찬가지고. 그래서 렉스까지 가야 했다니까. 그런데 바질이 있었느냐? 없더라고. 그래서 다고스티노까지 아홉 블록이나 걸어가야 했어. 사십오 분이 더 걸린 거지. 앞으로는 그놈의 향신료를 세트로 사서 늘 들고 다녀야겠어. 그 사십오 분은 정말 놀라운 가치가 있는 시간이었어! 바질을 사는 법을 아주 잘 배웠고, 잡지계에 펼칠 내 미래를 위해 준비를 한 거잖아! 난 지금 편집자가 되기 위한 고속도로를 타고 있는 거라고!"

나는 승리의 미소를 날렸다.

"너의 미래를 위하여!"

릴리는 내가 상황을 비비 꼬아가며 읊어댔다는 걸 조금도 눈치 채지 못하고 외쳤다.

"너무 취했어."

알렉스는 나직하게 한마디 하며, 병원에 누워 있는 친척을 보듯 릴리를 바라보았다.

"맥스도 왔었는데, 벌써 갔어. 릴리는 훨씬 먼저 와 있었나봐. 아니, 술을 너무 빨리 마신 건지도 모르지."

릴리는 언제나 빨리 마셨다. 하지만 이상하지 않았다. 릴리는 모든 면에서 빨랐기 때문이다. 그녀는 중학교 때 제일 먼저 마리화나에 손을 댔고, 고등학교 때 제일 먼저 남자와 잤고, 대학교에 가서는 친구들 중에 처음으로 스카이다이빙을 했다. 릴리는 자기에게 사랑을 돌려주지 않는 것이면 누구나, 무엇이든 사랑했다. 지금까지는 그게 그녀를 살아 있다고 느끼게 해주었다.

"이해가 안 돼. 그 남자가 애인이랑 절대 깨지지 않을 걸 알면서 어떻게 같이 잘 수가 있니?"

나는 대학교 3학년 때 그녀가 몰래 만나던 남자에 대해 이렇게 물은 적이 있었다.

"난 네가 어떻게 그렇게 많은 규칙을 지키며 사는지 이해할 수가 없어." 릴리는 바로 받아쳤다. "완벽하게 계획하고, 정확하게 표시하고. 그렇게 **빡빡하게** 살면 재미있니? 좀 살아보자, 앤디! 뭔가 느껴봐! 살아 있다는 건 좋은 거야!"

요즘 들어 릴리가 전보다 더 많이 마시는 것 같긴 했다. 대학원 첫해의 스트레스는 릴리 같은 성격이 참아내기에도 버거웠다. 컬럼비아 대학의 교수들은 그녀가 브라운 대학에서 겪었던 교수들에 비해 요구사항은 더 많고 이해심은 부족했다. 나쁜 건 아니야. 나는 그렇게 생각하며 웨이트리스를 불렀다. 술 마시는 게 스트레스를 푸는 길인 듯했다. 나는 앱솔루트 보드카와 자몽 주스를 시켜 한 모금 쭉 들이켰다. 다른 걸 마실 때보다 더 빨리 취했다. 먹은 거라곤 에밀리가 갖다준 건포도와 다이어트 코크밖에 없어서 그런 것 같았다.

"지난 몇 주 동안 릴리가 학교에서 무척 힘들었나봐."

나는 릴리가 이 자리에 없기라도 한 듯 알렉스에게 말했다. 그녀는 바에 있는 여피에게 무거운 눈꺼풀로 추파를 던지느라, 우리가 자기 얘기를 하는지도 몰랐다. 알렉스가 내게 팔을 둘러서, 나는 좀더 편안하게 붙어앉았다. 그의 옆에 있으니 너무 좋았다. 이렇게 앉아본 지가 몇 주는 된 것 같았다.

"빨리 일어나고 싶진 않은데, 사실 나 집에 가봐야 해." 알렉스가 내 머리카락을 귀 뒤로 넘겨주며 말했다. "릴리와 둘이 있어도 괜찮겠어?"

"가야 해? 벌써?"

"벌써라니? 앤디, 난 벌써 두 시간이나 네 친구가 술 마시는 걸 지켜보고 있었어. 널 만나러 온 건데, 네가 안 왔잖아. 벌써 열두 시가 다 됐고, 아이들 작문 고쳐줄 게 남아 있단 말이야."

나직한 목소리였지만 화난 게 느껴졌다.

"알아. 미안하게 생각해. 진짜야. 하지만 내가 일부러 늦게 온 건 아니잖아. 그리고……"

"알아. 네가 잘못했다거나, 행동을 고쳐야 한다고 말하는 게 아니야. 나도 이해해. 하지만 내 사정이 어떤지 너도 이해하려고 해봐, 응?"

나는 고개를 끄덕이고 그에게 키스했다. 그래도 기분은 나아지지 않았다. 나는 오늘 이렇게 된 대신 나중에 뭔가 해주겠다고, 하룻밤 날을 잡아 우리만을 위한 특별계획을 세우겠다고 맹세했다. 어쨌든 이 사람은 날 위해 너무 많은 걸 참아주고 있었다.

"그럼 오늘 밤에 같이 있지 않겠다는 거야?"

"네가 릴리 때문에 내 도움이 필요하다면 어쩔 수 없지만. 정말 집에 가서 그 작문을 고쳐줘야 해."

그는 나를 껴안고 작별인사를 한 뒤 릴리의 뺨에도 키스를 하고 문 쪽으로 갔다.

"내가 필요하면 전화해."

그는 밖으로 나가면서 말했다.

"어, 알렉스 왜 가는 거야?" 릴리가 물었다. "너 때문에 화났니?"

"그런가봐."

나는 한숨을 쉬며 캔버스 메신저 백*을 가슴에 껴안았다.

"요즘 내가 알렉스한테 심하게 굴었거든."

바에서 후식을 시키고 돌아와보니, '월 스트리트' 남자가 릴리 옆에 붙어 있었다. 이십대 후반인 듯했지만, 머리가 벗어지기 시작해 정확한 나이는 짐작하기 어려웠다.

나는 릴리의 코트를 집어 그녀에게 던졌다.

"릴리, 입어. 가자."

나는 말하면서 그 남자를 보았다. 그는 키가 작은 편이었는데, 주름 잡힌 카키 바지도 그의 작은 체구를 가려주지는 못했다. 그의 혀가 지금 내 친구의 귀에서 4센티미터밖에 떨어져 있지 않다는 사실 때문에라도 그에게 호감을 가질 수 없었다.

"이봐요, 왜 이렇게 서둘러요?" 그가 콧소리로 힝힝거리며 물었다. "당신 친구와 나는 지금 막 서로를 알아가는 중이라고."

릴리는 웃으면서 고개를 끄덕이고는 잔이 이미 빈 것도 모르고 한모금 마시려 했다.

"그럼 좋군요. 하지만 우린 지금 가야 해요. 이름이 뭐죠?"

---

* A4 크기의 서류를 넣고 다니는 가방. 일종의 크로스 백으로 세로가 길다.

"스튜어트."

"만나서 반가웠어요, 스튜어트. 릴리에게 당신의 전화번호를 주지 그래요. 릴리가 정신이 들면 당신에게 전화를 걸 수도 있잖아요. 아닐 수도 있지만. 괜찮죠?"

나는 그에게 미소를 날렸다.

"음, 뭐, 걱정 말아요. 나중에 또 보죠."

그는 자리에서 일어나 재빨리 바 쪽으로 사라졌다. 덕분에 릴리는 그가 사라진 사실도 몰랐다.

"스튜어트와 나는 서로 친해지는 중이야. 안 그래, 스튜?"

그녀는 그가 앉아 있던 쪽으로 몸을 돌렸다가 황당한 표정이 되었다.

"스튜어트는 바쁘대. 릴리, 이리 와. 가자."

나는 칙칙한 녹색 반코트를 스웨터 위에 걸쳐준 뒤 릴리를 일으켜세웠다. 그녀는 불안하게 비틀대다가 마침내 균형을 잡았다. 춥고 건조한 바깥 공기를 쐬면 릴리가 정신을 차리는 데 도움이 될 터였다.

"속이 별로 안 좋아."

그녀가 또다시 웅얼거렸다.

"알아, 아가씨. 안다고. 너희 집까지 택시 타고 가자, 알았지? 갈 수 있겠어?"

그녀는 고개를 끄덕이다가 갑자기 몸을 숙이더니 속에 든 것을 게워냈다. 토사물이 갈색 부츠를 온통 뒤덮었고, 그녀의 청바지 밑단에까지 튀었다. 지금 런웨이 여자들이 내 친구를 보면 뭐라고 할까? 자꾸 그런 생각이 들었다.

나는 릴리를 건물 창턱에 앉혔다. 그곳이라면 경보기가 없을 테니 괜찮을 것 같았다. 릴리에게 꼼짝하지 말고 있으라고 강경하게 말했다. 길 건너에 24시간 편의점이 보였다. 릴리는 지금 물을 마셔야 했다. 편의점에서 돌아와보니 그녀는 또 구토를 한 뒤였다. 이번엔 몸 앞쪽이 몽땅 더러워졌고 눈까지 풀려 있었다. 한 병은 먹이고 한 병으로는 몸을 씻어주려고 폴란드 스프링 생수 두 병을 사왔는데, 그녀의 모습을 보니 내가 토할 것 같았다. 토사물을 씻어내리려고 한 병은 발에 붓고, 또 한 병은 코트에 부었다. 토사물로 범벅이 되어 있으니 젖는 편이 나았다. 릴리는 너무 취해서 아무것도 모르고 있었다.

그 몰골을 한 릴리와 나를 태워다달라고 택시기사를 설득해야 했다. 엄청난 요금과 어마어마한 팁을 주겠다고 제안했다. 로워 이스트 사이드에서 상당히 먼 어퍼 웨스트까지 가야 했다. 요금은 당연히 20달러가 나올 테고, 나는 그것을 어떻게 회사 비용으로 처리할지 궁리했다. 그래, 미란다 때문에 뭔가 찾으러 다닐 때 쓴 비용이라고 올리면 되겠군.

릴리를 끌고 4층까지 올라가는 일은 택시를 타는 것보다 더 힘들었다. 이십오 분 동안 택시를 탄 후라 그녀는 몸을 조금이나마

가눌 수 있었다. 혼자 샤워도 할 수 있을 정도였다. 침대로 가게 했더니 릴리는 그대로 엎어지면서 침대 박스 스프링에 무릎을 부딪쳤다. 의식을 잃은 그녀를 내려다보며 나는 잠깐 대학 시절을 그리워했다. 어쨌건 그때 우리는 모든 것을 함께 했으니까. 지금도 재미있긴 하다. 하지만 그때만큼 근심 걱정 없던 시절은 다시 오지 않겠지.

릴리가 요즘 술을 너무 많이 마시는 건 아닌지, 잠깐 수상한 느낌이 들었다. 그녀는 늘 너무 취해 있는 것 같았다. 지난주에 알렉스가 그 문제를 얘기했을 때, 나는 릴리가 아직 학생이어서, 진짜 성인으로서의 책임감(펠레그리노를 숙련된 솜씨로 따르는 것 같은!)이 필요한 세계에 살고 있지 않아서 그런 거라고 납득시켰다. 내 말은 우리가 봄방학 때 '세뇨르 프로그'*에서 함께 사진을 많이 찍지 못했다거나, 처음 만난 날을 기념하면서 레드 와인 세 병을 마시지 못했다거나 같은 게 아니었다. 릴리는 내가 기말고사후 폭음을 하고 변기에 앉아 얼굴을 박고 있을 때 내 머리카락을 뒤로 넘겨주었다. 럼주 여덟 잔과 코카콜라를 마시고 가라오케에서 〈가시 없는 장미는 없다네〉라는 무시무시한 노래를 불렀던 밤에는 나를 기숙사까지 차로 데려다주었고, 가는 길에 네 번이나 멈춰서 내가 토할 수 있게 도와주기도 했다. 릴리의 스물한번째

---

*어린이 사진 전문점.

생일에는 완전히 뻗어버린 그녀를 내 아파트로 질질 끌고 가 내 침대에 눕히곤 십 분 간격으로 호흡을 체크한 뒤, 밤 사이에 그녀가 죽지 않을 거라는 확신이 든 후에야 침대 옆 마룻바닥에 곯아떨어지기도 했다. 그날 밤 그녀는 두 번 일어났다. 한 번은 침대 옆에 토하기 위해서였고(릴리는 옆에 있는 쓰레기통에 게우려고 노력했지만, 결국 벽에 게워놓았다), 또 한번은 내게 진지하게 사과하며 너를 사랑한다고, 넌 여자가 가질 수 있는 최상의 친구라고 말하기 위해서였다. 친구란 이런 게 아닐까? 같이 취하고, 같이 바보 짓을 하고, 서로를 보살펴주는 그런 것. 아니면 그건 모두 대학 시절의 즐거움, 한순간의 통과의례에 불과한 것일까? 알렉스는 이번엔 다르다고, 릴리가 뭔가 달라졌다고 주장했다. 하지만 내 생각은 달랐다.

그날 밤 릴리를 혼자 두고 가면 안 된다는 것을 나는 알고 있었다. 하지만 거의 두시가 다 되었고, 나는 다섯 시간 후에 회사에 가 있어야 했다. 내 옷에서는 토사물 냄새가 났고, 릴리의 옷장에는 런웨이에 입고 갈 만한 옷이 하나도 없었다. 특히 지금처럼 의상이 업그레이드된 상황에서는. 나는 한숨을 쉬고, 릴리에게 담요를 덮어주었다. 시계는 아침 일곱시에 맞춰놓았다. 숙취에 시달리지만 않는다면 수업에 들어갈 수 있을 거야.

"안녕, 릴리. 나 간다. 괜찮지?"

나는 그녀의 머리 옆 베개에 휴대폰을 놓았다.

그녀는 눈을 뜨고 나를 똑바로 보더니 빙긋 웃었다.

"고마워."

릴리는 중얼거리더니 다시 눈을 감았다. 마라톤을 하거나 모터 달린 잔디깎이 기계를 끌고 다닐 순 없겠지만, 자는 데는 아무 문제 없어 보였다.

스물한 시간 만에야 비로소 뛰어다니거나, 뭔가를 가지러 가거나, 정리하거나, 움직이거나, 청소를 하거나, 누군가를 도와주는 일을 하지 않을 수 있게 되었다. 난 겨우 말했다.

"천만에. 내일 전화할게."

나는 뻣뻣한 다리를 질질 끌며 밖으로 나왔다.

"우리 중 하나라도 살아 있다면 말이야."

그리고 마침내, 마침내 집으로 갔다.

"우와, 연결돼서 정말 다행이에요."

전화기 너머에서 카라가 말했다. 아침 여덟시 십오분부터 왜 이렇게 숨을 헉헉대지?

"이렇게 일찍 전화한 적 없었잖아. 무슨 일 있어?"

이 말을 하는 짧은 순간에도 미란다가 시킬 수 있는 일에 관한 수많은 시나리오가 휙휙 지나갔다.

"별일 아니에요. 지금 B-DAD가 당신을 만나러 가는 중이라고 알려주려고요. 오늘 아침 그 사람 유난히 말이 많아요."

"정말 빅뉴스네. 그 사람이 나에게 어떻게 지내냐고 시시콜콜 물어본 지 일 주일쯤 지났나? 나의 열렬한 팬이 어딜 가셨는지 안 그래도 궁금했어."

나는 문서 작성을 다 끝내고 '인쇄' 버튼을 눌렀다.

"어머, 당신 정말 운 좋은 여자네요? 그 사람 마음이 이젠 내게서 완전히 떠났나봐." 그녀는 그를 애타게 그리워하는 척했다. "이젠 당신만 바라보는군요. 아까 당신한테 가서 메트로폴리탄 미술관 파티에 대한 세부사항을 의논해야겠다고 말하던 걸요."

"오, 반가워라. 난 그 사람 동생을 하루빨리 만나고 싶어. 여태까지 전화상으로만 얘기했는데 한심한 푼수던데? 그런데 B-DAD가 여기로 오고 있는 거 맞아? 이런 불행을 면할 행운이 혹시 없을까?"

"없어요, 오늘은. 거기 가는 중인 게 확실해요. 미란다는 아침 여덟시 삼십분에 발 전문의를 만나기로 되어 있어요. 그러니까 그녀는 같이 가지 않을 거예요."

나는 얼른 에밀리 책상에 있는 일정표를 보고 예약을 확인했다. 오늘 아침에 미란다는 나오지 않을 예정이었다.

"환상적인데! 아침 일찍부터 만나는 사람 중에 B-DAD보다 더 끔찍한 사람은 없을 거야. 그 사람은 왜 그렇게 말이 많대?"

"명백한 한 가지 사실 외엔 다른 이유를 들 수가 없네요. 미란다와 결혼했으니 정신적으로 이상한 사람이라는 거요. 만약 그가 터무니없는 소릴 하면 전화해요. 이제 가봐야 해요. 캐롤라인이 화장실 거울에 미란다의 스틸라 립스틱을 뭉개놨어요."

"우리 인생은 정말 최고라니까. 안 그래? 우린 정말 멋진 여자들이야. 어쨌든 미리 알려줘서 고마워. 나중에 전화할게."

"그래요, 안녕."

B-DAD가 오기를 기다리면서 서류를 힐끗 보았다. 미란다가 메트로폴리탄 미술관 이사회에 보내는 요청서였다. 그녀는 3월에 시동생을 위해 그 미술관에서 디너파티를 열도록 허가를 받으려는 중이었다. 내가 보기에 미란다는 그 시동생이라는 남자를 전적으로 경멸하고 있었다. 하지만 불행히도 어쩔 수 없는 가족이었다. 잭 톰린슨은 B-DAD의 동생으로 형보다 좀 거친 편인데, 최근에 아내 그리고 세 아이와 헤어져 자기 안마사와 결혼하겠다고 발표했다. 그와 B-DAD는 동부 연안 프렙 스쿨* 출신의 전형적인 귀족이었지만, 잭은 이십대 후반에 자기의 하버드 페르소나를 떨쳐버리고 사우스캐롤라이나로 옮겨가 부동산으로 큰돈을 벌었다. 에밀리가 말해준 모든 것으로 판단하건대, 그는 지독한 남부 남자였다. 밀짚을 질겅질겅 씹고 담배를 뱉는 시골뜨기로 변해버린 것이었다. 고급스러움과 세련미의 결정판인 미란다는 바로 그 점 때문에 그에 대해 질색했다. B-DAD는 자기 동생을 위해 약혼파티를 마련해달라고 부탁했고, 사랑에 눈먼 미란다는 그 부탁을 들어주는 수밖에 없었다. 그녀는 뭘 했다 하면 제대로 하는 타입이었고, 그 결과가 바로 메트로폴리탄 미술관이었다.

---

*주로 미국 동북부 뉴잉글랜드와 보스턴 지역에 몰려 있는 명문 사립 고등학교.

존경하는 이사님들께 어쩌고저쩌고, 멋진 파티를 열 수 있도록 허가해주십사 합니다 어쩌고저쩌고, 최고급 출장 요리사와 꽃장식 전문가, 밴드와 계약할 것이며 어쩌고저쩌고, 귀한 제안을 해주시면 감사하겠습니다 어쩌고저쩌고. 나는 눈에 띄는 실수가 있는지 마지막으로 확인한 후, 재빨리 그녀의 서명을 위조하고는 발송팀에 서류를 가지고 가라고 전화했다.

곧바로 사무실 문을 노크하는 소리가 들렸다. 이렇게 이른 아침엔 올 사람이 아무도 없어서 사무실을 잠가놓았다. 노크하는 소리가 들리자, 나는 발송팀에서 사람을 정말 빨리 보내준다고 생각하며 감동했다. 그러나 문이 열리고 나타난 사람은 B-DAD였다. 그는 아침 여덟시도 안 된 시간에 보기엔 너무 열정적인 미소를 짓고 있었다.

"앤드리아."

그는 곧바로 내 책상으로 걸어왔다. 웃는 모습이 너무 순수해서, 그를 싫어한 것에 얼마간 죄의식마저 들었다.

"안녕하세요, 톰린슨 씨. 이렇게 일찍 웬일이세요? 어쩌죠, 편집장님은 아직 출근하지 않았는데요."

그는 쥐처럼 코를 씰룩이면서 웃었다.

"그래요, 그렇죠. 그녀는 점심식사 후에나 올 거예요. 앤디, 우리가 얼굴을 본 지 참 오래되었죠? 이 미스터 T에게 말해봐요. 어떻게 지내고 있나요?"

"어, 그거 이리 주세요."

나는 미란다가 내게 갖다주라고 맡긴 더러운 옷이 가득한 가방을 끌어당겼다. 그 가방에는 그녀 이름의 이니셜이 수놓여 있었다. 최근에 다시 유행하고 있는 비즈 장식 펜디 토트백도 받았다. 실비아 벤추리니 펜디가 감사의 표시로 미란다에게 만들어준, 디자인이 정교하고 깔끔한 토트백이었다. 구슬을 손수 꿰매어 미란다 단 한 사람을 위해 만든, 세상에 하나밖에 없는 백이기도 했다. 패션팀 어시스턴트는 그게 1만 달러는 될 거라고 말했다. 하지만 지금 보니 가죽 손잡이 하나가 고장나 흔들거리고 있었다. 액세서리 팀에서 직접 꿰매달라고 펜디에 스물네 번쯤 보냈는데 말이다. 백은 우아한 여성용 지갑을 넣는 용도지만, 꼭 필요하다면 선글라스나 작은 휴대폰 정도는 하나 더 넣을 수 있는 크기였다. 하지만 미란다는 그런 것에 신경 쓰지 않았다. 그녀는 그 안을 특대형 불가리 향수, 수선 전문점에 보내야 할 굽 부러진 샌들, 노트북보다 더 무거운 커다란 장부만 한 에르메스 수첩, 매들린 것인지 곧 있을 패션 촬영을 위한 것인지 알 수 없는 대형 스파이크 개 목걸이 그리고 간밤에 내가 갖다준 '그 책'으로 꽉 채웠다. 토트백은 터져나갈 지경이었다. 나라면 그 가방을 저당잡혀 일 년치 집세를 낼 텐데. 미란다는 그 가방을 쓰레기통으로 만드는 쪽을 택했다.

"앤디, 고마워요. 당신은 모든 사람에게 큰 도움이 되는군요.

자, 미스터 T는 당신의 생활에 대해 좀더 듣고 싶어요. 어떻게 지내고 있나요?"

어떻게 지내냐고? 어떻게 지내냐고? 한번 따져볼까? 크게 특별한 건 없어. 난 사디스트인 당신 아내와 맺은 계약기간에 살아남느라고 거의 모든 시간을 바치고 있지. 그녀가 잡다한 일을 시키지 않아 조금이라도 시간이 나면, 선임 어시스턴트가 쓸데없는 세뇌의 말을 쏘아대는 바람에 힘들어 죽겠어. 아주 드물긴 하지만 간혹 이곳의 철창을 벗어나 밖에 나가게 되면, 하루에 8백 칼로리 이상 먹어도 괜찮다고, 6호를 입는다고 특대 사이즈에 속하는 건 아니라고 나 자신을 다독여. 그러니까, 간단하게 말하자면 별일 없다고.

"톰린슨 씨, 별일 없어요. 일은 좀 많은 편이죠. 일하지 않을 땐 친구나 남자친구를 만나요. 가족을 보러 가려고도 하고요."

나는 이렇게 말하고 싶었다. 전엔 책을 많이 읽었어요. 하지만 지금은 너무 피곤해요. 또 운동이 내 삶의 아주 중요한 요소였지만, 지금은 시간 내기조차 어려워요.

"당신 스물다섯 살 맞죠?"

그는 추론 따윈 하지 않는 사람이었다. 또 무슨 얘기를 하고 싶은 걸까?

"아뇨, 전 스물세 살이에요. 지난 오월에 졸업했어요."

"아, 그렇군요! 스물세 살!" 그는 말을 할까 말까 망설이는 것 같았다. 나는 마음을 다잡았다. "그럼 미스터 T에게 말해봐요. 스물세 살짜리들은 이 도시에서 뭘 즐기나요? 레스토랑? 클럽?"

그는 다시 미소를 지었다. 이 남자는 늘 관심을 받고 싶어하는 것처럼 보이지만, 정말로 그런지 궁금해졌다. 남들에게 지나치게 관심을 쏟지만 악의는 없어 보였다. 그저 자꾸만 말하고 싶어서 참견하는 것 같았다.

"여러 곳에 가죠. 사실 클럽에는 잘 안 가요. 바나 라운지 같은 데는 가요. 외식을 하거나 영화를 보러 가기도 하고."

"아주 재미있겠는 걸요. 나도 당신 나이 때는 그러고 다녔죠. 이젠 업무 관련 행사와 기금 모금 행사밖엔 없는데. 앤디, 즐길 수 있을 때 즐겨요."

그는 꼴사나운 아버지처럼 윙크했다.

"네, 그럴게요."

나는 간신히 말했다. 제발, 제발, 제발 좀 가줘. 나를 부르고 있는 베이글을 애타게 바라보며 나는 빌고 또 빌었다. 하루에 고작 삼 분간 평화를 즐기는데, 이 남자가 그걸 훔쳐가고 있었다.

무슨 말인가 하려고 그가 또 입을 여는 순간, 문이 열리며 에밀리가 들어왔다. 그녀는 헤드폰을 끼고 음악에 맞춰 몸을 흔들다가 B-DAD가 서 있는 걸 보고 입이 떡 벌어졌다.

"톰린슨 씨!"

그녀는 헤드폰을 재빨리 벗고 구찌 토트백 안에 아이팟을 던져넣으며 외쳤다.

"어떻게 된 거예요? 편집장님에게 무슨 일이 생긴 건 아니죠? 그렇죠?"

그녀는 정말로 걱정하는 것처럼 말했고, 실제로도 그렇게 들렸다. 오, 대단한 연기력이군. 늘 변함없이 상냥하고 예의바른 어시스턴트여!

"잘 지냈어요, 에밀리? 아무 일 없어요. 미란다는 곧 여기 올 겁니다. 미스터 T는 그녀의 물건을 갖다주러 잠시 들른 것뿐이에요. 어떻게 지내요?"

에밀리의 얼굴이 환해졌다. 나는 그가 여기 와 있는 걸 그녀가 진짜로 좋아하는지 궁금했다.

"잘 지내요. 물어봐주셔서 감사합니다. 톰린슨 씨는요? 앤드리아가 잘 도와주었나요?"

"물론이죠." 그는 내 쪽으로 육천번째 미소를 날리며 말했다. "동생 약혼파티 때문에 몇 가지 의논하려고 했는데, 아직 너무 이르다는 생각이 드는군요. 그렇죠?"

나는 이르다는 말이 지금이 너무 이른 아침이라는 뜻인 줄 알고 하마터면 "네!" 하고 외칠 뻔했다. 하지만 그 말이 계획상 세부사항을 논의하기에 너무 이르다는 뜻임을 곧 깨닫고는 입을 다물었다.

그는 에밀리를 보더니 말했다.

"당신은 아주 뛰어난 수습 어시스턴트를 두었군요. 그렇지 않나요?"

"물론이죠." 에밀리는 거의 이를 악물고 대답했다. "정말 일을
잘한답니다."

그녀가 생긋 웃었다.

나도 빙긋 웃어주었다.

톰린슨 씨는 입이 귀에 걸리게 웃었다. 혹시 조울증 같은 화학
적 불균형 상태에 있는 게 아닐까?

"자, 미스터 T는 이제 가봐야겠습니다. 함께 얘기해서 즐거웠
어요. 그럼 이만."

"안녕히 가세요, 톰린슨 씨!"

복도 모퉁이를 돌아 안내 데스크 쪽으로 가는 그의 등뒤에 대고
에밀리가 외쳤다.

"저분한테 왜 그렇게 무례하게 대하는 거야?"

그녀가 얇은 가죽 블레이저를 벗으면서 내게 물었다. 코르셋처
럼 앞판에 레이스가 있는, 목이 둥글게 파인 하늘하늘한 시폰이
드러났다.

"무례하다니요? 전 미란다의 물건을 받아줬고, 당신이 오기 전
에 같이 이야기도 했는 걸요. 그게 어째서 무례한 거예요?"

"안녕히 가시라는 인사도 안 했잖아. 그리고 얼굴 표정을 보면
다 드러나."

"무슨 표정요?"

"당신 표정 있잖아. 당신은 여기서 천리만리 떨어져 있다고, 여기를 정말 싫어한다고 드러내는 그 표정. 나한테는 그렇게 해도 되지만, 톰린슨 씨 앞에서는 조심해. 그분은 미란다의 **남편**이야. 그러니까 그렇게 대하면 안 된다고."

"에밀리, 혹시 그 사람 좀 이상하다는 생각 안 들어요? 한시도 떠들지 않은 적이 없잖아요. 그리고 어쩌면 그렇게 상냥해요? 솔직히 미란다는 음…… 그렇게…… 상냥하지 않은데?"

신문을 똑바로 놓았는지 확인하려고 에밀리가 미란다 사무실을 힐끗 들여다보았다.

"이상하다고? 뭐가? 앤드리아, 그분은 맨해튼에서 가장 잘나가는 조세 전문 변호사 중 하나야."

말하지 말걸.

"아니에요. 어떨 땐 나 자신도 무슨 말을 하고 있는지 모르겠다니까요. 참, 어젯밤은 어땠어요?"

"아아, 좋았지. 제시카랑 개 들러리에게 줄 선물을 사러 돌아다녔어. 스쿠프, 버그도프, 인피니티, 모두 다. 나중에 파리에 갈 때 가져갈까 싶어서 이것저것 입어봤어. 아직은 너무 이른 것 같긴 하지만."

"파리라뇨? 파리에 가요? 그럼 저와 미란다만 있게 되는 거예요?"

마지막 말은 입 밖에 내지 않으려 했지만, 새어나오고 말았다.

313

에밀리의 얼굴에 얘가 돌았나, 하는 표정이 또다시 스쳤다.

"시월에 미란다와 함께 파리에 가. 봄시즌 프레타포르테 때문에. 미란다는 현장이 어떤지 보여주려고 해마다 선임 어시스턴트와 거길 가거든. 브라이언트 파크에서 하는 건 정말 많이 가봤지. 하지만 유럽의 쇼는 아주 달라."

나는 재빨리 계산해봤다.

"시월이면 지금부터 일곱 달 후인데요? 그때 입고 갈 옷을 지금 사려 한단 말이에요?"

일부러 거슬리게 말할 의도는 없었다. 하지만 에밀리는 즉각 방어적으로 나왔다.

"그래. 물론 난 아무거나 살 생각은 없어. 그때쯤엔 스타일이 아주 많이 바뀌어 있을 테니까. 그래도 지금부터 생각해놓으려고 하는 거지. 거긴 정말 굉장해. 별 다섯 개짜리 호텔에서 자고, 가장 멋진 파티에 가고. 오, 세상에! 게다가 가장 멋있고 독창적인 패션쇼에 참석하는 거라고."

미란다는 패션쇼 때문에 일 년에 서너 번 유럽에 간다고 했다. 다른 사람처럼 그녀도 런던에는 가지 않고, 10월에 열리는 봄시즌 쇼와 7월의 겨울 시즌 쇼, 3월의 가을 시즌 쇼를 보러 밀라노와 파리에 갔다. 가끔 휴양지에 들르기도 했지만, 늘 있는 일은 아니었다. 우리는 이달 말에 열리는 쇼 때문에 미란다의 뒷바라지를 하느라 거의 미칠 지경이었다. 나는 그녀가 왜 어시스턴트를 데리고 갈 생각을 하지 않는지 조금 궁금했다.

"그럼 왜 패션쇼에 갈 때마다 당신을 데리고 가지 않는 거죠?"

분명 에밀리는 장황하게 설명을 늘어놓겠지. 그래도 난 그 질문을 해버렸다. 미란다가 일 주일은 밀라노, 일 주일은 파리에 가 있으면 두 주 내내 사무실에 나타나지 않을 테고, 에밀리도 일 주일 동안 사무실에 없을 테니 흥분이 되지 않을 수 없었다. 베이컨 치즈버거와, 찢어진 청바지, 납작한 신발(운동화도 괜찮을 거야) 생각이 머릿속에 가득했다.

"왜 시월에만 따라가는 건데요?"

"그곳에 그녀를 보조해줄 사람들이 없는 건 아니야. 이탈리아와 프랑스 런웨이에서 매번 그쪽 어시스턴트를 보내줘. 에디터들이 도와주기도 하고. 봄시즌 프레타포르테 때는 늘 그녀가 큰 파티, 그러니까 킥오프 파티를 열어. 사람들 말로는 그게 모든 쇼를 통틀어 가장 크고 멋진 파티래. 난 미란다가 파리에 있는 주에만 가 있는 거야. 그녀는 거기서 자기를 도울 수 있는 사람은 나밖에 없다고 생각하는 거지. 분명해."

그래, 어련하실라구.

"와, 정말 멋질 것 같아요. 그러니까 나 혼자 여기서 요새를 지킨다, 이거죠?"

"그렇긴 해. 하지만 장난 아닐걸? 그녀가 여기 없으면 오히려 챙겨줘야 할 게 훨씬 많아. 그 일 주일이 진짜 고될 거야. 전화도

315

엄청나게 해댈 거고."

"미치겠군."

내가 말하자 에밀리는 눈을 부라렸다.

나는 컴퓨터 모니터를 바라보며 눈을 뜬 채로 잤다. 사람들이 하나둘씩 사무실을 채우자 그제야 정신을 차릴 수 있었다. 열시에 첫번째 딱딱이가 들어왔다. 그녀는 샴페인 때문에 생긴 숙취를 달래기 위해 휘핑크림을 얹지 않은 라테를 조용히 마시고 있었다. 제임스가 내 책상으로 오더니, 간밤에 '발타자'에서 남편감을 만났다고 했다. 그는 미란다가 방에 없는 걸 알면 늘 이런 식이었다.

"그 남자가 정말 멋진 빨간 가죽 재킷을 입고 바에 앉아 있는 거예요. 그러곤 그걸 벗더라고. 혓속에 굴을 넣는 그 감미로운 모습을 당신도 봤어야 했는데……" 그는 남들에게 다 들리게 신음 소리를 냈다. "오, 정말 멋졌어."

"연락처 받았어요?"

"연락처 받았냐고요? 바지를 얻었냐고 물어보시지? 그 사람은 열한시까지 누드로 내 소파에 있었어요. 그리고……"

"알았어요, 제임스. 좋았겠네요. 당신은 일부러 관심 없는 척하는 사람은 아니군요. 그런데 솔직히 말하면 몸가짐을 좀 조심해야 하는 거 아니에요? 지금은 에이즈의 시대라고요."

"오, 베이비, 고고하고 순결한 천사인 당신도 그 친구를 봤다면 곧바로 무릎을 꿇었을 거야. 정말 끝내주는 사람이라니까!"

열한시가 되자 모두 누가 새 시어리 '맥스' 팬츠를 입었는지, 누가 구하기 힘든 최신 세븐스를 입었는지 점수까지 매기며 서로의 옷차림을 확인했다. 정오가 되자 대화는 특정 옷에 집중되었다. 사람들은 대부분 벽에 늘어선 옷걸이 선반 옆에서 수다를 떨었다. 제피는 아침마다 촬영 가능성이 있는 아이템으로 협찬받은 드레스, 수영복, 바지, 셔츠와 코트, 구두 등을 몽땅 가져왔다. 그가 벽 전체를 따라 옷걸이 선반을 정렬해놓았기 때문에, 에디터들은 클로짓에서처럼 자기가 원하는 것을 찾아 마구 헤맬 필요가 없었다.

클로짓은 단순한 옷장이 아니라 작은 강당 같은 곳이었다. 가장자리를 빙 둘러 스타일이 다른 온갖 구두가 벽을 이루고 있었다. 거기야말로 슬링백*, 스틸레토 힐, 발레 플랫, 하이힐 부츠, 토 오픈 샌들, 비즈 장식 샌들이 가득한, 최신 유행 디자이너들을 위한 윌리 웡카의 공장**이나 다름없었다. 붙박이 서랍장이나 모서리에 끼워놓은 서랍에는 상상할 수 있는 온갖 모양의 스타킹, 양말, 브래지어, 팬티, 슬립, 캐미솔, 코르셋이 꽉 차 있었다. '라 페를라'의 호피무늬 푸시업 브래지어가 급히 필요하다고? 그럼 클로짓에 가면 된다. 살구색 망사 스타킹이나 디오르의 애비에이터

---

* 발꿈치 부분을 터서 끈으로 마무리한 구두.
** 로알드 달의 소설 『찰리와 초콜릿 공장』에 나오는 신비한 공장 이름.

선글라스*가 필요하다고? 그것도 클로짓에 있다. 가장 먼 쪽 벽 두 면에는 액세서리 선반과 서랍이 꽉 차 있었다. 가치는 말할 것도 없는 엄청난 수량의 물건이 여기저기 널려 있었다. 만년필, 보석, 침대 커버, 머플러와 장갑, 스키 모자, 파자마, 망토, 숄, 문구용품, 실크로 만든 꽃, 모자, 더 많은 모자, 그리고 백. 수많은 백들! 토트백과 볼링백, 백팩, 언더암 백, 숄더백, 미니백, 대형 백, 클러치**, 엔빌로프 백, 메신저 백이 있는데, 각각 고유한 라벨과 보통 사람들이 매달 내는 융자금보다 비싼 가격표가 붙어 있었다. 조금이라도 틈새가 있는 곳이면 옷이 걸린 옷걸이가 빼곡하게 들어차 있었다. 어찌나 빽빽한지 그 틈을 뚫고 걷는 게 불가능할 지경이었다.

낮에 제피는 복도로 그 많은 옷걸이를 끌고 나왔다. 그렇게 해서 클로짓에 좁으나마 공간을 만들어 모델들이(나 같은 어시스턴트도) 옷을 입어보고 구두와 백에 접근할 수 있게 하려고 애쓰는 것이었다. 작가든 남자친구든 배달원이든 스타일리스트든 이곳에 왔다가 복도에 줄지어 걸려 있는 옷을 보고 발이 땅에 붙은 듯 멈춰 서서 입을 벌리지 않는 방문객을 본 적이 없다. 때때로 옷걸이는 시드니나 산타 바바라처럼 촬영장소에 따라 배열되기도 했고, 비키니나 스커트 정장처럼 품목별로 배열되기도 했다. 하지

---

*파일럿이 끼는 고글처럼 렌즈가 큰 선글라스.

**손으로 들고 다니는 작은 백.

만 대개 그 비싼 것들은 뒤죽박죽 아무렇게나 쌓여 있었다. 누구나 멈춰 서서 부드러운 캐시미어와 비즈로 정교하게 장식한 이브닝 가운을 만져보았지만, '내 옷'으로 소유하고 싶어서 그곳을 맴돌며 한 벌 한 벌 의견을 내놓는 것은 딱딱이들이었다.

"이 카프리*를 실제로 입을 수 있는 사람은 이 세상에서 매기 라이저**밖에 없을 거야." 47.6킬로그램에 옷치수는 6.1인 패션팀 어시스턴트 호프가 어시스턴트 실 밖에서 큰 소리로 말하며 바지를 자기 몸에 대보고는 한숨을 쉬었다. "안 그래도 엉덩이가 큰데 이걸 대보니 엉덩이가 마치 항아리 같아."

"앤드리아."

액세서리 팀에서 일하는 호프의 친구가 나를 불렀다. 나는 아직 그녀를 잘 몰랐다.

"제발 호프에게 뚱뚱하지 않다고 말 좀 해줘요."

"호프, 당신은 뚱뚱하지 않아요."

네비게이션을 작동시킨 것처럼 내 입에서 말이 술술 흘러나왔다. 그 말이 새겨진 셔츠를 입거나 이마에 그 문구를 새겨놓았다면 시간이 훨씬 절약되었을 텐데. 런웨이의 모든 직원은 늘 내게 자기가 뚱뚱하지 않다고 확인해달라는 부탁을 해왔다.

"요새 내 배 본 적 없어요? 스페어 타이어로 꽉 찬 파이어스톤

---

* 무릎 길이 정도의 딱 달라붙는 바지.
** 미국의 패션모델. 주근깨와 깡마른 몸매로 유명하다.

대리점 같아요. 난 너무 뚱뚱해!"

그들은 자기 몸에 붙어 있지도 않은 지방 때문에 전전긍긍하고 있었다. 에밀리는 자기 허벅지 둘레가 커다란 세쿼이아*보다 더 넓다고 단언했다. 제시카는 팔뚝살이 덜렁거릴 지경이라며 영화배우 로잔느 바**의 팔뚝 같다고 했다. 제임스마저도 어느 날 아침 샤워를 하고 나오다가 자기의 엉덩이가 너무 커 보여서 병가를 내고 싶었다고 말했다.

처음에는 수없이 던져지는 "나 뚱뚱하지?"라는 질문에 나는 내가 생각하기에도 너무나 이성적인 대답으로 일관했다.

"호프, 당신이 뚱뚱하면 난 어쩌라고? 난 당신보다 키가 5센티미터나 작은데 몸무게는 더 나가잖아."

"오, 앤디, 나 지금 심각해. 난 뚱뚱해. 자긴 말랐고 게다가 너무 멋져!"

나는 그녀가 거짓말하는 거라고 생각했다. 하지만 곧 호프가 (거식증 환자처럼 마른, 사무실 안의 모든 여자와 대부분의 남자들과 마찬가지로) 다른 사람의 몸무게를 정확히 파악할 수 있다는 걸 깨달았다. 그러나 다들 거울만 보면 그 안에서 커다란 영양 한 마리가 자기를 쳐다보고 있는 줄 아는 것이다. 나는 꿋꿋하게 내가 정상이고 남들이 비정상이라고 생각하려 했지만, 지방에

---

* 세계에서 가장 큰 나무. 높이 120m, 둘레 8.5m에 이른다.
** 미국의 코미디 배우 겸 방송인.

대한 이야기를 계속 듣다보니 내 마음도 변해갔다. 여기서 일한 지 넉 달밖에 안 됐지만, 가끔 그런 발언이 나를 겨냥한 것이 아닌가 생각할 정도로 내 속은 꽈배기처럼 배배 꼬이고 있었다. 피해망상은 말할 것도 없었다. 예를 들면 이렇다. 키 크고 멋있고 날씬한 패션팀 어시스턴트가 자신이 뚱뚱하다고 생각하는 척한다. 그러면 편집장의 개인 어시스턴트인 땅딸막한 나는 내가 정말로 뚱뚱하다는 것을 깨닫게 되는 것이다. 177센티미터에 52킬로그램(전에 그 끔찍한 기생충 때문에 몸이 축났을 때와 똑같은 몸무게다!)인 나는 늘 내가 또래보다 날씬한 축에 속한다고 생각했다. 또 내가 만난 여자들의 90퍼센트보다, 남자들의 절반보다 키가 크다고 생각했다. 그러나 모든 직원이 몸무게에 대한 망상에 시달리는 이 회사에서 일하고부터, 나는 키가 작고 뚱뚱하다는 게 어떤 느낌인지 날마다 새록새록 깨달았다. 나는 이곳에서 가장 작고 가장 뚱뚱한 트롤*인데다 옷도 6사이즈를 입었다. 혹시라도 내가 잊을까봐 날마다 벌어지는 잡담이 그 사실을 상기시켜주었다.

"아이젠버그 박사가 그러는데, 과일을 끊어야 존 다이어트**도 효과가 있대요."

---

* 북유럽 신화나 전설에 나오는 괴물.
** 단백질, 탄수화물, 지방의 비율을 4 : 3 : 3으로 구성하는 다이어트. 특정 영양소를 제한하지 않고 과학적 비율의 영양소를 섭취하는 것이 핵심이다.

제시카가 나르시소 로드리게스 옷걸이에서 스커트를 꺼내며 대화에 끼어들었다. 최근에 '골드만 삭스'에서 가장 젊은 부사장과 약혼한 제시카는 다가올 결혼 피로연에 부담을 느끼고 있었다.

"박사님 말이 맞긴 해요. 드레스 가봉한 다음 최소 4.5킬로그램이 더 빠졌으니까."

그녀에게는 몸이 정상적인 기능을 할 만한 최소한의 체지방도 없어 보였다. 그녀가 굶는 건 용서가 됐지만, 그런 말을 하는 건 도저히 용서가 되지 않았다. 의사의 이름이 아무리 유명해도, 그녀가 성공담을 아무리 많이 늘어놓아도, 나는 전혀 솔깃해지지 않았다.

한시쯤 되자, 다들 점심을 먹으러 가느라 사무실을 오가는 발걸음이 분주해졌다. 점심을 먹지 않더라도 그 시간은 손님을 맞기에 가장 좋은 시간이었다. 나는 여느 때처럼 스타일리스트와 기고가, 프리랜서, 친구와 연인들이 즐거운 시간을 보내려고 들렀다가 수천, 수만 달러 나가는 옷들과 너무나 예쁜 얼굴과 도저히 가치를 매길 수 없는 늘씬한 다리가 즐비한 매혹적인 광경에 넋을 잃는 모습을 나른하게 지켜보았다.

제피는 미란다와 에밀리가 점심을 먹으러 나간 걸 확인하자마자 곧장 내게 오더니, 어마어마하게 큰 쇼핑백 두 개를 건네주었다.

"한번 봐요. 마음에 쏙 들걸요?"

나는 쇼핑백의 내용물을 책상 옆 바닥에 쏟아놓고 분류했다.
낙타색과 짙은 회색 조제프 바지가 한 장씩 나왔다. 둘 다 몸에 달
라붙는 길고 부드러운 모직바지로, 허리선이 낮았다. 갈색 스웨
이드 구찌 바지는 매력이라곤 눈을 씻고 봐도 찾아볼 수 없는 사
람도 슈퍼모델처럼 보이게 해줄 것 같았다. 물이 예쁘게 빠진 마
크 제이콥스 청바지 두 벌은 내 몸을 위해 맞춘 듯했다. 윗도리도
여덟아홉 벌쯤 있었는데, 그중에는 몸에 딱 달라붙는 캘빈 클라
인 터틀넥 스웨터에서부터 도나 카란의 속이 비치는 페전트 블라
우스*까지 있었다. 시각적으로 매우 뛰어난 다이앤 폰 퍼스텐버
그의 랩 드레스는 남색 벨벳 타하리 바지 정장 위에 단정하게 개
어져 있었다. 이것저것 구경하다가 나는 해비추얼 데님 주름 스커
트에 매료되었다. 무릎 바로 위까지 오는 그 스커트는 카테이온
아델리의 파격적인 꽃무늬 블레이저와 잘 어울릴 것 같았다.

"이 옷들을…… 나보고 입으라고요?"

환호하는 목소리로 들리길 바라며 내가 물었다.

"네. 별거 아니에요. 클로짓에 늘 깔려 있던 건데요 뭐. 촬영할
때 쓴 것도 있을 거예요. 하지만 제작사에 돌려준 적은 한 번도 없
어요. 몇 달에 한 번씩 클로짓을 정리하면 이런 게 나와요. 혹시
관심 있을까 해서 가지고 왔어요. 사이즈가 6 맞죠?"

---

* 유럽 농민들이 입었던 스타일로, 목과 손목 둘레에 끈을 넣어 잡아당겨 잔주름
을 잡은 품이 넓은 블라우스.

나는 고개를 끄덕였다. 여전히 어안이 벙벙했다.

"그래요, 그럴 줄 알았어요. 다른 사람들 사이즈는 대개 2 이하 거든요. 그러니 당신이 다 입어도 돼요."

욱, 찔린다!

"너무 예뻐요, 제피. 정말 고마워요. 정말이지 믿을 수가 없어 요!"

"이쪽 것도 보세요."

그가 바닥에 놓여 있는 백을 가리키며 말했다.

"벨벳 정장에 당신이 늘 갖고 다니는 그 후진 메신저 백을 들 순 없잖아요?"

첫번째 것보다 더 불룩한 두번째 쇼핑백을 쏟아보니 구두와 백 이 엄청나게 쏟아져나왔다. 코트도 몇 벌 있었다. 지미 추 하이힐 부츠 두 켤레, 토오픈 마놀로 스틸레토 샌들 두 켤레, 고전적인 검 정색 프라다 펌프스 한 켤레, 토드의 로퍼 한 켤레였다. 제피는 로 퍼는 사무실에 신고 나오지 말라고 당부했다. 나는 늘어진 붉은 색 스웨이드 백을 어깨에 메다가 앞에 'C' 자가 교차되어 새겨진 것을 보았다. 그 백은 다른 쪽에 들고 있는 진한 초콜릿색 셀린느 토트백보다는 예쁘지 않았다. 마크 제이콥스라고 새겨진, 커다란 단추가 달린 군복 스타일의 긴 트렌치코트가 마지막이었다.

"믿을 수가 없어요." 나는 제피가 망설이다가 마지막에 던져넣 은 것 같은 디오르 선글라스를 만지작거리면서 수줍게 말했다.

"지금 나 놀리는 거죠?"

그는 내 반응이 마음에 드는 듯 고개를 꾸벅했다.

"그냥 받아요, 알았죠? 당신한테 제일 먼저 갖다줬다고 아무한 테도 말하면 안 돼요. 다들 클로짓 정리하는 날만 호시탐탐 노리거든요, 알았죠?"

복도 저쪽에서 누군가를 부르는 에밀리의 목소리가 들리자, 그는 얼른 사무실을 빠져나갔다. 나는 새 옷들을 책상 밑에 쑤셔넣었다.

에밀리는 늘 먹는 점심을 레스토랑에서 사가지고 왔다. 천연과일 스무디와 브로콜리와 양상추 샐러드 스몰 사이즈였다. 샐러드에는 발사믹 비니거*를 뿌렸다. 비네그레트 드레싱**이 아니라 비니거 말이다. 유리에게서 곧 미란다가 도착할 거라는 전화가 왔다. 그녀가 곧 나타날 예정이라, 나는 여느 때처럼 최단거리로 수프 테이블에 다녀와 내 책상에서 수프를 마시는 사치스런 칠 분의 여유도 누리지 못했다. 시간은 흘러만 갔고, 나는 배가 고파 죽을 지경이었다. 하지만 딱딱이들 틈을 비집고 가서 계산원에게 식권을 끊고, 펄펄 끓는, 게다가 살까지 찌게 하는 수프를 허겁지겁 들이켜 혹시라도 내 식도에 영구적인 손상을 입히는 게 아닐까

---

* 와인을 발효시켜 만든 식초.

** 기름과 식초를 3대 1 비율로 섞고 소금과 후추로 간을 한 샐러드용 소스. '프렌치 드레싱'이라고도 함.

하고 걱정할 힘조차 남아 있지 않았다. 괜찮아. 나는 생각했다. 한 끼쯤 걸렀다고 죽지는 않아. 분별 있고 차분한 동료들이 다들 한마디씩 하잖아. 다이어트를 하면 더 튼튼해질 거라고. 게다가 게걸스럽게 먹어 대는 여자들은 2천 달러짜리 바지를 입어봤자 멋지지도 않아. 나는 그 렇게 스스로를 합리화했다. 그리고 방금 내가 런웨이를 얼마나 잘 대표했는지를 생각하며 의자에 푹 파묻혔다.

(2권으로 계속)

옮긴이 **서남희**
서강대학교에서 역사와 영문학을, 동대학원에서 서양사를 전공하고, The UCLA Extension
에서 영어 교수법을 공부했다. 지은 책으로는 『아이와 함께 만드는 꼬마 영어그림책』 『그
림책과 작가 이야기』가 있고, 『선택』 『별을 헤아리며』 등을 우리말로 옮겼다.

문학동네 세계문학
악마는 프라다를 입는다 1

1판 1쇄	2006년 5월 12일
1판 8쇄	2006년 10월 20일

지 은 이	로렌 와이스버거
옮 긴 이	서남희
펴 낸 이	강병선
책임편집	김지연 김미정 이현자
펴 낸 곳	(주)문학동네
출판등록	1993년 10월 22일 제406-2003-000045호

주 소	413-756 경기도 파주시 교하읍 문발리 파주출판도시 513-8
전자우편	editor@munhak.com
전화번호	031) 955-8888
팩 스	031) 955-8855

ISBN 89-546-0143-X 04840
　　　 89-546-0145-6 (전2권)

www.munhak.com

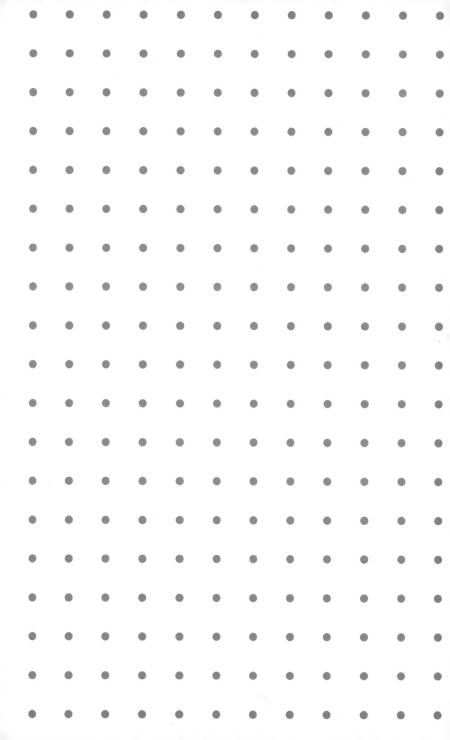